賢妻不簡單

2

簡尋歡 著

文創風 489

目錄

第三十五章

好好的日子因為兩撥人的鬧騰弄得有些烏煙瘴氣，三孀婆搬了小凳子坐在家門口，看著趙苗指揮周維新、周甘和李本來三兄弟把借來的桌子板凳還回去，又帶著幾個孀子、三個嫂子和何秀蘭把剩菜裝好。

周玉話不多，尤其是跟不熟悉的人，對趙苗顯得有些淡淡的，但她是個有眼力的，很多時候不需要趙苗開口，就能把事辦好。

「阿玉，家裡都收拾得差不多了，我們先回去，就不等妳二郎哥、阿嬌嫂子回來了。」

周玉點頭。按說應該留趙苗和大家吃晚飯的，因為這些天他們幫了太多，可她不是主人，也拿不定主意，目送趙苗和大家離開，就去後院餵雞了。

老母雞帶著小雞，在圈好的雞圈裡咕咕咕叫著，周玉抓了把米碎撒下去，想著周敏娘那一身富貴，心嚮往之……但她不要做妾，她要做正妻！

淩嬌和周二郎買完東西，準備回周家村，在大街上見到一個婆婆摔倒在地，路過行人不多，沒人去扶，淩嬌實在看不下去，上前將她扶起，卻發現就是先前她請喝湯的婆婆。

「婆婆，妳……」

孫婆婆看著淩嬌，笑眯了眼。「丫頭，是妳啊，還真是緣分呢！」

「婆婆，還好嗎？」凌嬌問。
孫婆婆笑。「沒事沒事，丫頭，妳扶我起來吧！」
凌嬌把孫婆婆扶起來，讓孫婆婆走了兩步。「婆婆，要是妳沒事，我就先走了。」
「丫頭啊，我年紀大了，走路都有些不穩，妳能不能好人做到底送我回家啊？」
凌嬌看向周二郎，周二郎點點頭。「好吧！」
和周二郎扶孫婆婆上了馬車，凌嬌坐在馬車外，周二郎牽著馬車朝孫婆婆所指的方向走去。
孫婆婆家的院子還算好，兩進院子，前面租給人開鋪子，也算有了進項，不會坐吃山空；後面她留下來自己住，請凌嬌和周二郎進屋坐坐。「來吧，來吧，進屋坐坐。」
「婆婆，這次就算了，眼看天快黑了，我們天黑之前必須趕回家去，下次吧，下次一定來婆婆家作客。」
「那妳可千萬要記住了啊，下次一定要來看我。對了，你們是哪個村的啊？」
「周家村。」
「周家村啊？漂亮嗎？」
凌嬌點頭。「漂亮。」她笑笑，和孫婆婆揮手告別。
孫婆婆看著離去的馬車，微微笑了起來。倒是個實心眼的，明知這裡只有她一個孤老太太，在大街上有這麼一處二進街面的院子，愣是一點邪心都沒有。若是本性如此，或許她應該認來做孫女，也算是老有所依，將來死了也有個人為她披麻戴孝。

一路緊趕，終於在天黑之前回到了周家村。看著四處炊煙升起，淩嬌只覺得心裡踏實，彷彿在外奔波一天，漂浮的心終於有了歸屬。

「二郎，帶我去新房子那邊看看。」從沒像這一刻，那麼期盼看看新家。

周二郎便帶著淩嬌去了新家。

高大的屋宇在這古老的山村中格外顯眼，淩嬌下了馬車走過去，摸著那冰涼的石頭牆和嶄新的大門，慢慢進了院子，左手邊是廚房，右手邊是三嬸婆他們以後的房間，正門是堂屋和主屋。

堂屋後面也是兩層房子，下面是雞圈、豬圈和馬棚，從一邊上去是樓梯，因為來幫忙的人多，樓板都已經鋪好，不管將來住人也好、堆東西也罷，都足夠寬敞。

周二郎輕手輕腳地跟在淩嬌身後，專心跟著她走過的路，手摸著淩嬌摸過的地方，簡簡單單一件事，他竟覺得幸福無比。

「二郎……」

「嗯。」

「我要在那邊圍牆下種菜，那邊圍牆下也要種，前面的話，等過幾日你帶我進山，咱們去挖蘭花吧，我要種幾盆蘭花放在屋簷下。」

「好。」周二郎應聲，滿心滿眼全是寵溺。

「家裡能用的東西，咱們都用皂角好好洗乾淨再搬過來。灶頭打三個灶眼，放三口鍋，還有最好能留個位置放一個小鍋，鍋裡放煮過的水，那樣子不管什麼時候都能用上熱水了。」

家裡的一切，周二郎都聽淩嬌的安排，他也喜歡淩嬌安排家裡的一切。

「等咱們搬進來後，得請維新哥他們過來吃一頓飯。為了感謝大家，我願意把去魚腥味的配方賣給村裡和何家村人，你覺得如何？」

「都聽妳的。」

淩嬌笑笑。倒不是她大方，而是那方子只要有心人仔細打探，終究會發現端倪，索性她大方一些賣給村民，配方貴了，誰還會無緣無故地轉手？當然，如果有個勢力強大的，她倒是願意把這配方拿出來做筆交易；只不過這些都還只在考慮中，一時半刻拿不準。

「走吧，回家，免得家裡擔憂。」

阿寶一見著淩嬌，便歡喜地飛奔過來。「嬸嬸、二叔。」

周玉已經熱了剩菜、剩飯，淩嬌也不挑食，大家圍著在一起吃了夜飯，又說起搬家事宜。

「買什麼新家具？我這床什麼的，收拾收拾還能用。」三嬸婆說著，想到能住新房子，她也是笑眯了眼，但是要丟了這些家具還真捨不得。

淩嬌自然是瞧了出來。「嬸婆，這些東西都不丟，咱們可以清洗乾淨，拿過去擺在樓下。我也知道嬸婆對這些東西有感情，就是嬸婆要丟，我還捨不得呢！說不定將來哪天就成古董了。」

「妳這嘴，不說話便罷了，一說起討喜的話來，簡直比吃了蜜還能哄人開心。」

「那也是三嬸婆我才願意哄。」

三嬸婆頓時紅了眼眶，握住淩嬌的手。「好孩子，咱們一輩子都這麼好好的，就這麼好好的。」

「好，都聽嬸婆的。」

第二天，鎮上送來了大床和衣櫃，淩嬌付了錢把大床搬進去，便開始忙碌被子、枕頭一類的東西，她跟周二郎更是鎮上和周家村兩頭跑，買東西裝飾家裡。淩嬌是個享樂派，喜歡把家裡弄得漂漂亮亮，周二郎又是事事依她，淩嬌說好，他就好，有時候淩嬌嫌貴了，他見淩嬌喜歡，也會狠了心買下來；比如淩嬌房間裡那個花瓶要五兩銀子，她當時有些捨不得，周二郎卻買了回來，也不知道去哪裡弄來幾根樹枝，在樹枝上繫了幾條紅繩，插在瓶子裡，瞧著還真有點意思。

淩嬌又特意買了張書桌和筆墨紙硯，大曆國的筆墨紙硯非常貴，買這些東西足足花去二十兩銀子。她又買了個算盤，給阿寶買了好幾本啟蒙的書，如《三字經》、《百家姓》、《千家詩》。

堂屋正中擺了香案，香案上方掛著一幅觀音普渡的字畫，香案兩邊擺放了椅子，左右兩邊也放了椅子和桌子，新家終於有了模樣。

十一月十二日，周二郎搬新家。其實東西已經搬得差不多，就差個儀式，一大早放了鞭

凌嬌笑了。「早些睡吧，明兒還有明兒的事。」

她吹了油燈，端著盆子出了屋子，順手關上了門。

床上，周二郎眼睛晶亮晶亮的，哪裡有醉酒的樣子？

想到凌嬌的話，他嘴角勾了起來，以退為進果然極妙。凌嬌的性子是遇強則強，標準的吃軟不吃硬，他如果強硬地留下她，凌嬌勢必會反抗，更會離了心；但他若以退為進，處處為她考慮，以她那性子，肯定會答應他什麼的。

看來，以後真要多看書，不會的，便讓周甘教他。他要做一個能夠讓阿嬌依靠、值得信賴的男子，讓她不管去到哪裡，都會被人高看一眼，羨慕她嫁了一個好丈夫。

凌嬌出了屋子，喊阿寶進屋睡覺。阿寶還是喜歡跟凌嬌睡，以前是要聽凌嬌講故事，不過現在倒過來了，是阿寶讀書給她聽。兩人頭靠頭睡在枕頭上，阿寶背著三字經。「人之初，性本善，性相近，習相遠……」

背完三字經，凌嬌就要哄阿寶睡了。

「嬸嬸，妳什麼時候給我生個弟弟、妹妹？」

凌嬌聞言，臉一紅。「小孩子懂什麼？快睡吧！」

「嬸嬸是不願意給阿寶生弟弟、妹妹嗎？那就給阿寶生一個哥哥或姊姊吧！」

凌嬌聞言，噗哧笑了出聲。「我可沒本事給你生個哥哥、姊姊。」

阿寶見凌嬌笑，也跟著笑了起來，這才一本正經說道：「那嬸嬸還是給阿寶生個弟弟、妹妹吧！」

兜來兜去，話題又回到了生弟弟、妹妹上，淩嬌感嘆，阿寶可真是個人精。

搬了新家，三嬸婆的老房子那邊就歸三叔了。日子要過起來，半刻都懈怠不得，淩嬌摩拳擦掌想要大幹一場，結果天公不作美，竟下起雨，雨是越下越大，綿綿不斷地足足下了五天，才豔陽高照起來。

一大早，周維新興沖沖地來到周二郎家裡，對淩嬌招手。「弟妹，妳過來。」

周維新把一塊木牌子遞給淩嬌。「喏，這是妳的戶籍牌子，以後不管去哪裡都要帶著，好到僑門做路引。」

「謝謝維新哥。」

「謝我做啥？還有兩件事，一是周旺財已經被鎮上罷免了村長一職，過不了多久，我便是周家村村長了；二是過幾日僑門就要過來收稅糧，一人五十斤稻穀，妳讓二郎準備準備，還要另外給二十斤村長糧，妳先給了，到時候我讓妳嫂子再送回來。」

淩嬌才明白，原來每家都要給二十斤糧食。周家村說大不大，說小也不小，差不多有一百多戶，還真是一筆不菲的收入。

送走周維新，淩嬌摩挲著手裡的牌子，上面有她的名字，年齡卻只有十六。她笑了起來。十六歲，多麼美好的年紀啊……

三天後，周旺財的罷免文書送到了村裡，周維新正式成為周家村村長，並幫著收稅糧，連剛剛出生的奶娃兒也要給五十斤稻穀，當然也可以給錢，五文錢一斤。淩嬌和周二郎商量之後決定給錢，一千五百文錢，相當於一兩五錢銀子。

周家村因為賣魚，家家戶戶都富裕起來，至於田地，有些人就不想種了。

「二郎，要不你去把那些田地租過來，咱們拿來種菜吧！」

周二郎也不多想，只要淩嬌想做，他去做便是。

等租地的事辦好，淩嬌和周二郎都輕鬆不少，想著要冬天了，得準備些木柴，周二郎決定明兒一早就進山，先入深山挖蘭花，返回的時候再砍柴挑回家。淩嬌早就想進山了，早早起來做飯，捏了窩窩頭帶著在山裡吃，周二郎和周甘則忙著磨斧頭、柴刀，又把一條五米長的麻繩捲好放到背簍裡，吃了早飯後進山。

四個人一起進山，淩嬌把頭髮都包了起來，跟在周二郎身後，周甘殿後，把淩嬌和周玉護在中間。

一進入深山，一股冷冽的寒風撲面而來，讓淩嬌打了個冷顫。

「冷嗎？」周二郎關心問。

「還好，暫時有些不適應，等適應了就好了。」

她身子比剛剛來的時候好多了，就是先前爬山也沒氣喘吁吁。

「要是累了就跟我說一聲，我可以揹妳一段路。」

淩嬌失笑，她又不是小孩子。因為怕迷路，她準備了好些布條，沿路綁在大樹上，打了死結，除非被人解下，否則布條是不會掉的。

冷。

越往深山走，寒風吹在樹梢，山中已經有了積雪，雪從樹上落在人的脖子上，沁骨冰冷。

「阿嬌，妳看。」周二郎欣喜地拉了拉淩嬌，朝一個方向指去。

那是一株九頭蘭，或許是因為山中土地肥沃，那蘭花葉子又厚又綠，真真好看至極，淩嬌瞧一眼就喜愛得不行。見她喜歡，周二郎連忙拿了小鋤頭上前，把蘭花周圍的土都刨了，用舊衣服把蘭花包好放到背篼裡，帶著淩嬌、周玉、周甘繼續前進。

周二郎不敢大意，緊緊握住手中鋒利的柴刀，路上又挖到幾株蘭花，也撿到了兩株靈芝，雖看不出多大年歲，但淩嬌覺得只要是靈芝應該都是貴重的；還有一些簡單的草藥，雖然不知道藥效是什麼，幾人還是拔了，準備帶回去洗乾淨拿到鎮上去賣。

「嗚嗚，嗚嗚……」

忽然，有什麼東西淒厲地哀號著，似乎在求救一般。周二郎腳一頓，淩嬌問：「是什麼？」

「好像是狼，應該是狼崽子。」周二郎猜測道。

「聽這聲音，好像受傷了。」

周二郎點頭，打算帶著淩嬌原路返回，免得往前碰到大狼，太危險。

可才剛轉過身，他們便發現身後不知何時出現了兩頭渾身漆黑、氣勢凶悍的大狼。周玉嚇得直往周甘身後躲，淩嬌也害怕，周二郎卻一把將她護在身後，動作雖然粗魯，但關心之意不須言語。

周二郎握緊手中柴刀，眼神嚴肅，估量著如何才能在狼衝過來的瞬間將其砍死，而那兩頭狼毫不退讓，脖子一揚，嗷嗚出聲，不上前，也不退後，兩方就這麼僵持著。

那廂哀號聲漸弱，淩嬌腦子一熱。「二郎，你說，這兩頭狼堵住我們的去路，是不是要我們去救那受傷的小狼？」

狼是極有靈性的動物，而牠們堵住他們去路，不退縮也不攻擊，莫非真如她猜測的那樣？

周二郎聞言。「那咱們往後退幾步看看。」

說著往後退，兩頭大狼也跟著往前，彼此保持一段距離，周二郎等人退得快，狼也前進得快，周二郎他們慢，大狼便眼露著急，其中一頭更流出了眼淚。

淩嬌這下確定，這兩頭狼是來求救的。

「二郎，我們走快些，說不定趕過去，真能救那小狼一條命。」

他們往嗚咽聲的方向趕去，大狼在後面追，依舊保持距離。

那是一個深坑，不知道有多深，一隻小狼在裡面嗚咽叫著，附近都是血，好像還有什麼東西穿透了牠的身體。周二郎快速做了決定，把他和周甘的麻繩綁在一起，丟下去剛好能到底。幾個人商量一番，覺得周玉年紀小、體重輕，讓周玉下去把狼崽子抱起來。周玉一個勁兒地搖頭。「二郎哥，我不敢。」

淩嬌深吸一口氣。「我去。」

麻繩綁在腰上，淩嬌沿著坑壁慢慢往下，漸漸到了坑底。那小狼一見陌生人，頓時豎起渾身的毛，露出白白的乳牙，發出嗚咽聲，坑上隨即傳來大狼的嗷叫，彷彿在安撫小狼一般。

小狼漸漸沒了嗚咽聲，淩嬌才小心翼翼靠近，只見牠傷得極重，一根尖利的樹幹穿透了牠的腿。「小傢伙，不怕，我不會傷害你的，我只是來帶你回家的。你聽到上面的聲音了嗎？那應該是你的狼爹、狼媽，牠們那麼凶悍，我可不敢對你怎樣。」

她把狼崽抱在懷中，對上面喊，周二郎和周甘便使勁把她拉了上來。

淩嬌剛把狼崽放在地上，一陣腥臭的風吹過，她低頭一看，面前哪裡還有狼崽的身影？不遠處，小狼趴在地上，一隻大狼不停舔著牠的傷口，另外一隻在一邊瞧著。

一會兒工夫後，大狼叼著小狼便離開了，獨留周二郎四人在原地，四人也很快發現——他們迷路了。

找了處乾淨的地方坐下，誰都沒有抱怨，淩嬌嘆息一聲。「讓我想想法子要怎麼才能走出去。」

周二郎站起身。「我們剛剛來的時候是四個人，肯定會踩壞一些東西，咱們仔細找，一定能找到回去的路。」

「對啊，我怎麼沒想到？」

按照周二郎所說，沿路仔細看是否有被勾斷的樹枝、踩扁的野草，果然找到了他們綁布條的地方，四人頓時鬆了口氣，也沒有心思去挖什麼花花草草了，快速出了深山，在周邊砍了柴回家。

第三十七章

回到家裡，四人梳洗之後簡單吃了飯，想到在山中遇到的狼，都心有餘悸。天色還早，周二郎便拿了鋤頭把屋子旁邊的地重新翻整，也重新撒了種子。卻不想村子裡這時忽然鬧騰起來，原來是有村民在別村抓魚被打了。

「我去看看。」周二郎說道，把鋤頭拿到後院放好，出去看看到底怎麼回事。

凌嬌看著周二郎背影，目光微閃。這河裡的魚雖然多，可也架不住大家這樣抓魚，或許應該挖魚塘養魚。

衝突的起因很簡單，周家村村民見河裡到處都是竹籠子，便去了別的村，而別村人也開始編竹籠子抓魚，為了放竹籠子的事先吵嘴、推擠，最後打了起來，說來說去也是周家村村民不占理。

周維新就知道會出事，只是沒想到來得這麼快，連夜召集了幾個村的村長開會，討論河道歸屬問題。以前這條河並沒說哪截屬於哪個村，如今也是因為河裡有魚才鬧騰了起來，幾個村的村長一致決定把河道給分了。

你張家村一截，我周家村一截，他何家村一截，以後各自在各自的河裡抓魚，不許到別村河道去。做好這個決定，周維新就找村裡人說了，周家村頓時炸開了鍋。他們都在抓魚中嚐到了甜頭，如今連地都不種了，可這河道一分，竹籠子排得密密麻麻的，去哪裡抓魚？好幾個叫嚷著不幹。

周維新臉一冷。「不幹？那好啊，你去何家村的位置抓魚試試，看看人家會不會拿了棍子把你打出來，到時候別怪我這個做村長的不給你們作主。」

那幾個叫嚷的頓時無聲了。

「可是咱們村都在抓魚，河裡哪裡還有多少魚？」

周二郎顯然也想到這個問題了，尋思片刻，回了家找淩嬌。

「你打算買下田地？」她詫異。

周二郎點頭。「對，我打算直接買了田，把田挖了養魚。」

這和淩嬌想的不謀而合，唯一不一樣的是周二郎要把田地買回來，變成自己的，想怎麼整就怎麼整。

「可是……我們沒那麼多銀子。」

「我去問敏娘借。」這是他能不能給淩嬌過好日子的一次機會，他要緊緊抓住。

淩嬌嘆息，想了想，還是打算把真相告訴他。「二郎，其實這些年敏娘都有託人帶銀子回來，只是中途不知道發生了什麼，銀子沒到你手裡，那廂敏娘卻一直以為銀子到你手裡了。」

「什麼？」周二郎震驚不已。「不，敏娘……」

「你錯怪她了。當初敏娘離開，未必是自己貪戀榮華富貴，想來也是為了給你們過上好日子，卻不想陰差陽錯……」淩嬌說著，走到周二郎身邊。「二郎，我看得出來，你是極疼愛敏娘的，何必一直糾結在過去，過去的都讓它過去，咱們往前看可好？」

「我錯怪敏娘了？」聽了淩嬌的這番話，周二郎幾乎就相信了。

她點頭。

「我……」周二郎還想說什麼，想起小時候敏娘的好，她是如何的乖巧懂事，和她離家那天的傷心難過。

他忽然起身，到後院去套馬車。三嬸婆急急忙忙走出來。「這麼晚了要幹麼去啊？」

「三嬸婆，我有事出門一趟。」

淩嬌也不多說，只是進屋子給周二郎準備了包袱，往裡面放了十來兩碎銀子，遞給周二郎。「路上小心些，見著敏娘有話好好說，她如今還懷著孩子，你不看僧面看佛面，別讓她情緒太激動，辦好事早些回來，我在家等你。」

我在家等你。

周二郎想，這怕是他聽過最好的情話了，重重點頭。「好。」

馬車駛出老遠，直到看不見，淩嬌才轉身回了院子，洗手做晚飯。

晚飯時，三嬸婆問起。「二郎是怎麼了？」

「想通了，去找敏娘。」淩嬌淡淡說著，卻有些擔心周二郎，深更半夜的，在外面奔波，也不知道他能不能照顧好自己……

「謝天謝地，敏娘從小就是個好的，最是重情，二郎去看看敏娘也好，有些話也只有他們兄妹能說得清楚。」

周二郎一路出了周家村，到了鎮上，找到周敏娘住的那處宅院，砰砰砰地敲門。「誰啊？來了。」

一個中年男人打開門，見到周二郎，微微錯愕。「舅老爺？」

「你們姨奶奶現在在什麼地方，我要見她。」

「姨奶奶跟郡王回滁州了，舅老爺要不先進來歇息一夜再趕路？」

下人們端看聞人鈺清對周敏娘的態度，便不敢怠慢了周二郎。

周二郎卻是等不及了，只恨不得現在就見到敏娘，跟她道歉，告訴她這些年他們都想念著她，爹娘離去時最放心不下的還是她，他們沒怪她，只盼她能夠好好的。

馬車立刻出了泉水鎮，直往滁州而去。

周二郎一路駕駛著馬車，餓了隨便吃點，累了就在馬車上將就睡一晚，只是苦了馬兒；偏偏那馬兒似乎特別喜歡這種生活，越跑越是帶勁。

一路上，周二郎想淩嬌、想阿寶、想家裡的一切，也會想起淩嬌軟軟的唇、香香的滋味。他也瞧見過漂亮的姑娘，可再瞧第二眼時，便覺得還是家裡的阿嬌最好看。

趕了大半路，周二郎累壞了，也怕馬累，便解了馬鞍讓馬兒休息，自己也拿了乾糧啃，又拿出乾草餵馬兒，一路走來，他從不會委屈這匹馬兒。

「馬兒，我想家了，你想不想？」

馬兒朝周二郎噴了幾口口水，咧嘴吃著他手裡的草。

一人一馬在樹下嘀嘀咕咕說著，馬兒時不時噴周二郎一臉口水，周二郎也不惱，袖子一擦，又去摸馬兒的頭。「你啊，就會欺負我，有本事你欺負阿嬌去啊？」

「噗噗。」

「欸，我們出來這麼多天了，我也一路上特意打聽可有誰家丟了馬，可是你也看見了，那些人一個個不懷好意，弄得我都不敢再隨便打聽什麼。你說，我要是找不到你主人可怎麼辦？」到了此時此刻，周二郎拿牠當客人，遲早會回主人身邊去的。

馬兒微微僵住不動，只看著周二郎，草也不吃了。

「吃飽了，咱們就繼續趕路吧！等到了滁州，找到敏娘，讓敏娘派人幫你打聽，你這麼威武不凡，你主人肯定也是個厲害的。」

周二郎套了馬鞍，駕了馬車繼續往前，卻感覺到不對勁，周圍似有血腥味。「馬兒，是你受傷了嗎？」

不對啊，他一直照顧著，怎麼可能受傷？將馬車停下來，周二郎緊張地嚥了嚥口水，輕輕掀開馬車簾子，只見一個錦衣華服的男人不知何時倒在他的馬車裡，胸口皮肉迸裂，露出裡面的白骨。

周二郎差點喊出聲，連忙捂住自己的唇，瞪大眼睛看著馬車裡的男人拿劍指向他，又無力垂下，暈厥過去。

這人傷得很重，再不看大夫包紮傷口就死定了……呼出幾口氣，周二郎告訴自己不要怕，鼓起勇氣上了馬車，把男人放平，駕車朝下一個城鎮趕去。

一到鎮上，周二郎就打聽哪裡有醫館，把男人送到醫館。大夫給他清洗了傷口，上了藥，卻說傷得極重，需要人參吊命。周二郎一狠心，將剩下的錢也全給男人看病抓藥了。

「你仔細你家公子，晚上莫要發熱，若是發熱，你便拿這布巾給他敷額頭。」

周二郎用力點頭，大夫說了幾句便離去了。

他留下來照顧男人，半夜，男人果然發熱起來，周二郎忙前忙後地給他換布巾，一開始還笨手笨腳的，幾次後倒也適應，慢慢得心應手起來。

聞人鈺璃迷迷糊糊中，感覺有個人在照顧自己，他慢慢睜開眼睛，還有些搞不清楚狀況。

那廂周二郎見他醒了。「你終於醒了，可嚇死我了，你不知道，你一直在發熱，都一天兩夜了，好幾次藥都餵不下去。醒了就好、醒了就好。」

他也是害怕，如果聞人鈺璃死了，他怎麼辦？就是十張嘴都說不清楚。

「是你救了我？」聞人鈺璃淡淡地問。

「是啊，先前你暈倒在我馬車裡，我見你身上都是傷，就把你帶到這醫館來了。」

聞人鈺璃連忙往身上摸。周二郎忙道：「你找這些東西吧？我送你到醫館，怕這些東西掉了，我就自作主張給你收起來了。喏，你現在醒了，還給你吧！」

那是一枚印章、權杖、一封書信，卻是聞人鈺璃的命。他伸手接過，看向周二郎。「謝謝你救了我，你想要什麼？」

周二郎笑笑。「我給你買藥看病一共花了八兩九錢銀子，你把這錢還我就好了。」

聞人鈺璃一愣。「你確定只要回你的銀子？」

「對啊，我救你是舉手之勞，所以我不會要你其他東西的。」

聞人鈺璃勾了勾唇。「是嗎？」或許是不知道他的身分吧，若是知道了他的身分，還會這麼淡然？

「是啊，你的藥快好了，我去給你端藥。」周二郎說著，轉身出了屋子，不一會兒端著一碗藥回來。「先喝藥，等你喝了藥我就去給你熬粥。」

「你會熬粥？」

「是啊，我家阿寶最喜歡吃我熬的粥，阿嬌也喜歡。」

「阿嬌？你媳婦？」

周二郎呵呵一笑，臉一紅。「算是吧！」

聞人鈺璃見過太多裝模作樣的人，像他這種單純的還是第一次瞧見，便起了捉弄之心。

「你多大了啊？」

「我二十五了，過了年就二十六了。」

「看你這個樣子，肯定還沒嚐過女人的滋味吧，我那裡有許多美人，要不我送你兩個，權當你救我的謝禮？」

周二郎一聽嚇壞了，跌跌撞撞退後幾步。「不，不、不要！我不要你送的美人，你要是真想感謝我，便把那八兩九錢還我吧，我還要拿著這錢去滁州找我妹妹呢！」

「去滁州？我剛好也要去滁州，不如你順便載我一程吧，等把我送到家裡，就讓我家人還你這八兩九錢銀子，如何？」

周二郎猶豫了，他一個人隨便吃什麼都好，可這人一看就是富貴人家，哪能吃得了苦？

「我沒銀子了。」

「沒關係，你吃什麼，我就吃什麼。」

「那……好吧！」

第三十八章

周二郎又窩在醫館照顧了聞人鈺璃兩日。這兩日，周二郎也沒閒著，一有空閒就去鎮上找活幹，然後回來繼續照顧聞人鈺璃，雖然兩天才賺了五十文錢，不過路上可以一邊走一邊賺。

聞人鈺璃的傷癒合得很快，周二郎把他放在馬車上，駕車繼續朝滁州出發，只是路上卻走錯了，不小心繞到了綿州。

一路幹活賺錢，聞人鈺璃沒餓著、冷著，周二郎卻消瘦許多。路上，基本上都是聞人鈺璃在問，周二郎回答，周二郎祖宗十八代聞人鈺璃差不多都曉得了；尤其說起周旺財貪墨他大哥撫卹銀，害死了他爹娘，周二郎並未察覺，自己說起周大郎時，聞人鈺璃的眸子瞇了瞇，神色晦暗不明。

甚至他喜歡淩嬌的那點小心思，也被聞人鈺璃挖了出來，幫他想了十幾條對策，弄得周二郎特別佩服聞人鈺璃。「真的？」

「當然是真的，女人嘛，都喜歡被哄，被人捧在手心裡呵護。」

「那你說說，我要不要買個什麼送阿嬌？」周二郎忙問。

「送什麼不重要，重要的是心意，心意懂吧？」

「懂，那我有空了去跟繞絹花的師傅學學，給我家阿嬌也繞一朵。」

聞人鈺璃實在不明白，到底是個怎樣的女子，值得周二郎這麼念念不忘，整日不唸上十遍、八遍不甘休。

「周二郎，你家阿嬌好看嗎？」

「好看。」

聞人鈺璃不這麼想，起身準備下馬車，周二郎連忙上前扶住他。「你傷還沒好，躺著吧，有什麼事，你吩咐，我去做。」

「走，我帶你看美人去。」

周二郎卻很肯定地搖了搖頭。「不去。」

「為什麼不去？」

「我不喜歡那些女子，不正經。」

聞人鈺璃笑了。「就是要不正經才好玩，家裡已經有一個正兒八經的了，誰去勾欄妓館找正經的？」

「那我也不去，我就喜歡我家阿嬌，你要去你去吧，我在外面等你。不過你傷還未痊癒，最好不要劇烈運動，免得弄裂了傷口。」

聞人鈺璃勾唇。這人老實本分，心眼也好，他家那個阿嬌八成上輩子好事做太多了，才遇上這麼個傻愣的好人。

「走吧，我們去滁州。」

「這不就要到滁州了嗎？」

「誰告訴你的？這裡明明是綿州好不好？」

周二郎聞言跳了起來，驚叫道：「不是你指路說這是滁州嗎？我在路上還問過你，你指著那石碑上的字明明白白告訴我是滁州，怎麼變成綿州了?!」

「喔，我認錯字了。」打死他也不會說，就是覺得周二郎這個人好玩，故意指錯路而已。

「你、你……」周二郎氣壞了。一路走來，他盡心盡力照顧聞人鈺璃，好吃的、好喝的全給了他，結果他就是這麼報答他的！

「好了，好了，我們這就去滁州。二郎哥，你上來啊，我來趕馬車。」想他堂堂皇子居然跑來幫人趕馬車，說出去也丟人，誰教周二郎是他的救命恩人，他欠周二郎呢？

「不用。」周二郎跳上馬車，拉了馬韁繩子，就是不理會聞人鈺璃。

聞人鈺璃見周二郎真的生氣了，心裡好笑，這還是第一個朝他甩臉子的人呢！

「二郎哥……」

聞人鈺璃喊了半天，也沒見周二郎理他，忽然倒下。「哎喲，我的傷口裂開了，好痛，好痛啊……」

周二郎立即停了馬車，衝入車內。「我瞧瞧，流血了沒？」

「噗哧。」聞人鈺璃笑了起來。「二郎哥，你還是關心我的嘛！」

「聞人鈺璃！」周二郎怒喝。

「二郎哥，你原諒我吧，我不是故意的，真的，你就看在我是傷患的分上，原諒我這次可好？」

「哼。」周二郎冷哼一聲，繃緊的臉略微鬆動。

這些日子兩人相處下來，他就像個大哥哥一樣照顧聞人鈺璃，更把自己的心事告訴他，也從他身上學到了很多東西，他自是看重聞人鈺璃的。

「二郎哥，我真不是故意的，你原諒我這次吧，我傷口真痛了。」

「痛還不好好躺著？」周二郎說著，拿了被子讓聞人鈺璃靠著，嘆息一聲。「你是好玩了，我卻苦了。」

他想家，想阿嬌，想阿寶。

「二郎哥……」聞人鈺璃收斂了神色，其實他也明白這個玩笑開大了。

「敏娘是去郡王府做妾，說得好聽有金銀珠寶戴著、山珍海味吃著，若那主母是個良善的，敏娘日子還能好過些，若主母是個厲害的，敏娘那性子卻是要吃大苦頭的。」周二郎說著，不免為周敏娘擔心。

「那你就應該強大起來，讓別人要拿捏你妹妹的時候，也得考慮考慮她娘家哥哥，俗話說，打狗還要看主人不是？」

「你還說！要不是你故意指錯了路，害我走了這些天冤枉路，我現在早就到了滁州，找到敏娘，問她借了銀子回周家村了。」

聞人鈺璃摸了摸鼻子，除了他父皇，還沒人敢這麼指著他鼻子罵，心裡反倒生出些異樣情緒，或許，這便是親情吧？

「二郎哥。」

「好了，你坐好了，我們得趁天黑之前到下一個城鎮。」周二郎說著，拉了馬轡繩準備駕車。

然而此刻，聞人鈺璃卻忽地收斂起玩世不恭，臉色瞬間陰冷。「來不及，我們今天走不掉了——」說著便抽出了長劍，揪住周二郎的衣襟。「一會兒不管發生什麼事，你都不要管，駕車往前衝就好，你這馬是匹好馬，牠一定能夠帶著你脫離險境。」

周二郎還沒明白過來，便感覺臉上火辣辣地疼了一下，伸手去摸，竟是一臉的血，而聞人鈺璃已經舉劍殺了出去。

他從沒見過殺人，只感覺聞人鈺璃的劍特別快、特別狠，劍起劍落，哪裡還有平日跟他嬉皮笑臉的模樣？只是來的人也不是軟腳蝦，刀光劍影間，招招皆是要置聞人鈺璃於死地。

那邊打得難捨難分，周二郎也不可能丟下聞人鈺璃獨自跑走，想了想，他心一狠，便把馬鞍解了，衝聞人鈺璃喊道：「快騎了馬跑啊！」

刺殺聞人鈺璃的人見他還有個同夥，立即有人朝周二郎攻過來。周二郎從未碰到過這種事，嚇得愣住，那刺客正要衝上前來，馬兒忽地揚起馬蹄，嘶鳴一聲，馬蹄子正好踢在了那人心口，快得周二郎根本沒看清楚怎麼回事，就見那刺客已經倒下了。

馬兒朝周二郎噗了兩聲，又朝聞人鈺璃衝了過去，牠快得驚人，一下子便撞飛了一個刺客。周二郎目瞪口呆，他一早知道這馬有靈性，卻沒想到這麼靈。

有了馬兒的幫忙，聞人鈺璃輕鬆不少，很快便解決掉了刺客。他重重跌坐在地，周二郎猛然回神，立即跑了過去。「怎麼樣，可還好？」

「二郎哥，這次傷口是真裂開了……」

「那些到底什麼人，為什麼這麼狠心要殺你？」周二郎一邊把聞人鈺璃抱到了馬車上，一邊解開他的衣裳，見他結痂的傷口果然裂開，血淋淋的，周二郎立即拿了準備好的傷藥給他上藥包紮、穿好衣裳，處理好後，周二郎才呼出一口氣。

聞人鈺璃一怔，很想告訴周二郎，不是所有兄弟姊妹都像你大哥、小妹那般的，只是這些話，就算他說了，周二郎也不會懂，因為他根本不明白皇權爭鬥有多殘酷。他岔開話題道：「二郎哥，如果你是個女子，我肯定以身相許。」

周二郎臉色一黑，瞪了聞人鈺璃一眼。「快休息吧！」

他套好了馬鞍，靠在馬車上，讓馬兒自己走，好一會兒，自嘲出聲。「居然沒嚇尿褲子……」

到了鎮上，因為沒多餘的銀子住店，周二郎只買了些吃的，讓聞人鈺璃將就著在馬車上吃，而他則坐在外面，咬一口便想到淩嬌做的飯菜。

這會兒，他們應該吃完飯在休息了吧？阿寶肯定在背書給淩嬌聽……想到那畫面，周二郎勾唇笑了起來。

相處的日子終歸有盡頭，這一日，周二郎出去幹活歸來，只剩下空蕩蕩的馬車，以及小桌子上的荷包。打開荷包，裡面有三張銀票和八兩九錢碎銀子，周二郎不識字，也不知道面額，只是妥善收好荷包。

「呵呵。」他自嘲一笑，這些日子跟著聞人鈺璃，他學到的東西豈是用錢能夠買來的？等了一天一夜，確定聞人鈺璃是真不會回來了，他才駕車離去。

不遠處，一輛華麗馬車上，聞人鈺璃靠在軟枕上，冷聲問：「查到了嗎？」

「回殿下，都查到了，是大皇子的人，大皇子意欲嫁禍給二皇子。」

「把這個消息轉告給二皇兄。」聞人鈺璃輕輕撫摸著心口處。「讓你打聽的事如何了？」

「爺，正如您所想的那樣，郡王的確在為周敏娘鋪路，而且周敏娘身邊伺候的人，全是郡王親自安排的。」

「倒是個長情的。」聞人鈺璃笑。

也難怪聞人鈺清拿周敏娘當寶貝，有救命之恩又郎情妾意，周敏娘是個聰明的，卻又少了根惡毒筋，聞人鈺清見多了王府的骯髒，遇到這麼個乾乾淨淨、一心愛他的，不動心才怪。

「記住幫他把尾巴擦乾淨，我不希望除了我之外，還有人看出端倪來。」

「是。」

「表哥那邊有消息傳來嗎？」

「沒有呢，想來還沒尋到威武大將軍的獨女。」屬下說著，猶豫片刻。「殿下，要不咱們找個人張冠李戴？」

「不可。」別的事能糊弄過去，這事卻萬萬不能，且不說父皇對那平樂郡主的喜愛程度，從她出生便賜下無數金銀——是的，只賜金銀，更賜了一座五進大宅，而那地契的主人還是平樂郡主。

從小到大，父皇對平樂郡主格外好，幾乎有求必應，對威武大將軍更是寵信有加，真的找不到人就算了，如果弄一個假的回去，後果誰也承擔不起。

「屬下逾矩了。」

「下去吧！」聞人鈺璃擺擺手，已沒有心思再聽其他。

威武大將軍的獨女都失蹤五年了，而威武大將軍三年前為救皇帝，以身擋箭，臨終之時只求皇帝把女兒找回來。

皇帝答應了。大將軍離世後，皇帝便大病一場，痊癒之後對後宮眾妃也不多理睬，頂多是偶爾過去坐坐，很少歇息在哪個娘娘處。

聞人鈺璃總覺得皇帝對大將軍的感情不大對勁，可又說不出哪裡不對勁……

第三十九章

忠王府好找，到了滁州一打聽就能找得到。只是周二郎剛下馬車，就被開門的喝斥。

「哪裡來的叫花子？要飯到一邊去！」

「我——」周二郎一句話梗在喉嚨，卻怎麼也說不出口。

牽著馬車走到角落處，希望能夠等到聞人鈺清，可等啊等、盼啊盼，日頭升起到落下，都沒見著人，他餓得前胸貼後背，卻不敢走開，怕一走開就和聞人鈺清錯過了。

等到天都黑盡了，周二郎才拉著馬車找麵館吃了碗素麵，又找了個避風的巷子，準備將就一晚，明天繼續等。

說來也是他運氣好，周敏娘這幾日的確住在忠王府，恰巧害喜嘴饞，讓身邊大丫鬟喜鵲去買些酸梅回來。

喜鵲一出大門，就被周二郎認了出來。「姑娘、姑娘，我——」

喜鵲自然認識周二郎，連忙拉著他到沒人處。「舅老爺，您怎麼來了？」

「我來看看敏娘。」

「舅老爺，如今姨奶奶懷著身子，一般不輕易出府，我先給您安頓下來，請示了郡王爺，再讓姨奶奶來見您，如何？」

周二郎也怕給周敏娘添麻煩，自然滿口答應。喜鵲是個能幹的，很快給周二郎找了一家客棧，讓周二郎先住下來，又到街上買了酸梅後，才趕緊回去跟周敏娘稟報。

「妳說，二哥來滁州了？」周敏娘是興奮的，不管周二郎為了什麼而來，只要周二郎是來看自己的，她都高興。

喜鵲見周敏娘開心，也跟著開心，只是這麼重要的事，還是得知會郡王一聲才好。

聞人鈺清回府後，喜鵲就把周二郎來找周敏娘的事說了一遍。聞人鈺清沈默片刻，小聲囑咐了喜鵲幾句，喜鵲聞言面色一喜，立刻便下去準備了。

隔了三日，周二郎才見著周敏娘。一見面，周敏娘就哭了起來，周二郎猶豫片刻，才把敏娘擁在懷中。「都過去了……爹娘去時依舊惦記著妳，敏娘莫哭了，如今妳可還懷著孩子呢！」

「二哥……」

「敏娘，沒事了，莫哭了。」周二郎哄著敏娘，還想說幾句掏心的話，外面卻衝進來好些個丫鬟、婆子，一個個掄著棍棒，其中一個婆子扯開嗓門吼道：「將這對姦夫淫婦抓起來！」

周二郎一聽，怒了，揚手就給了那婆子一巴掌。周二郎這一巴掌打得極重，一下子就把那婆子的牙齒打掉幾顆，怒罵道：「我讓妳滿口嚼蛆！」又狠狠踹了那婆子幾腳，婆子帶來的人哪裡曉得周二郎這麼厲害，等回過神來，一窩蜂就要朝周二郎、周敏娘衝去，周二郎快速搶過一根棒子，一陣揮舞，把周敏娘護在自己身後。「誰敢靠近，今兒我跟誰拚命！」

不管怎樣，他都要先把妹妹護住，想要傷害他妹妹，得從他屍體上踩過去！

那婆子被周二郎打得懵了，卻聽得外面傳來聞人鈺清的怒斥。「妳們這些狗奴才，是誰給妳們膽子這般放肆?!」

周敏娘見救星來了，委屈地倒在聞人鈺清懷裡。「妾身與哥哥在此說話，這些丫鬟、婆子瘋了一般衝進來，還叫嚷著說我們是姦夫淫婦，爺，你要替妾身作主……」

那婆子頓時大驚，暗道今兒遭算計了！消息明明說是敏姨娘跟人有染，她稟報了郡王妃便帶人過來，哪裡曉得這男人是敏姨娘的哥哥。

剛想解釋，聞人鈺清就一腳狠狠踹了過來，直接把人踹飛了出去，砰一聲摔倒在地，竟是當場死了。

周敏娘的臉被聞人鈺清按在胸口，不讓她看見這凶狠的場面。周二郎不大明白大戶人家的勾心鬥角，但他看得出來，聞人鈺清對周敏娘是有幾分情意的。

「徹查！」

郡王妃陷害妾室，心思歹毒，五行不端，犯七出；而丫鬟、婆子相互攀咬，將以前那些見不得人的事都咬了出來，只為自己能活命，一樁樁、一件件簡直駭人聽聞，竟連姨奶奶託人帶回娘家的銀子也給貪墨下來，占為己有。

聞人鈺清聽得心寒至極，於是直接休了郡王妃，派一輛馬車將她送回了娘家，隨後嫁妝也一併送了回去。

一行人回了郡王府。周敏娘撫摸著顯懷的肚子，笑咪咪地看著周二郎狼吞虎嚥。「還是喜歡看二哥吃飯，彷彿吃山珍海味一般。」

周二郎笑，擱下筷子，喜鵲立即索利地收拾了，周二郎才開口道：「敏娘……」

「二哥……」周敏娘也知道，二哥這是要走了，他們隔得這麼遠，以後再見，又不知是何年何月了。

「敏娘，等妳生孩子了，我帶妳嫂子和阿寶來看妳。妳好好過自己的日子，這些年二哥知道妳也苦，過去的都讓它過去，咱們往前看。」

周敏娘點頭，拿了一個錦盒遞給周二郎。「這些都是我這些年託人帶回家的銀子，我一直以為，銀子已經送回家去了，爹娘有了銀子，日子能過得好，哪裡曉得……」被人耍得團團轉。

周二郎看著錦盒，覺得格外沈重。「敏娘，妳自己留著吧！」

周二郎的心思，周敏娘豈會不知，忙道：「二哥，你先聽我說，以前上頭還有個郡王妃壓著我，如今這郡王府雖然還有幾位夫人，可懷了孩子的卻只有我一人。鈺清待我是不一樣的，而且我在外面有三個鋪子，一年下來也能賺不少，這些銀子你拿回去，和嫂子好好過日子，多給我生幾個外甥。」

周二郎聞言，耳根子都紅了，悶悶地點頭。

見周敏娘過得好，他也放心了，周敏娘給他的銀票，他問了喜鵲數額，只拿了三千兩，餘下的叫喜鵲轉交給周敏娘，並帶了話給她，這三千兩銀子是問她借的。

「二哥真是……」

「姨奶奶，舅老爺這樣子也挺好的，說明舅老爺有骨氣，想要做一番事業，將來給姨奶奶奶依靠，也能讓咱們小小郡王有個厲害的舅舅，姨奶奶說是不是這個理？」

周敏娘笑了笑。「嗯，妳說得在理。」不管為什麼，只要二哥開心就好。

周二郎駕車要出城，遇上城門口士兵攔住過往馬車，仔細盤查。

「下來，例行檢查。」

他連忙下車，車子裡都是周敏娘給凌嬌帶回去的布料、飾品，樣樣精緻，價格不菲。

「這些東西哪裡來的？」

「這是小妹給我帶回家的。」周二郎說著，從懷裡摸出一個腰牌，是聞人鈺清給他的，說遇到麻煩的時候，只要出示這塊腰牌，對方便不會為難他。

他也不知道這腰牌是不是真如聞人鈺清說的那麼厲害，便拿出來了；誰知道那檢查的小兵立即恭恭敬敬地請周二郎通過。

周二郎收好牌子，上了馬車出了滁州城，朝泉水鎮方向而去。

回家了，終於要回家了，出來都快一個月，等他回到家裡都要過年了，不知道阿嬌他們有沒有準備年貨？

想到家，周二郎覺得整個人都舒坦了。

「哎喲，哎喲，你的馬車勾住我老人家的衣服了，快把我拖死了。」

周二郎立即停了馬車，就見他的馬車上果然掛著一個人——不，準確說是一個老人，嚇了他一跳，連忙上前。「大爺，你沒事吧？」

「大爺，誰是你大爺？你見過有我這麼年輕的大爺嗎？」

聽他嗓門大的，周二郎愣了愣，才說道：「那個，那個，大叔……」

「大叔，誰是你大叔，別亂認親戚。」

「我沒打算認親戚，我喊你大叔，只是客氣話。」周二郎解釋道。

「客氣話？誰要跟你客氣，你看看，你把我衣裳都弄髒了，賠錢！」

「不就是髒了嘛，你脫下來，我給你找個地方洗洗就好了。」

「不行，你把我衣服弄髒了，就是要你賠錢！」

周二郎扭開頭。「我沒錢。」

「沒錢沒關係，用你這匹馬來賠就好。」

周二郎又不傻，這老頭一件衣裳多少錢，他這馬兒多少錢，而且馬兒又不是他的，只是暫時屬於他罷了。「不行。」

見他斬釘截鐵拒絕，老頭子也不糾纏，嘻嘻笑著。「剛剛你喊我什麼來著？」

「大叔啊！」

「喊大叔多不好，喊大爺吧。對了，你這是要去哪裡啊？」

「回家。」

老頭子呵呵一笑。「剛好，我也要去你家。」

周二郎頓時明白，自己被人盯上了。他拉著老頭走到一邊，佯裝要跟他說悄悄話，卻在對方認真聽的時候，轉身快速跳上馬車，拉了韁繩。「駕！」

馬兒和周二郎磨合了一段時間，已經能夠配合得相當好，更知道周二郎一些小動作的意思，所以他一跳上馬車，牠也撒蹄子就跑了。

老頭子立在原地，臉上掛著一抹高深莫測的笑。

「去查那小子的來歷，那馬是怎麼到他手上的。」

「主子爺，那您呢？」

「我當然要跟上去了，很久沒遇到這麼好玩的傻小子了，哈哈哈。」

「那世子爺下落還查嗎？」

「查個屁，那死小子最好被母夜叉抓去做壓寨相公，一天到晚壓榨他，讓他連床都下不來，哼！」

屬下實在不明白，這個大曆國的逍遙王，怎麼跟一個沒長大的孩子一樣，為一點小事能把自己孫子記恨幾年。

只是轉個身，逍遙王又不見了。

周二郎駕著馬車飛快跑著，回頭去看那人有沒有跟上來，一見沒人便鬆了口氣，這時，馬車頂上忽然垂下一顆頭。「傻小子，你在找什麼，你是不是在找我啊？」逍遙王衝周二郎做了個鬼臉，也不知道他臉上抹了什麼，一做鬼臉，恐怖至極。

「啊！」周二郎嚇一跳，驚叫出聲。

「啊哈哈，嚇到你了吧！」逍遙王說著，得意洋洋地跳下車頂落在周二郎身邊，穩穩坐著，也不知道他從哪裡拿出個酒杯，酒杯裡還有酒，馬車顛簸，可那酒杯裡的酒水卻絲毫未濺出。

周二郎瞧著，眼睛瞪得老大，這、這怎麼可能？

「嘿嘿，想不想學？」逍遙王得意問。

周二郎用力點頭。「想。」

「想學啊？可以！你先讓馬車停下來，給老頭子弄點東西吃，好幾天沒吃飯了，好餓啊！」

周二郎聞言便讓馬車停了下來，把自己的乾糧遞給逍遙王。逍遙王只看了一眼，立即嫌棄地搖頭。「就給我吃這個？」

「那你想吃什麼？」

「我想吃烤雞，吃燒雞，吃蜜汁雞，還有……」逍遙王一邊說，一邊嚥口水。

周二郎瞧著他，心思微轉。「你說那些算什麼啊，我媳婦會做紅燒肉、鹽水雞，還會做粉蒸肉、糯米糕，你知道嗎？我媳婦做的紅燒魚都沒魚腥味的。」

「真的？」逍遙王大聲問，他吃了一輩子魚，還沒吃過沒有腥味的魚呢！

「當然，我騙你做什麼？」

「那你帶我回你家吧！」

周二郎一本正經地搖頭。「不行。」

「為什麼不行啊？」

「我們一無親、二無戚的，我怎麼可以帶你回家呢？」

「哎喲，剛剛你都喊我大爺了，怎麼沒關係呢，大不了我再教你別的絕技。」

周二郎聞言，眼睛一亮。「那你覺得我適合練武功嗎？」

「你？」逍遙王看著周二郎，在他身上這裡掐一下，那裡摸一下，眉頭微蹙。「倒是個苗子，可惜年紀大了，骨頭都長硬了，真要練武，這骨頭就得好好鬆一鬆，這鬆骨可不是鬧著玩的，那痛啊……」

「我能忍得住。」

「真的？」逍遙王不信地問。

「嗯，我一定能忍得住，你教我練武，我媳婦做好吃的飯菜給你吃，怎樣？」

「你小子倒是好算計。」

周二郎笑笑，搔搔頭。

第四十章

周二郎離開的當天半夜，院子裡傳來痛苦的嗚咽聲。淩嬌聽到聲音，點了油燈出屋子，見到院子裡那兩隻大狼時，她嚇了一跳，又見一隻大狼的身下，狼崽子正嗚咽地叫著。

這兩隻大狼把狼崽子送到她這裡，想來是要讓她救牠，救活了還好，要是救不活……可眼下容不得淩嬌多想。「阿玉、阿甘，你們快起來幫忙。」

周玉、周甘穿了衣裳出屋，見著大狼腿都嚇軟了，淩嬌沈聲。「阿玉，妳去燒水；阿甘，你多準備幾盞油燈，還有把我上次買的傷藥拿出來。」說著，她抱了狼崽子進堂屋，兩隻大狼依舊坐在院子裡，動都不動。

淩嬌先檢查狼崽子的傷，牠傷得極重，怕是不只外傷，還有內傷。淩嬌伸手輕輕壓牠肚子，狼崽子嗚咽一聲，顯然有些痛。

她先用白酒清洗傷口，狼崽子疼得嗚咽直叫，她繼續上藥、包紮，餵牠吃了點三七藥湯，能不能活也只能聽天由命了。

她一夜沒敢合眼，就怕狼崽子熬不過去。

黑暗過去，黎明到來，狼崽子硬生生撐了過來，嗚咽聲已經小了很多，氣息也穩了。淩嬌想，大狼應該會帶著狼崽子走了吧，哪裡曉得這兩隻大狼卻不走了，她沒辦法，只能把牠們一家三口帶到後院，讓牠們住在豬圈裡。

時近中午，她到後院去，鼓起勇氣到狼崽子身邊檢查傷口，見沒有血溢出，她才鬆了口氣，正準備收手時，狼崽子睜開了眼睛，伸出舌頭舔了舔她的手。淩嬌一愣，也伸手輕輕摸摸牠的頭。「也是你命大，遇上我這個膽子大的，要是遇到阿玉那樣子的，早就被你爹娘嚇壞了。」

淩嬌這時才發現大狼不見了，一旁雞圈裡的母雞和小雞則全縮在角落裡，動都不敢動。

「不會是把這狼崽子留給妳了吧？」三嬸婆說道。

「等二郎回來了，我們一起把牠送回去。這傢伙可不是狗，也做不來看門護家的事。」

三嬸婆贊成淩嬌的做法，這狼崽子現在送回去八成活不了，而且牠凶悍得很，除了淩嬌誰都不能靠近，也只聽淩嬌一個人的話，就像養了一個孩子似的，打不得、罵不得，還得好好哄著。

小狼在家裡一待就是十來天了，傷也好了，可渾身臭死了。淩嬌打算給牠洗澡，可牠四處亂竄，就是不肯乖乖就範。

淩嬌也來氣了。「大黑，我只說一遍，你要是還想待在家裡，現在立即過來洗澡，不然我一會兒就送你回山裡去。」

大黑是淩嬌取的名字，因為牠渾身黑黝黝的。大黑見淩嬌似乎生氣了，一步一步朝她走去，只是快要到淩嬌面前的時候，身上就像馱了幾萬斤重物，壓得牠走不動一般，眼神幽怨。

淩嬌一把抓住牠，拿了皂角給牠抹身子，足足洗了三遍才覺得乾淨了，對著牠鼻子親了一下。

如今眼看要進入臘月了，周二郎還沒回來，淩嬌嘴上不說，心裡還是擔憂的；倒是孫婆婆真的來了一次家裡，和三嬸婆相談甚歡，成了朋友，感情好得很。

因為要過年了，家家戶戶都開始殺年豬，淩嬌想了想，找來周甘，也打算去買頭豬回來殺了，早些燻臘肉。

「大黑，你在家要乖乖的，不許跑出去，明白了沒？」

「嗚嗚。」大黑也想跟淩嬌一起出門，可她不敢帶出去，怕被人認出來這不是狗。

淩嬌摸摸大黑，帶著周甘、阿寶出門，三嬸婆和周玉則留在家納鞋底子。

周家村沒屠夫，何家村才有。淩嬌一到何家村，就被幾個小媳婦拉住，一定要請她去家裡坐坐，順便教她們做吃的，弄得淩嬌怪不好意思，並邀約她們明天來家裡，她教大家做香腸。

「香腸？那是什麼東西？」

「對啊，我聽都沒聽過呢！」

淩嬌笑笑。「明天妳們來了就知道了。」

去了屠夫家，她挑了一頭三百多斤的大肥豬，花了五兩銀子，屠夫把豬殺了、去毛，就連豬血都按照淩嬌說的接在盆裡。

「小嫂子，這豬血真能吃？」

「嗯，這豬血可以清肺，而且做法也特別多。」

屠夫一聽，便堅持要留淩嬌吃午飯。他一年四季都在殺豬，從來沒接過豬血，若真如她所說，那這豬血就是寶貝了，既然是寶貝，肯定可以賣錢。

淩嬌等豬血凝固了，就教屠夫媳婦怎麼做。小媳婦圍了一圈，屠夫笑道：「我家一年到頭都是豬叫聲，這麼多小媳婦還是頭一遭。」

淩嬌在廚房教大家怎麼把豬血拿出來，放在鍋裡煮著吃、炒著吃，搭配什麼能吃、搭配什麼不能吃，小媳婦們聽得津津有味，覺得她太神奇了，居然知道這麼多。

豬肉早已經宰成一塊一塊的，走的時候，屠夫知道淩嬌要用小腸裝香腸，把家裡剩下的幾副小腸都送給她。淩嬌也不拒絕，開開心心拿走了。

回到家裡，她就忙碌起來，先把小腸洗乾淨，周玉忙著切豬肉，周甘按照淩嬌說的，用竹子做了一個漏斗。

肉洗乾淨、切好，用鹽巴、香料拌了，將小腸全部套到漏斗一端，將肉放到漏斗裡，拿筷子擠下去，香腸便一截一截出來了。

大黑蹲在一邊，看著淩嬌手上的肉，口水直流。淩嬌實在看不下去，丟了一塊給牠，結果牠就跟餵不飽的狗一樣，吃了一塊還想要吃。

「打個滾，我就給你吃。」

大黑一聽，立即打了個滾，然後眼巴巴地等著淩嬌丟肉給牠。

「學狗叫，給你吃肉。」

大黑不知道狗是怎麼叫的，阿寶在一邊學了句。「汪汪。」

大黑一聽，也學了起來。「汪……」

越是這樣子，越顯得牠可愛，也只有淩嬌這樣，把一隻狼硬生生養成了狗。

其實她想把大黑送回山裡去，那裡才是牠的家，可經過這些日子的相處，她竟有些捨不得這狼崽子了。

不，大黑已經不算是狼崽子了，牠比起先前大了何止一圈，肉乎乎的，抱在懷裡，暖暖的。

淩嬌想起了周二郎，就要過年了呢，周二郎應該要回來了吧？

一路走來，周二郎跟逍遙王學了一套拳法，打起來還挺像一回事；可逍遙王說了，周二郎那就是花架子，禁不起推敲，如果和高手過招，絕對招招被斃。

路上遇過打劫的，都被逍遙王三兩下打得求爺爺、告奶奶，也曾英雄救美，結果那些漂亮的姑娘看不上周二郎這個窮車伕，反而對逍遙王一個老頭子暗送秋波，周二郎也徹底成了逍遙王的跟班兼奴隸。

周二郎以為自己把逍遙王給騙來教他武功，卻不想逍遙王才是真正乘機在壓榨他。

「我說傻小子，你家啥時候到啊？」

「就到了，就到了，就是前面那家。你看見了沒，嶄新地蓋著瓦的那家。」看著家，周二郎只恨不得長了翅膀快速飛回去。

「哎喲，好小子，你家房子不賴嘛！」

周二郎呵呵直笑，讓馬兒跑得快一些，早些到家。

「阿寶，我回來了！」

他停下馬車，朝院子裡大喊，不一會兒就看見一抹小小的身影衝了過來，撲到他懷中。

「二叔、二叔回來了！」

三嬸婆也紅著眼眶走了出來，周玉、周甘也出來了，卻獨獨不見淩嬌。

那日離家時，淩嬌說：我在家等你回來。如今他回來了，阿嬌呢？

「阿寶，你嬸嬸呢？」周二郎小心翼翼問。

「嬸嬸在洗香香。」阿寶說完，朝周二郎做了個羞羞臉的動作。

周二郎臉一紅，轉頭準備介紹逍遙王，可哪裡還有逍遙王的人影？「咦，人呢？」

「傻小子，我在你家廚房呢，嗯，好吃，好吃。」

逍遙王在廚房裡，拿著淩嬌做的米糕大口吃著，又舀了小爐子上的雞湯喝了一口，幸福地閉上眼睛。「這味道實在太美了。」比皇宮御膳房做的還好吃。

周甘第一個跑進廚房，見到逍遙王時愣了愣，又見他把一鍋雞湯都喝完了，根本回不過神來。這人的胃是什麼做的，一鍋雞湯就這麼喝光了？

逍遙王打了個飽嗝，坐到凳子上，看著周甘。「欸，拿人手短，吃人嘴軟，說吧，你想學什麼武功？」他決定先討好家裡的幾個人，才能在這裡混吃混喝。

「武功？」

「對啊，難道你不想跟我學武功嗎？」

逍遙王說著，還在回味那雞湯是怎麼燉的，又濃又香，油而不膩，滋味真真極好。周甘想著他能神不知、鬼不覺地進了廚房，那武功肯定是厲害的。

「你會的，我都想學。」

逍遙王聞言一愣，眼眸瞇了瞇，掩住眸底的銳利。「小子有志氣，既然志向這麼高大，我又一向助人為樂，肯定教，肯定教！」

凌嬌洗了澡出來，臉蛋紅撲撲的，氣色也不錯，不再像以前那樣蠟黃，如今白膩了些，格外好看。

見到周二郎，她以為周二郎會跟她說幾句的，誰知道他抱著布疋進屋去了，凌嬌錯愕，只見他不一會兒又出來，手裡拿著乾淨的布巾，用布巾包住她濕漉漉的髮。「天氣這麼涼，頭髮都沒乾就跑出來，落下頭疼病可怎麼辦？」

凌嬌的心沒來由地就軟了，鼻子也有些酸澀。

這個男人，看著粗手粗腳，實則心思極細，就像這會兒給她擦頭髮，輕手輕腳的，生怕弄疼了她。

「那些東西都是敏娘讓你帶回來的嗎？」凌嬌問。

「嗯，都是給妳的，有兩疋是給阿玉的。」

其實都是給凌嬌的，周敏娘根本不記得周玉了，可周二郎怕周玉聽見傷心。

「我可用不了那麼多，而且這布料太華麗，我現在用不大合適。」

兩人站在屋簷下，周二郎給淩嬌擦頭髮，像親人溫柔細語，又像情人交頸旖旎纏綿。

逍遙王走出屋子，便見到這樣一副畫面，沒有華服錦衣，沒有金銀朱釵、塗脂抹粉，兩個人極清淡，彷彿一幅山水畫，空寂靈美。

但最讓逍遙王吃驚的是淩嬌的容貌，和某人足足有九分相似——

淩嬌也看見了逍遙王，只覺得有點熟悉，但肯定沒見過。

「客人？」淩嬌問周二郎。

周二郎點頭。「嗯，客人，來教我們武功的。」

「既然是客人，晚上我多做幾道菜，算是給你們接風洗塵了。」

淩嬌說完，從周二郎手中拿過布巾，忙了一會兒才開始準備晚飯。

逍遙王其實已經很飽，肚子都要撐破了，可看著一桌子誘人的菜，忍不住又吃了一口，一口後恨不得再吃一口，吃得越來越撐。

「哎喲，我得在院子裡走走消消食。」

逍遙王在院子裡散步，卻見一抹黑影在屋角處虎視眈眈地看著他，那模樣、眼神，可不就是一隻狼嗎？這個家有點意思。

容貌似故人的婦人，他孫兒的愛駒，憨厚老實又有點精明的家主，兩個一看就不似鄉下人的兄妹，一個天真可愛、聰明伶俐的孩子，一個年紀大了卻依舊耳聰目明的老太太……

第四十一章

周二郎隔天起床就去了地主家，商定好一切，當天下午就請族長和周維新見證把賣地協定簽了，一舉成為周家村的大地主，引得村民們分外眼紅，紛紛猜測周二郎買了那些田地要做什麼。

逍遙王開始教周二郎和周甘武功，阿寶看見也要學，變成一個人教三個徒弟。淩嬌也不問逍遙王從哪裡來，只覺得他氣度不凡，待他也極客氣，上午和下午都有點心，而且各式各樣換來換去不重複，結果就是如今快要過年了，逍遙王還是不想走。

「我回去也是一個人，沒什麼意思，不回去了。」在這裡也熱鬧，尤其在得知一切不過是巧合之後，他便安心地留在這裡，悉心教周二郎、周甘、阿寶三人；當然，也是想打聽淩嬌的身分。

臘月二十五，再過五天就要過年了，家家戶戶都開始到鎮上採購年貨，淩嬌自然也要去。

「嬸嬸，鎮上好熱鬧啊！」阿寶看著熱鬧繁華的街。

淩嬌純粹是來湊熱鬧，帶著阿寶來感受一下過年的氣氛。

「一會兒咱們要買紅紙、鞭炮、香燭，瓜子和花生也要買一些。」淩嬌說著，把阿寶抱下馬車，牽著他的手。周玉也穿了新衣裳，頭髮梳成了雙丫髻，周敏娘送的首飾都太華麗，不適合周玉，挑來挑去便只有一對足金展翅欲飛的蝴蝶釵，淩嬌便送給了周玉，這會兒周玉一走動，那蝴蝶就跟飛起來似的，格外漂亮。

淩嬌仔細打量周玉這小丫頭，才十歲的年紀，模樣卻是極好，五官極其精緻，以前面黃肌瘦看不出來，這些日子吃得營養也長了肉，隨隨便便一打扮便清新脫俗，將來大了不知要迷煞多少佳公子。

周玉見淩嬌看著自己，疑惑地摸了摸自己的臉。「嫂子，可是我臉上有髒東西？」

淩嬌搖頭。「沒有，我就是覺得我們阿玉長得可真好看。」

得到嫂子的誇獎，周玉紅了臉，她知道，淩嬌是真心誇她的。「嫂子……」

淩嬌笑，拉著周玉的手。「走吧，我們去逛街，讓他們去找地方停馬車。」說完便拉著周玉、牽著阿寶擠入了人群。

她想找沈懿，可惜沒碰到他。上次沈懿說帶了好些稀罕東西回來，過幾天就給她送去，結果都要過年了，連影子都沒有。

三人買了不少東西，都是些玩鬧的。

周玉挑了一個嫦娥的面具戴在臉上，又給阿寶挑了個豬八戒的，淩嬌自己挑了個柯虞的面具。她聽三嬸婆說過，這柯虞是一位奇女子，上天入地無所不能，更是聰慧伶俐，受萬民敬仰……似乎也曾有誰跟她說起過這個故事，她想應該是原主的記憶吧。

付了錢，三人戴著面具，準備去嚇周二郎和周甘。

走到一半，忽然有人攔住了淩嬌的去路。她抬頭看去，是一個男人，個子挺高，就是太瘦了，衣著富貴，卻被一股病氣籠罩，他身後還跟著兩個貌美的丫鬟，此刻則是激動又欣喜地看著自己。

淩嬌沒來由地後退一步——他看她的眼神太不對勁了！若周二郎的愛戀是清風明月，那麼面前這個就是烈焰熔岩……這身體的原主和他肯定有牽扯。

「嬌嬌？」謝舒卿淺淺呢喃，伸手就要去摘淩嬌的面具，卻又不敢，而他帶來的隨從已經把人群隔開。

淩嬌蹙眉。「對不起，你認錯人了。」說完拉著阿寶、周玉就要走。

「不，嬌嬌，我知道是妳，剛剛我看見妳了……嬌嬌，對不起，是我不好，我不是故意弄丟妳的，妳跟我回去吧，爹娘已經答應我們的婚事了，不管妳從哪裡來、要去哪裡，我都陪著妳……嬌嬌，跟我回去吧，咳咳咳……」

謝舒卿說得太急，忍不住咳起來。丫鬟立即遞上手絹，謝舒卿接過，捂嘴咳了一陣，不一會兒，手絹上都是血跡。

給謝舒卿遞手絹的丫鬟忽然開口。「淩姑娘，妳當真連奴婢都不認識了？」

淩嬌才不管她是誰呢，跟她可沒有半分關係，瞧他那眼神詭異得很，看得她心口發慌、呼吸不順，像被什麼惡毒的東西死死拽住，掙脫不了。

謝舒卿忽然伸手揭掉了淩嬌的面具，看著一張熟悉的臉、陌生的眼。以往，這雙眼眸中全是依戀，如今這雙眼眸雲淡風輕，再沒有他熟悉的愛戀。

「不，不……這不可能。」謝舒卿難以接受。

他一直以為不管發生了什麼，嬌嬌都會留在原地等著他的，他的嬌嬌不會變，也不能變！

凌嬌搶回自己的面具。「都說你認錯人了！」

「妳是嬌嬌，妳一定是嬌嬌……嬌嬌，我那次不是故意的，妳原諒我吧！嬌嬌，別走了，跟我回去吧，嬌嬌……」謝舒卿有些語無倫次，或許他也不知道自己在說什麼。

凌嬌才不管街上的人指指點點，也不管謝舒卿咳得撕心裂肺，她只想快點離開這裡，找到周二郎，然後回周家村去。一種隨時要窒息的恐懼讓凌嬌臉色越來越難看，周玉和阿寶不敢說話，哪怕凌嬌捏疼了他們也都沒哼一聲。

見到周二郎的時候，凌嬌只覺得渾身虛脫，心終於放鬆下來，身子一軟便朝地上栽去，昏迷前，她依稀聽見一聲驚呼。

「阿嬌！」

周二郎驚喊，上前抱住了凌嬌，她渾身冰冷，額頭上全是冷汗。「阿甘，快，我們去醫館！」

到了醫館，大夫也瞧不出凌嬌的病症。「老夫行醫數十年，從未見過這種病症，你還是另請高明吧！」

「大夫，你救救我嫂子吧！」周玉紅著眼眶說道。

阿寶也哭紅了眼眶，周甘站在一邊，緊抿嘴唇。

「不是老夫不救，而是老夫無能為力。一般來說，要麼就是病了，大限將至，要麼便是被不乾淨的東西衝撞了，你們還是快去找個懂陰陽的瞧瞧吧！」

周二郎一聽這話，也相信凌嬌是被什麼衝撞了，不然怎麼會好端端的暈了過去？他抱起凌嬌上了馬車，直接趕去空虛大師家。

「祖父在算什麼？」金城時身著一襲紫色鑲雪白狐狸毛的錦襖入屋。

空虛大師撫鬚一笑。「我在算金家崛起的時機。」

「莫非……」時機已到？

「這事一時半刻還成不了，我們金家福氣太薄弱，必須依附他人。唉，若那女子嫁入我們金家，金家後代子孫再不愁出人頭地、名揚天下了。」

金城時垂眸不語。

他見過凌嬌，彼此規矩有禮，他也沒什麼想法，從她身上借福，最多做個朋友，卻沒想過要把她娶回來。

「師父，外面有個——」

小童還未說完，空虛大師淡淡開口。「請進來。」

不一會兒，周二郎抱著昏迷不醒的凌嬌進來。空虛大師一眼看去，還有些漫不經心，但瞧了第二眼，驚愕不已。「怎麼會？」如此陰狠毒咒，除了深仇大恨再不會有人敢用？就是他也不敢。

「大師，怎麼了？」周二郎擔憂問。

「閒話少說，快隨我來，遲了，恐她性命難保！」空虛大師說著。「城時，你親自去準備祭壇。」

金城時一愣，準備香案之事一般都是家中下人去做，今日祖父卻叫他親自去，明顯事情比預期的還要嚴重，他不敢懈怠，速速去準備香案，黃紙、香、蠟燭、大公雞，一樣不缺。

周二郎抱著淩嬌跟在空虛大師身後，急得滿頭大汗，臉色慘白一片。

他是真的怕，比那次與聞人鈺璃在樹林遇上刺殺還要怕，他說不上來是什麼感覺，只覺得心都要碎了，若是阿嬌沒了，他賺那麼多錢、修那麼好的屋又有什麼用？如今的他比爹娘死去時還要恐懼、慌亂。

空虛大師帶著周二郎走了好一會兒，才沿著樓梯下了地下。地下的暗室裡擺著許多桃木劍，中間擺放一張桃木床，空虛大師指了指。「把人放在桃木床上。」

周二郎不敢猶豫，連忙把淩嬌放在床上，握住她的手。「阿嬌，妳別怕，我就在一邊。」

空虛大師掐指一算，眉頭緊蹙。「先前她可曾遇到過什麼人？」

周二郎哪裡知道，連忙搖頭。「阿嬌和阿玉、阿寶一起去逛街了。」

空虛大師看了看，沒見周二郎所說的那幾個人，心知定是被小廝攔住了。「稍等片刻，我去去就來。」

空虛大師快速到了前廳，便聽見一陣軟語勸說。「讓他們進來吧！」

周甘、周玉和阿寶見到空虛大師，彷彿見到救星一般。「大師！」

「我問你們，你們一定要老實回答，先前你們遇到什麼人了？」

阿寶緊抿嘴唇。他就是不想說，有人纏著他嬸嬸，一副很親密的樣子，阿寶私心裡認為嬸嬸只能喜歡二叔，也只能跟二叔親密。

周玉卻明白事情的重要性。「先前嫂子在街上確實遇到一個人，那人可能腦子不大清醒，拉著嫂子說了一些胡話。」

「他們可曾碰觸？」

「啊？」周玉一驚，怎麼問起這個？

「妳不要驚慌，我說的是他們可有肌膚接觸過？比如手碰到，或者其他地方，現在妳嫂子正等著你們救她，切莫隱瞞，遲了便是大羅神仙也救不了她。」

空虛大師說得很嚴重，周玉嚇得不輕，忙道：「先前那男子的確想拉我嫂子，可是嫂子避開了；後來他拿下了嫂子戴的面具，會不會那個時候觸碰到嫂子的臉了？」

「面具可還在？」

「在。」周玉連忙把面具遞給空虛大師。

空虛大師接過後放在鼻子下嗅了嗅，神色一鬆。「你們跟我來吧，切記不要出聲，可明白？」

周玉、周甘和阿寶齊齊點頭。

「跟我來吧！」

空虛大師返回暗室時，金城時已經準備好了香案。

「祖父？」

「事情比我想像中還要嚴重，不過也好在總算留下些氣息，我在這面具上聞到了些異常，你對這方面頗有造詣，一會兒你幫我一起將這毒咒驅除。」

金城時點頭，心知這絕對不止是區區一個毒咒那麼簡單。

「開始吧！」

空虛大師唸起誰也聽不懂的咒語，金城時在一邊協助，只見那些桃木劍像有生命一般快速圍著淩嬌轉了起來，似有什麼在四周遊蕩，周二郎、周甘、周玉、阿寶感覺有人在勒緊自己的脖子，讓他們喘不過氣來，卻死死捂住嘴，不讓自己發出丁點兒聲音。

這陣窒息感維持了一刻鐘，才漸漸減弱。

空虛大師滿頭大汗，金城時也好不到哪裡去，亦是滿臉通紅，似乎憋著一口氣，雙眸圓睜，痛苦至極。

又過了半刻鐘，窒息感終於消失，但那桃木劍卻燃燒起來，空虛大師驚呼。「快把人抱走！」

金城時聞言想動作，卻見周二郎快了一步把桃木床上的淩嬌抱起，而那張桃木床瞬間便燃燒起來。

金城時微微皺眉，卻又釋然。周二郎本就喜愛淩嬌，在危難時肯定會第一個想到淩嬌，這個農村男人並非一無是處，至少他有一顆至純至性的心，已經比任何東西珍貴千萬倍。

「阿嬌……」

「嫂子……」

關切的聲音響起，空虛大師收了手，呼出一口氣，金城時走過去扶住他。「祖父？」

「毒咒已經驅除，能不能醒來就看她的造化了。」

若她對這世間還有真心牽掛的人，她就走不了；若是沒有，那真是……

空虛大師算盡天機，也只能算到凌嬌命貴如金，卻算不到她歸來去兮。

周二郎抱著凌嬌走出暗室，寒風迎面吹來，他打了一個冷顫。一件紫色披風蓋在了凌嬌身上，周二郎抬眼看去，金城時一笑。「這披風新做的，還未上身過，又有這麼多人，算不上私相授受，快帶她回去吧！」

「謝謝。」周二郎拉緊披風，把凌嬌緊緊包裹在披風裡，出了空虛大師的家，抱著凌嬌上了馬車。

阿寶見凌嬌臉色慘白，心慌得厲害。「二叔……」

周二郎看了阿寶一眼，摸摸阿寶的臉。「你嬸嬸會醒來的，相信二叔。」

「真的嗎？」

周二郎肯定地點頭。他相信，凌嬌一定會醒來，她心地那麼善良，怎麼捨得他們為她難過？

阿寶靠在凌嬌身上。「嬸嬸，妳可一定要醒來，阿寶許了好多好多願望，每一個願望都是關於嬸嬸的，阿寶一直在努力，等將來某天願望實現，會帶給嬸嬸很多很多驚喜……」

阿寶說著，死死咬住嘴唇，不讓自己哭出來，只有人死了，身邊的親人才會哭的。

馬車跑得飛快，似乎也感覺到氣氛異常壓抑，拚了命往家裡趕……

第四十二章

「唔……」謝舒卿忽然吐出一口血，心口竟減輕了些難受，身子也輕鬆不少。

身邊丫鬟立即上前。「少爺？」

「出去。」謝舒卿呵斥一聲。

以前混沌的腦子在這瞬間清晰起來——他記得自己五年前在河裡救了一個姑娘，之後把人帶回了謝家。面對這個只說自己叫淩嬌的姑娘，他並未上心，更談不上喜歡，只因為她無處可去，便收留了她，讓她住在謝家，做一個客小姐，吃穿不曾苛待；而她也很少出院子，整日練字、畫畫。

可三年前的某天，毫無預兆的，他愛上了她，而且愛得不能自拔，堅持要娶她為妻，弄得父母煩心，身為嫡長子的他在謝家的地位也岌岌可危。

豈料，她忽然失蹤，他瘋狂地四處尋找她，卻不幸遇到劫匪，他身受重傷，好在還能撿回一條命，從此日日泡在藥缸子裡，放棄了屬於自己的一切，四處尋找心心念念的女子。

謝舒卿知道，在這整個過程中他是糊塗的，固執得毫無理性，他不知道自己怎麼了，但吐出這口血之後，理智也慢慢回籠。

他自小聰明好學，文韜武略皆有涉獵，更有屬於自己的強大勢力，這會兒還有什麼不明白？他倒下之後，在謝家誰最得利？答案不言而喻。

一拳狠狠打在身側矮几上，他陰沈低語。「敢做，就要有承受的勇氣，既然你不念兄弟情誼、不義在先，就別怪我不仁……來人！」

先前退出去的丫鬟連忙走進屋。「少爺。」

「端藥來。」

丫鬟快速端了藥進屋，坐在矮凳上，拿了調羹攪拌後舀了遞到謝舒卿嘴邊。「少爺，喝藥了。」

謝舒卿靜靜地看著她，微微張嘴，卻在調羹送到嘴邊的時候，大手一揮，打翻了丫鬟手中的藥碗，藥碗落地，藥湯灑了一地。

丫鬟連忙跪下。「少爺息怒。」

謝舒卿大手一伸，捏住了丫鬟的脖子。「膽子倒是大，敢暗算本少爺，是誰借妳的膽？老二？老三？或者是我那整日裝菩薩心腸的繼母？嗯？」

丫鬟嚇壞了。

這樣子的謝舒卿並不陌生，但那是以前。三年前，謝舒卿便變了，整日庸碌無為，天天唸著他的嬌嬌。

她那時已是十八歲的大姑娘，大少爺卻遲遲不收她入房，她只能自找出路。某日二少爺表示，願意收她入房並納她為良妾，許她錦繡前程。她動心了，便在大少爺食物中放了些東西……然後大少爺忽然就愛上了那個客居的淩姑娘，兩人蜜裡調油，她也在二少爺身下初嘗情思，徹徹底底成為了二少爺的人，幫二少爺盯著大少爺的一舉一動。

二少爺說：「初荷，只要妳乖乖幫我辦事，將來別說姨娘了，就是平妻之位，也是有的。」

她以為大少爺永遠都好不了了，哪裡曉得謝舒卿忽然好起來。

「說！是誰指使妳的？否則別怪爺手下不留情！」

「大少爺，奴婢、奴婢……」

「別跟爺說妳冤枉，妳知道爺的手段，對於背叛我的人，下場是什麼，爺想妳承受不起，爺有千萬種手段讓妳求生不得、求死不能，妳的家人一個也休想逃。」

那雙眸子銳利非常，竟生生嚇暈了初荷。

謝舒卿這才鬆了手。「沒用的東西！」也怪他當初念著初荷從小伺候他，沒將她早早嫁出去，留下這禍害。

謝明欒，你且等著看我如何奪回我當初所失去的一切，我必將讓你死無葬身之地！至於初荷……哼，暫且留著她的狗命，等一切勝券在握，再來收拾不遲。

謝舒卿重新換了衣裳，喚來初菊。「看好她，別讓她傳一個字出去。」

初菊點頭，擔憂地看向謝舒卿。「少爺要出門？」

「嗯，有事出去一趟。」

「奴婢去吩咐備馬車。」

「不必了，我騎馬出去。」

初菊忙應聲。「是。」

初菊武功不俗又忠心耿耿，謝舒卿從不曾懷疑過她。

出了謝家在泉水鎮的別院，謝舒卿直接去了一個打鐵鋪，鋪子掌櫃見著謝舒卿，忙熱情上前。「公子需要什麼？」

「一把寒山寶劍，兩個劍鞘，三只鐵球，四雙馬蹄腳扣。」

「公子裡面請。」

謝舒卿隨掌櫃進入裡屋，掌櫃立即單膝跪地，恭恭敬敬道：「原來是恩公大人，小人眼拙，還望恩公見諒。」

謝舒卿伸手扶他起來。「起來說話。」

「恩公怎麼來了泉水鎮？瞧恩公臉色不好，是否身子有恙？」鐵勇關心問。

「身子的確不大好，這次有事吩咐。」

「恩公請講，鐵勇定不負恩公所託。」

謝舒卿從懷中摸出一塊玉珮，遞給鐵勇。「你速速拿著這玉珮去綿州華來客棧，將此玉珮親手交給掌櫃，並告知他我在泉水鎮，他便知曉應該如何做。」

「是，恩公請放心。」

謝舒卿點頭。「若他日有人前來打探，你便說我來做了一副鐐銬，銬端微小，似乎拿來圈鎖女子所用，且把這鐐銬打造出來，我會讓身邊丫鬟來取。」

鐵勇不知謝舒卿在謀劃什麼，只知道在他一家五口走投無路時，是謝舒卿出手救了他，並把他安排到泉水鎮安家，還給了他銀錢開了一間鐵匠鋪。

如今娶了媳婦、生了娃，妹子已嫁，老子娘健康福壽，這份恩情便是上刀山、下油鍋也是要還的。

「是。」

謝舒卿回到謝家別院，派了人出去打探淩嬌的下落，又傳出他身子不好，命人請來了大夫。

不久，大夫出門，暗自搖頭。

而鐵匠鋪在謝舒卿離開不久，果然有人前來打聽。鐵勇一開始不說，那人朝鐵勇拋出一個銀錠子，足有十兩，鐵勇喜壞了。「……說要打造一副鐐銬，我瞧那位公子比劃，好像是要銬人的，也不知道是銬在手腕還是腳踝……咦，你別走啊，我話還沒說完啊……」見那人走遠，鐵勇才收斂了笑，回了內院，跟媳婦、老子娘交代幾句，套了馬車出城，直往綿州趕去。

空虛大師虛弱地倒在床上，金城時把了脈，吩咐小廝去抓藥，才說道：「祖父感覺如何？」

「無礙，能熬過去。」

金城時不免擔心淩嬌。「也不知道她能不能熬得住……」

空虛大師聞言一嘆。「但願她能熬住。」片刻之後又問道：「查到了嗎？」

「查到了，那人是謝家大少爺，暫時只查到這麼多，準確消息要等二弟那邊傳來。」

「若他真是名震大曆的那個謝家大少爺，這凌嬌和周二郎的姻緣怕是難了。」空虛大師輕聲說道。

「祖父，這也未必，倘若這毒咒能迷失人心，那謝大少爺風華絕代般的人物，未必就真是非卿不娶。」

空虛大師聞言，微微點頭。「倒是你看得比我清明。我累了，先休息片刻，你也累得不輕，下去休息吧！」

「是。」

三嬸婆見凌嬌臉色慘白地被抱了回來，驚訝道：「這是怎麼了？好好地出去，發生什麼事了？」

周二郎抱著凌嬌直接回了屋子，周甘跟三嬸婆解釋凌嬌是中邪了，好在空虛大師已經驅除了邪靈，只要人能醒過來就好了。

周玉去廚房燒水，阿寶跟著周二郎進屋子，給凌嬌整理枕頭、拉被子，順便把興奮蹦過來的大黑帶去後院，關到豬圈裡。

逍遙王頓時覺得這個家似乎亂了，卻又似乎沒亂。前些日子事事都是凌嬌拿主意，他並沒覺得這些孩子有什麼不一樣，但今日一瞧，才發現他們比他想像中懂事、能幹。

每個人都在忙碌，就是沒人理他。

三嬸婆進了屋子，讓周二郎出去，等周玉進來，兩人給凌嬌換了衣裳，又吩咐周二郎把她那個銅烘手拿來，塞到被窩裡。淩嬌的手貼在銅烘手上，冰冷的小手一會兒就暖了起來。

三嬸婆覺得還不夠。「阿玉，妳快去妳趙苗嫂子家，把妳趙苗嫂子家那個也借來。」

周玉應了一聲，跑出去了。

趙苗家也有一個銅烘手，不過都是族長在用的，這玩意兒金貴，農村一般沒人用得起，三嬸婆的是淩嬌買的，覺得三嬸婆年紀大了，抱個暖爐舒坦些，而族長這個是他在城裡的兒子買的。

趙苗一聽，急問：「妳說妳嫂子咋了？」

「在鎮上撞邪了，這會兒昏睡不醒，渾身冷冰冰的，三嬸婆叫我來問嫂子借銅烘手。」

「妳等著。」趙苗走進族長房間，族長正靠在鋪得厚厚的椅子上，閉著眼睛，身上蓋著厚厚的棉被，也不知道睡著沒有。

「阿爺。」趙苗輕喚。

族長聞聲，睜開眼眸，看不清楚趙苗，卻應了一聲。「嗯。」

「阿爺，阿嬌在鎮上出了點事，這會兒昏迷不醒，阿玉剛剛來說阿嬌身子冰冷，想問你借銅烘手過去給阿嬌暖暖身子。」

族長聞言。「阿嬌？二郎媳婦啊？」

「欸，就是二郎兄弟媳婦。」

族長喜歡淩嬌，今日要是換了別人，誰都不借，可這淩嬌不一樣，做的飯菜好，對他也熱情周到，他把銅烘手拿出來遞給趙苗。「快拿過去吧，阿嬌病了，她家老的老、小的小，妳跟過去看看，多幫襯著。」

「聽阿爺的。」

趙苗說著，連忙出了屋子，拉著周玉就走，還問了些事。周玉絕口不提謝舒卿之事，只說撞邪了，這是在馬車上，周二郎早就跟他們串通好的說辭。

到了周二郎家，趙苗讓周玉去弄銅烘手，自己進了屋子，見大家都圍在床邊，小聲問：「怎麼樣了？」

走到床邊，見淩嬌慘白著臉，竟冒著虛汗，她心一揪。「壓驚的湯藥喝過了嗎？」

壓驚湯？誰想得到。

趙苗頓時明白了。「我先回去看看家裡有沒有，有的話馬上拿過來，沒有便讓維新跑一趟，天黑之前肯定能趕回來。」

趙苗快速回了家，翻箱倒櫃地找，都沒找到，她又去了李家，何秀蘭有些陰陽怪氣。「這藥平日誰會抓了放在家裡啊，多不吉利。」

趙苗聞言一想，覺得何秀蘭說的有理，便去村子裡找周維新。

周維新正在研究村子裡的水渠，有些地方總是漏水，他作為一村之長，這些事肯定是要多關注一下，見趙苗心急火燎地走來，村民還開玩笑說趙苗是怕周維新在外面鬼混，來監工的。周維新呵呵一笑，待趙苗走近，打趣道：「怎麼了，家裡著火了？跑這麼快。」

趙苗沒好氣地瞪了周維新一眼。「胡說八道什麼呢，是阿嬌去鎮上撞邪了，你快去二郎家，拉了馬車去鎮上抓幾副壓驚湯回來。」

周維新看著自己幹了一半的活，微微猶豫，李本來忙道：「要不我去吧，反正我還沒下水，鞋子都還沒脫呢！」

「成，你去，鎮上你熟悉，又是趕馬車的好手，就讓本來去。」周維新說著，看向趙苗。「妳還愣著幹麼，去二郎家看看有什麼需要幫忙的。」

趙苗一拍腿。「你這一說還真是，也不知道他們吃午飯沒有，我先走了。」

趙苗一走，李本來便跟上。

李本來心裡彎彎繞繞的，各種心思都有。淩嬌在他眼裡一直都是大大方方的，和農村裡的老少娘兒們、大姑娘不同，她遇事沈穩、處事大方，總是溫柔熱心，渾身上下無一點尖酸刻薄，總是讓人情不自禁想要親近她。

想著那夜醉酒回到家裡，抱著何秀蘭口裡喊著阿嬌，還生生把何秀蘭強了，翌日何秀蘭好一通吵鬧，他甚至用休妻才把何秀蘭嚇住；若是自己的心思被周二郎或者其他人知曉，後果不堪設想。

他暗暗發誓，以後可不能再貪嘴多喝了，也要離淩嬌遠些，可他偏偏又忍不住想要靠近，哪怕只是看看也好……

第四十三章

到了周二郎家，李本來說明了來意，周甘是男子不好總進屋裡，倒是周玉出來說了幾句。「無礙的，就是昏睡不醒，等醒來就好了。」

李本來點頭，套了馬車，從周玉手裡拿了一兩銀子去鎮上。

趙苗煮了些吃的，除了逍遙王，大家都沒胃口。

天快黑了，她也要回去做飯，便起身告辭。

回到家裡，周維新便問：「醒了嗎？」

「沒呢！」

「那妳晚上去守著吧，我怕……」周維新說著，微微一頓。淩嬌畢竟還年輕，若是去了，依著周二郎那癡心樣，以後的日子怕是要過得比以前還不如。

「胡說什麼呢？阿嬌會醒來的！」

周維新點頭。「嗯，那就別過去了，晚上警醒些，別睡沈了，給阿爺準備的那些東西，妳一會兒去找找，莫要臨頭一團亂。」

趙苗一聽，心裡特別不得勁，惱怒道：「你就不能說些別的嗎？盡說這喪氣話，阿嬌真去了對你我有什麼好處，她活著也沒礙著我們啥，你就不能盼點好?!」

「我這不是未雨綢繆嘛！」

「呸，還未雨綢繆呢，分明就是杞人憂天！」趙苗怒。

族長走來，贊同道：「妳說得對，周二郎好不容易有個媳婦，盼人家好點，別說風就是雨的。」

「就是！」

周維新覺得冤枉啊，他哪裡不盼周二郎好了？他是周家村第一個盼周二郎好的吧？

「跟你們說不清楚，我自己去周二郎家看看。」說著便出了門。

趙苗氣極。「阿爺，你看他這個人。」

「唉。」族長嘆息一聲。「妳也別怪維新，他這麼考慮也是常理，這撞邪的人醒不來就這麼去了的，確實不少。」

趙苗一聽還真是這個理，周二郎家沒想到，萬一到時候淩嬌真去了，肯定手忙腳亂的。

「那阿爺，我先去把東西找出來，晚飯等會兒再做，你再等等。」

「去吧！」

趙苗轉身去找東西，找了東西回來，族長卻說：「別弄了，妳去把維新喊回來，揹我去二郎家。我活了一大把年紀，什麼妖魔鬼怪沒見過，過去給阿嬌鎮鎮氣場。」

趙苗一聽，樂意了。一般可沒長輩願意去給別人家晚輩鎮鎮氣場的，畢竟年紀大了，怕晦氣，想來也是淩嬌討好了她這個為人正直卻脾氣古怪的阿爺。

周維新到了周二郎家時，周玉正在廚房做飯，逍遙王為老不尊地靠在廚房門口，問周玉做什麼，周玉淡淡應聲。「煮稀飯。」

「唉呀，光吃稀飯又沒什麼營養，對了，妳廚藝怎樣啊，跟妳嫂子比如何？」

周玉淡淡看了逍遙王一眼。「你想吃什麼，我給你做一樣，雖然比不上我嫂子，但也不會太差。嫂子身體不好，我心情不大好，只能做一樣，你不能多要，也不能要那複雜的。」

逍遙王一愣，這丫頭倒是個精明的，說起話來頭頭是道、條理清晰，那氣勢哪裡像只是借住在這個家，倒像這個家正兒八經的主子。

「那來個爆炒雞丁吧，我見廚房還有半隻雞，再切點香腸蒸，拌著稀飯也好。」

周玉嗯了一聲。要不是看他武功好，二郎哥、大哥、阿寶跟著他能學到本事，她才不理他呢，整日就知道吃。

逍遙王完全無視周玉的不樂意，樂呵呵地去逗大黑，炫耀自己晚上有吃的，大黑汪叫之後便縮在角落，隨便逍遙王怎麼逗都不理會。

逍遙王遙望天際，那丫頭人緣怎麼這麼好？如果她真是京城那個嬌小姐，才幾年時間，性子變得也未免太多了。他曾試探過，雖然同名同姓，長相也相似，可脾性和生活習性都差太多了，還是等過陣子再送信給皇帝，免得他空歡喜一場。

可若她真是那個嬌小姐，孫兒回來又該如何自處？

周維新沒怎麼避嫌，在門口問了幾句，阿寶年紀小，又說得小聲，他不放心，自己走到床邊，見淩嬌除了臉色蒼白之外，呼吸都還正常，才微微安心。經過這些日子相處，他是拿凌嬌當妹子看了，對她有幾分敬重。

正想安慰周二郎幾句，卻見周二郎有些呆愣愣地看著凌嬌，不知道在想些什麼，推了推周二郎，剛想開口，他卻豎起手指，放在唇邊。「噓……」

周維新瞧著，這人還沒去呢，就這麼失魂落魄，若凌嬌真熬不住去了，還不得瘋掉？張嘴想勸幾句，周二郎卻站起身走了出去，周維新連忙跟上，見周二郎進了廚房，正端著碗喝稀飯，又去了自己房間，拿了衣服出來，進了澡房，不久便傳來水聲。

「嗯？」這算什麼意思？

不一會兒，周二郎把自己洗得乾乾淨淨，連鬍鬚都刮了，透著一股清爽，又去了凌嬌的屋子，不知道跟三嬸婆說了什麼，三嬸婆紅著眼眶帶著阿寶出來，還順手關上了門。

「三嬸婆？」周維新上前低喚。

「唉，二郎說阿嬌會醒來的，咱們該幹麼就幹麼，他一個人守著阿嬌就好。」三嬸婆說著，朝周維新苦澀一笑。「回去吧，真有事我讓阿甘去喊你。」

周維新見狀，忙道：「行。」

他回了家，在路上見到趙苗，聽趙苗說了來意。「快回去吧，我瞧著不是那麼嚴重。」

「真的？」

「真的假的我哪能看得出來，這不是要安妳的心嗎？還有，讓妳準備東西的事趕緊給我爛在肚子裡，別讓二郎知道了，若他知道我們為阿嬌準備後事，會生撕了我們的！」

趙苗嚇了一跳。「這麼嚴重？」

「妳是沒瞧見，二郎那樣子，六神無主、失魂落魄的，阿嬌若是去了，二郎想要振作起來怕是難了！」

趙苗卻感動得不得了。「二郎兄弟真是個重情義的。」

「說得我多無情無義似的。」

趙苗失笑，推了周維新一把。「還吃上味了？」說著，睨了周維新一眼。「哼，要不是怕阿嬌有啥事，你看我今晚怎麼拾掇你。」

「唉呀，我還真是怕死了呢……」

周二郎看著床上的淩嬌。以前住老屋的時候，他總是喜歡半夜三更偷看淩嬌睡覺，見她睡得安穩，滿心愉悅，恨不得自己是個有本事的，讓她一生都這般無憂。

可這會兒瞧著她，竟是滿心的疼。

「阿嬌……」一說話，他才發現自己哽咽得厲害，眼眶發澀。「阿嬌，妳或許不信，我真的不能沒有妳。我每次說得那麼有勇氣，妳真喜歡上別人，就放手讓妳走，那是因為我知道妳還活著，我想見妳，就算不能光明正大，也能偷偷摸摸看上一眼……」

可人一旦死了，便再也見不到了。

「現在我才明白，那些話有多麼自欺欺人。」

他心中打定主意，只要淩嬌醒來，以後再也不說放手了，再也不說了……他會一輩子對她好，讓她覺得這個世間再沒人比他對她更好了，興許，她就會只喜愛他一個人。

淩嬌掙扎，可男人忽地抱起她，死命往回跑，那陣擔憂的聲音似乎越來越小，而後消失無聲……

周二郎驚呼一聲，蹭地站起身，油燈已經燃盡，分不清今夕是何夕，他快速朝床上一摸，摸到淩嬌溫軟的身體，才鬆了口氣，轉身拿了一盞新的油燈點上，去了茅房。

等他回屋子來，屋子一片漆黑，往床上一摸，床上哪裡還有淩嬌的身影？

周二郎又驚又喜。「阿嬌……」

他跑出了屋子，卻見廚房有亮光，頓時有些挪不動腳。

廚房門口，淩嬌又嗔又怒地瞪著他。

「半夜三更的，你鬼叫什麼？我就是餓了，來廚房弄點吃的填一下肚子。」她說完，準備去洗手弄點吃的，身子卻被周二郎緊緊抱住。

「阿嬌……」

周二郎喊得很輕、很輕，似在呢喃，可淩嬌感覺到那從他靈魂深處嘶吼出的眷戀，整個人愣住了。他身上的溫度傳來，自己有些冷的身體似乎也不那麼冷了。

淩嬌張嘴想要說些什麼，周二郎卻淡淡開口。「醒來就好，不是餓了嗎？妳想吃什麼，我來做。」然後挽起袖子，洗手、洗鍋。

「我……」還沒說完，就聽見阿寶嗚咽哭著跑過來，抱著她大哭。「嬸嬸，妳醒了……嗚嗚，嗚嗚……」

淩嬌蹲下身把阿寶抱在懷裡，給他擦眼淚。「好了好了，不哭了，看，眼淚都流成河，跟發洪水似的，好醜。」

阿寶卻哭得越發傷心了。

「好了，好了，不哭了。」淩嬌說著，想抱阿寶起來，卻一陣頭暈目眩，差點摔倒，幸虧周玉、周甘眼疾手快，一左一右扶住了她。

「嫂子，妳昏睡了幾天，先去床上躺著，妳想吃什麼，我來做。」周玉關心地說道。

淩嬌剛想說話，周二郎已經把她抱在懷中，直往她屋子走去。

阿寶跟在後面，周玉連忙拿了油燈跟上。

燈光照亮了屋子，周二郎把淩嬌放在床上，動作輕柔，像呵護稀世珍寶一般，讓她受寵若驚。「我……」

三嬸婆套了衣裳走進屋子，見她靠在床上，蓋著被子。「醒來就好。」到床邊坐下，握住淩嬌的手，阿寶自然而然靠在三嬸婆身上，雙眸濕漉漉地看著淩嬌。

「我昏睡幾天了？」弄得大家這般驚喜，就像她差點死去般。

「四天了，今天都臘月二十九，明天就是大年三十了。」三嬸婆說著，眼眶更紅。

昏迷不醒四天了？她到底是怎麼了，好端端的怎麼昏睡了四天？

「妳在鎮上中邪了，好在空虛大師給妳驅除邪氣，醒來就好。」三嬸婆安慰著。

那廂，周玉很快端了稀飯過來，先前在廚房就聞到粥的味道，她還沒來得及找呢！

「嫂子，我溫在爐子上的，淡粥，妳趁熱吃。」

淩嬌剛要伸手去接，周二郎卻接了過去。「阿玉，妳嫂子幾天沒漱口了，幫忙去打盆水過來給她洗臉漱口。」

周玉應聲便跑了出去，阿寶也咚咚咚跟了出去，不一會兒，阿寶拿著漱口用的竹筒子和粗鹽，周玉端著臉盆，裡面放著一條潔白的棉布巾。

「好了，你們都去睡吧，我看著就好。」

三嬸婆、周玉、周甘和阿寶連吭都沒吭一聲，吩咐凌嬌好好休息，養好身體明兒好過年，便都起身走了。

「要不要先洗手？」

凌嬌點頭，周二郎立即準備好東西，弄得她很不自在。「我自己來吧！」

「我來就好。」周二郎堅持，把勺子遞到了凌嬌嘴邊，她實在是餓，張嘴含住，滿口的米香。

周二郎又餵兩勺，凌嬌吃後，忽地從他手裡搶過碗。「我自己來，實在太餓了。」她接過碗，毫無形象地吃了起來，一碗下肚，凌嬌把碗遞給周二郎。「再來一碗。」

周二郎去廚房舀粥，很快端回來，凌嬌吃了兩碗，還想要。「二郎，再來一碗唄。」

「妳剛醒來，別吃太多，休息一下再吃吧！我不回去睡，等等我再去給妳舀粥。」

「我那天到底怎麼了？」

「中邪了啊……」周二郎含糊其辭，起身收拾東西端了出去。

中邪？

第四十四章

凌嬌可不相信事情有這麼簡單。

周二郎回來後，她想了想才說道：「那天我在街上遇到一個男人，他喊出了我的名字，還說認識我，之後我開始不大舒服，見到你就暈倒了，這其中沒什麼關係嗎？」

周二郎不語。

凌嬌呼出一口氣。「周二郎，我覺得你有必要告訴我，起碼讓我心中有數，以後才能坦然面對，你說呢？」

周二郎點頭。「妳中了毒咒，跟那個男人可能有關係，不過空虛大師已經為妳解咒，以後妳和他應該沒有關係了。」

凌嬌似懂非懂，不過沒關係，等過年後去鎮上找空虛大師仔細問問就好。

「去睡吧，看你都有黑眼圈了。」人也消瘦不少。

周二郎看了凌嬌一眼。「妳睡吧，我趴床上瞇一會兒就好。」說到底還是不放心。

凌嬌看了看周二郎。「你是睡不著呢，還是不敢睡？」

周二郎搔搔頭。「都有吧！」

「既然你睡不著，那幫我燒水吧，我渾身都黏答答的，想洗個澡、換乾淨的衣裳。明天就要過年了，總不能大年三十還在洗澡吧？」

周二郎一愣，想著的確今天家裡的人都燒水洗澡了，就連他和大叔都洗了。「妳等我一會兒。」立即起身出去燒水。

凌嬌起身，從櫃子裡拿出周敏娘送來的錦緞床單、被套、枕套，把床單、被套、枕套都換了。看著床上繁花似錦的被面，也明白周敏娘送這個的心思，凌嬌笑了笑，收下了周敏娘的這份心意。

她把窗戶打開透氣，出了屋子去廚房，渾身還是有些無力虛弱，不過堅持下還是能撐得住。

廚房裡發出微弱的光，只見周二郎坐在灶臺後發著呆，不知道在想些什麼，傻愣愣的，灶口的火光映照在他臉上，紅彤彤的倒有些可愛。

「想什麼呢？這麼入神。」

周二郎回過神，連忙起身，走向凌嬌，伸手扶住她的手臂。「為什麼不在屋裡等著，外面怪冷的。」

「也沒感覺那麼冷。」凌嬌說著，坐到凳子上。

「身子還虛嗎？」

「有點，不是很嚴重，洗完澡我就睡了，興許睡一覺會好很多。」

「嗯，那就好，明天我殺隻老母雞，讓阿玉給妳熬雞湯。」

兩人你一句、我一句，倒有些像恩愛多年的老夫老妻，沒有太多的甜言蜜語，字裡行間卻都透著關心。

水燒好，周二郎提了熱水去澡房，來來去去好幾次後才說道：「我已經兌好水了，妳去試試，要是水溫不適，我再給妳兌，鍋裡還有熱水。」

淩嬌回房間裡拿了衣裳出來，周二郎立在門口，紅透了臉。「我在澡房給妳放了一把椅子，要是不舒服就休息一會兒再洗，實在不行就喊我，我在外面，不會走遠。」

自然也不會太近，就在淩嬌出聲他就聽得見的地方。

淩嬌聞言，臉色微微發紅，淡淡應了聲，抱著衣服進了澡房。

周二郎守在外面，手裡拿著根樹枝，有一下、沒一下地敲著地面，仔細聽著澡房的聲音，並沒有那些邪心，只想著若是淩嬌身子不適，他就衝進去，免得她暈倒摔在地上。

他想著那個夢，總覺得有些真實，可又有些可笑。

淩嬌洗好，穿好衣服出來，周二郎連忙站起身，見她頭髮濕漉漉的。「快把頭髮擦乾，妳先回屋去，我給妳弄個火盆，烤著火頭髮乾得快，身子也暖和。」

「好。」她又不是傻瓜，有個男人這麼好，根本沒有往外推的道理。

不一會兒，周二郎端了個火盆過來，盆子裡的炭火燒得旺，一端進屋子，一股暖意撲面而來。周二郎把火盆放在淩嬌身邊，起身拿了布巾。「我幫妳擦還是自己擦？」

淩嬌心思微轉。「身子好像還有些虛呢，你幫我擦吧！」

周二郎求之不得。

淩嬌坐在椅子上，歪著頭，周二郎站在一邊，輕手輕腳給她擦頭髮。淩嬌抬眼看周二郎，見他極其認真，心微暖。周二郎垂眸看她，四目相對，他一愣，有種被抓包的慌亂，淩嬌噗哧一笑。

周二郎見她笑了，也跟著笑。

「你笑什麼？」凌嬌問。

「妳還好好活著。」

這是他的真心話，凌嬌還好好活著，所以他笑了。

天知道這幾天他過得多辛苦煎熬，每每看著她昏睡不醒，只恨不得去殺了那個對她下毒咒的惡毒之人，更許願只要她醒來，叫他做什麼都願意。

凌嬌笑開了，雙眸水潤，容顏在這瞬間豔麗開來，彷彿那極品蘭花，在含苞之後瞬間綻放，花朵上還帶著露水，惹人憐惜也誘人採摘。

周二郎手一僵，癡癡看著凌嬌，心裡有個聲音提醒自己：親她，親她，親下去！就這刻，親下去，快，快啊！不要猶豫！

而他真的順了自己的心，慢慢低下頭，輕輕印在凌嬌的唇上。她的唇有些冰涼，卻極其柔軟，嘴角似乎還逸出一絲誘人清香，誘惑他去品嚐。

他輕輕伸了舌頭舔了下，滋味美好得讓他瞬間渾身骨頭都鬆了。

凌嬌也愣住，沒想過周二郎會忽然親下來，他的唇滾燙，呼吸灼熱，笨拙卻又帶著濃濃激情。

她還沒來得及回應，周二郎忽然跑了出去。

周二郎立在屋簷下大口呼吸，渾身上下的熱血都匯集在某處，他努力壓抑，但腦海裡全是那旖旎滋味，嘴角漸漸勾起笑。

剛剛阿嬌沒一巴掌打過來，她是不是跟他一樣，也喜歡他？應該是吧？

周二郎笑咧了嘴，幸福地把淩嬌換下的衣裳全洗了。

洗完了衣裳，晾在晾衣竿上，小心翼翼地回了淩嬌的屋子，見火盆快滅了，淩嬌已經躺回床上，好像睡了，周二郎走過去摸了摸她的頭髮，見她弄乾了頭髮，伸手探了探她的鼻息，感覺正常，才拿了放在一旁的床單、被套和枕套出去洗，又是一陣拎水倒水、洗東西的聲音。

淩嬌躺在床上，嘆息一聲。這傻子，她都表示得這麼明顯了，他難道就沒點別的想法？

周二郎洗好了，甩了甩手才進了堂屋，朝右是淩嬌的房間，往左是他的房間。

淩嬌睡在床上，屋子裡，油燈還亮著。

往左、往右？周二郎猶豫了。

在堂屋門口猶豫許久，周二郎才鼓起勇氣，小心翼翼往右邊去，心想如果淩嬌醒來，就說看油燈還亮著，他進來吹油燈的。

進了屋子，只見淩嬌沈沈睡去，他又起了貪心，想過去看看她被子是否蓋好，於是輕手輕腳往床邊走去，給她掖了掖被子。

周二郎有些發癡地看著淩嬌，又想起先前那個淺淺的吻。只是，一直待在這屋子終歸不妥，他想了想，還是準備回自己屋子去睡。這時，手腕卻被抓住。

「再陪我一會兒吧！」淩嬌淡淡說道。多少有些害羞，畢竟這還是她第一次主動，放在被子裡的那隻手握成拳，手心全是汗。

「啊？」周二郎又驚又喜。

這是真的嗎？

周二郎只覺得自己被天上掉下來的餡餅砸中了，而且這個餡餅還是真真實實存在的。

他連忙坐在床邊的凳子上。「妳睡，我陪著妳，等妳睡著了我再走。」

淩嬌見他這樣不上道，吐出一口氣。可真要半途而廢嗎？好不容易鼓起勇氣，不一鼓作氣，以後怕是再難有今日的勇氣了。

她鬆了手，身子往床內挪了挪。「被窩冷冰冰的，要不你上來幫我暖暖吧？」聲音又輕又柔，就像一片羽毛，輕輕拂在周二郎心口上。

等他回過神，人已經脫了鞋子和厚厚的棉襖，躺在淩嬌的被窩裡。

周二郎動都不敢動，渾身僵硬。

淩嬌翻了個身，面對周二郎。「你很緊張？」

「不、不緊張。」他聲音都有些發顫，怎麼會不緊張？

淩嬌失笑。「喔，那睡吧！」

「嗯、睡。」周二郎連忙閉上眼睛，只是腦子裡怎麼樣都是些旖旎念頭，揮之不去，呼吸似乎還有些沈重。

淩嬌勾唇失笑，身子有些發虛，洗了澡身子清爽了，卻也更虛弱了，沒一會兒便睡著了。

周二郎見她好一會兒沒有反應，轉頭偷偷看過去，見她似乎真睡著了。「阿嬌……」低喚兩聲，見她沒有回應，他輕輕起身，在她唇上輕輕印下一個吻，又倒回枕頭上，暗自慶幸這幾天把自己收拾得乾淨，要不然臭臭地去親淩嬌，包准會被嫌棄。

他笑了起來，幾日白天黑夜地守著淩嬌，身心疲憊，這會兒淩嬌醒來，安然無恙，心一鬆，人便更累了；可一想到淩嬌都叫他到床上睡，心裡應該也是有他的，終於心滿意足地睡去。

臘月三十。一大早，院子裡便傳來了嬉笑聲，壓抑的陰霾在淩嬌醒來後，瞬間消失不見。三嬸婆忙著剪窗花，紅紅的紙在三嬸婆手裡，不一會兒便變出了各種吉祥如意的花樣，阿寶跟著三嬸婆學，居然也歪歪扭扭剪出了些模樣來，瞧著更是滑稽可愛。

周甘忙著在雞圈裡逮雞，殺了燉雞湯給淩嬌喝，小院裡，一片祥和安寧，逍遙王便顯得有些無所事事，索性牽了馬兒去遛。他原本以為能把這馬兒給騎走，只是騎出去跑了幾圈後才發現，馬兒根本不聽他使喚，跑夠了後就朝周家跑，逍遙王氣得臉都青了。

誰也沒去打擾淩嬌和周二郎。

趙苗親自送來了族長寫的對聯，問起淩嬌。「醒了？那真是太好了，我去看看她。」

三嬸婆拉住她，湊在她耳邊道：「二郎在裡面呢！」

趙苗一愣，隨即噗哧笑了出聲，神秘兮兮地問道：「睡一起了，圓房了嗎？」

「哪曉得呢，昨夜說了些悄悄話，二郎勤快地把阿嬌衣裳、屋子的床單、被套、枕套都洗了，後來還進阿嬌屋子去了。」

不管有沒有圓房，三嬸婆都是開心的。

趙苗也為周二郎守得雲開見月明而高興。「看我這心思，既然阿嬌留了二郎兄弟，這心裡肯定也是有二郎兄弟的，這圓房之事啊，怕是不久矣。得了，既然阿嬌醒了，我先回去了，把這好消息告訴維新跟阿爺，等我忙好了再過來。」

趙苗為人風風火火，說完就走了。

三嬸婆瞧了淩嬌屋子一眼，笑瞇了眼，坐下來繼續剪窗花。

阿寶靠近三嬸婆。「太婆，嬸嬸是不是很快就要給阿寶生弟弟、妹妹了？」

「怎麼，阿寶想要弟弟、妹妹了？」

阿寶重重點頭。

三嬸婆笑著。「應該快了。」不過又有些擔心，如果淩嬌有了自己的孩子，對阿寶還會不會這麼好？畢竟侄兒再親，也親不過自己的骨肉。

不過想著淩嬌對她自己和對周甘、周玉的態度，提起的心便又放了下來。

第四十五章

吃飽睡了一覺，淩嬌感覺神清氣爽，見周二郎還睡著，輕手輕腳地下了床，在衣櫃裡找了套紅色新棉襖穿上，又穿了新鞋，坐在銅鏡前把頭髮梳了綰好，又從周敏娘送來的飾品裡挑了支八寶釵固定，再挑了對瑪瑙耳墜掛上。

站起身，整理了一下衣裳，淩嬌頗為滿意今天這身打扮的。

她走出堂屋，正在院子裡忙碌的幾人都驚呆了，那個仙女般站在門口的女子真是淩嬌？

「怎麼了，不認識了？還是我打扮得不好看？」淩嬌好笑地問。

三嬸婆第一個笑出聲。「好看。」

有點新媳婦的樣子，三嬸婆滿意極了。

阿寶跑到淩嬌身邊。「嬸嬸，真好看，要不，妳幫阿寶也梳一個吧，我也想戴一支好看的釵子。」

淩嬌失笑。「阿寶是男子漢，可不能作這個打扮。」

阿寶嘟嘴。「那妳幫太婆和阿玉姑姑梳一個。」

三嬸婆忙道：「我不要，我不要，妳幫阿玉梳一個吧！」

周玉忙搖頭。「我現在梳得不好看嗎？我這蝴蝶對釵也是好看的，別說周家村了，就是泉水鎮也找不出十對來，我才不聽你們哄，把這好看的蝴蝶對釵取下來！」周玉可不想累了凌嬌。

「嘖嘖嘖，這丫頭片子，狗咬呂洞賓，不識好人心。阿嬌，別理會她，快去廚房舀了熱水洗臉漱口，粥和菜都溫在鍋裡，妳也別等二郎，自己先吃。」

凌嬌點頭去了廚房，自己動手，豐衣足食。

周二郎這幾天提心吊膽的，好不容易可以安安心心睡下，一時半刻怕是醒不來；也慶幸自己有這樣的家人，她大年三十起遲了，一句抱怨都沒，還體貼著她。

吃了飯，凌嬌怕自己臉色不大好，想著周敏娘送來的東西裡還有胭脂水粉，便回了屋子，往自己臉上抹了點，還往唇上抹了點口脂。

周敏娘送來的東西都是珍品，不管是衣裳布料、飾品床飾，就連這胭脂水粉都是香而不俗、膩而不粗，那調香師傅的技術著實厲害。

起身準備出屋的時候，見周二郎被子沒蓋好，便走過去給他掖了掖被子，卻見他睫毛微微顫了下。

凌嬌頓時明白，這傢伙敢情在裝睡。她捉弄心頓起，微微俯身，明顯感覺到他身體一抖，她的唇輕輕印在他唇上，只見他整個人僵住，凌嬌噗哧笑了出聲。

周二郎忽地睜開了眼睛，凌嬌想要逃，他大手一撈，圈住她的腰，一用力便把她抱到了床上，被他壓在身下。

「大早上的，阿嬌興致這麼好？」

凌嬌一愣。「允許你偷親人家，就不許人家偷親你了？」

「那還是我的錯了？」周二郎一本正經說道。

「本來就是你的錯，快起來，看你把我衣裳都弄……唔。」

這一吻不似前兩次，只是那麼淺淺、輕輕地印了印，反而帶著濃濃的繾綣纏綿、珍惜愛重，他並沒有橫衝直撞，而是憐惜，漸漸深入。

淩嬌一愣之後，柔柔回應。

得到她的回應，周二郎狂喜，那種激動欣喜無法用言語形容，只覺得這便是世間最美好的事了。

直到兩人都快喘不過氣來，周二郎才微微鬆開。淩嬌滿臉紅霞，甚是美豔，見周二郎嘴上是口脂點點，笑岔了氣，推開發愣的周二郎，起身整理衣裳，對著鏡子重新含了口脂，才走了出去。

周二郎就那麼倒在床上，愣愣的，好一會兒才笑出聲。

原先醒來，見淩嬌不在床上的驚慌失落一掃而空，真希望以後每天早上醒來，都能親到自己媳婦。

淩嬌跑出屋子，臉色緋紅，周甘、周玉和阿寶不懂，三嬸婆這個過來人卻是明白的，垂下眸，慈愛地笑了起來。

「剪窗花嗎？」淩嬌問。

「怎麼，阿嬌也會？」三嬸婆笑問。

「嗯，會一點。」淩嬌坐下，接過三嬸婆遞過來的剪刀、紅紙，快速疊了個形狀，不一會兒便剪了個嫦娥戲月出來。

「好好看！」阿寶驚喜。

「好吧，那我給阿寶剪一個。」淩嬌說著快速給阿寶剪了一個五子登科，樂得阿寶說要拿去貼在自己房間裡。

她又剪了兩個喜迎財神、瑞雪兆豐年，分別貼在大門和廚房門上。

淩嬌以前喜歡跟在奶奶身邊，耳濡目染，奶奶刻意教，她又願意學，剪得也挺好。

周二郎起床，換了衣裳，就是唇上點點口脂，淩嬌見了以後，笑個不停。

他紅透了臉，快速去了廚房洗臉漱口，吃了稀飯又收拾乾淨了才出來，人還有些靦覥，忙著去幫周甘殺雞、殺鴨。

大家開始貼對聯、放年炮、做午飯，淩嬌病剛好，這些根本不用她動手，都是周玉忙前忙後。見周玉井井有條地做事，偶爾問她幾句也對答如流，淩嬌倒也欣慰，幫著打下手，小院一派熱鬧。

逍遙王騎馬回來，聽到久違的笑聲，一愣，隨即笑開了。

下馬進院子，就見淩嬌一身喜慶地走了出來，逍遙王微微錯愕，這病已經好了？

「老爺子回來了。」淩嬌率先開了口。

逍遙王點頭。「嗯，妳好些了嗎？」

「好多了，勞老爺子掛心了。這馬兒倔脾氣，想不到卻願意讓老爺子騎。」什麼時候的事，她怎麼不知道？

「呵呵，的確是匹好馬，跑得也極快。」

逍遙王看著淩嬌，他在試探淩嬌，淩嬌何嘗不是在試探他，倒是一個極有心思的女子。

「老爺子吃早飯了嗎？」

「吃過了，還真別說，周玉那小丫頭廚藝真是不錯，雖沒有妳手藝的十成十，七、八成肯定是有的。」

淩嬌笑。「阿玉是個聰明的，有悟性，又勤懇好學，遲早會超過我的。」

逍遙王點了點頭。「我也是這麼覺得。」

淩嬌也不意外，這老爺子性子直，說話從不拐彎抹角，再瞧他那身氣勢，又讓人喊他聞老爺子——

聞，聞人，便是國姓。

而他過年又不想回家，要麼是孤家寡人一個，要麼就是家中太冷清，讓他不想回去；要論親情淡薄，除了皇家還真尋不出第二家能比得過。

「老爺子倒是實誠。」

「一直這麼實誠，哈哈哈。」

笑聲洪亮，中氣十足，逍遙王轉身牽了馬入後院，大黑立即上前跟馬兒親暱，他作夢都沒想到，狼跟馬還能做好朋友。

午飯很是豐富，雞鴨魚肉樣樣有，十幾道菜擺了一桌子，大家圍坐在一起，逍遙王愛酒，周二郎便給他準備了酒，一起吃午飯。

逍遙王活了幾十年，這還是第一頓豐盛又溫馨的年飯，居然吃得乾乾淨淨。

「嗝……」

逍遙王打了個飽嗝，笑了起來。「長此以往，我這身形怕是要變了。」

「老爺子就是變了身形也是好看的，氣勢也依然強大。」周二郎接腔。

頓時一屋子人都變了臉色。周二郎以往可不會拍人馬屁，就連逍遙王也愣住，要知道這二愣子平日裡一板一眼，怎麼才幾天，性子轉變得也太快了吧？

周二郎笑笑，起身出去了。

「你們說，周二郎是不是急糊塗了……喂，你們別走啊，聽我給你們分析分析啊！」逍遙王見大夥兒都不理他，連忙追上去。「嬌丫頭啊，妳說這周二郎是不是因為妳這幾天昏迷不醒，急壞腦子了？」

凌嬌看了逍遙王一眼。「有嗎？我覺得還好啊，挺正常的。」

雖然不適應，但周二郎願意改變也好，畢竟這個家以後還要靠他當家作主，太老實只會被人欺負。

凌嬌去了後院，好幾天不見大黑，見牠沒事，也就放心了。

「大黑，這幾天還好嗎？」

大黑點頭又搖頭的，跟凌嬌親暱得不行。

凌嬌瞧著可愛的牠，頓時也打消了要把牠送回山裡的念頭。如果有那麼一天牠要走，就讓牠走；如果牠不想走，就一直留下來吧！

周二郎去了周維新家，跟周維新在屋子裡嘰嘰咕咕說了一番，回來的時候卻把族長給揹了回來，還叫周維新一家晚上過來吃晚飯。

周維新家的兩個孩子都回來了，周二郎便一道帶了過來。

周維新的大兒子周旋和小女兒周琴都嬌憨可愛又懂事，一個比阿寶大一歲，一個比阿寶小一歲，很快便跟阿寶玩在一起。

族長跟逍遙王說著話，兩人胡拉混扯，還有那麼幾分樣。

趙苗收拾完家裡也來到周二郎家，她雖然也捨得吃，可和周二郎家相比，還是差了很多，周二郎親自過去請，她是立即就來了。

一到周二郎家，先問候了三嬸婆、逍遙王、族長，才拉了淩嬌仔細問：「真的好了嗎？可有哪裡不舒服，頭還暈不暈？」

「嫂子，我挺好的，放心吧，沒事，等過幾天去鎮上，我找個大夫仔細瞧瞧。」

「沒事就好，這些天妳是昏睡著不知道，可把二郎兄弟嚇壞了，他整日吃了飯、收拾乾淨就守著妳，也難得二郎兄弟這麼情深意重，怕妳醒來見他邋遢嫌棄，竟日日把自己收拾得妥妥帖帖。妳聽嫂子一句勸，金銀珠寶再多又怎麼比得上有個男人對妳噓寒問暖，把妳放在心尖上疼惜，妳說是吧？」

趙苗說得有幾分道理，淩嬌點頭。「我聽嫂子的，以後跟二郎好好過日子。」

「這就對了，二郎兄弟這人啊，妳對他好一分，他定對妳好十分，妳啊，都快羨慕死我了。」

「說得好像維新哥對妳不好似的。」

「那死鬼怎麼能跟二郎兄弟比？又粗心又沒情調。」說著，她才仔細打量淩嬌。「哎喲我的乖乖，先前只顧著說話，妳這衣裳啥時候做的，可真好看！這耳墜子也好看，這髮釵也好看，多少銀子買的？我也湊點錢買一個。」趙苗說著，羨慕得不行，伸手去摸了摸。「這是金的吧？」

如果是金的，她可買不起，摸一摸過過癮就好了。

「是敏娘讓二郎帶回來的，嫂子喜歡，敏娘送了好些回來，嫂子隨我來挑一個，我一會兒給嫂子梳個漂亮的髮髻，再配上那漂亮的釵子，包准維新哥看晃了眼。」

趙苗一聽，紅了臉，伸手去擰淩嬌。「妳這蹄子，竟打趣我！送我是不要的，若是借我戴戴，我就跟妳去了。」

「趕緊走。」

兩人嘻嘻哈哈地進了屋子，淩嬌打開飾品盒讓趙苗挑一個，趙苗頓時看花了眼。「嘖嘖，這些釵子可真漂亮，敏娘待妳這個嫂子倒是好。」話裡話外都是羨慕，卻不嫉妒，敏娘那富貴得來不易，她是知道的。

「嫂子快選一個吧！」

趙苗在裡面挑來選去，才選了一個看起來小小的、不怎麼起眼的。「就這個吧，我瞧這個好看，也喜歡。」

就是再不起眼，也比她戴著的銀釵子值錢幾百倍，瞧那上面一顆顆亮晶晶的寶石，趙苗知道，光這釵子就夠一戶人家不愁吃喝一輩子了。

淩嬌見趙苗這般，便知道這朋友沒交錯，快速給趙苗梳了個髮髻，把釵子固定好，又隨手從盒子裡拿了個耳墜給趙苗配上。

「這麼貴重，我可不敢戴。」趙苗說著就要拿下來。「若是摔壞了可怎麼是好。」

「嫂子，戴著吧，這麼配真心好看。」

「真的？」

「真的，我再給妳抹點胭脂水粉、口脂，就更美了。」

人皆有愛美之心，趙苗也不例外。待淩嬌給她打扮好，看著銅鏡中那略微模糊的影子，她有些羞澀。「這樣子真的好看嗎？」

「挺好的。」淩嬌說著，拉著趙苗出了屋子，便見周二郎跟周維新走來。

周二郎第一眼就瞧見了淩嬌，衝她直笑。

周維新見趙苗那樣子，早已看癡了，就是洞房花燭夜，趙苗也沒今兒這麼好看，看得他的心撲通撲通直跳。

被周維新那麼瞧著，趙苗越發羞澀，瞋了周維新一眼，忙低下頭。

淩嬌推推趙苗，湊近她耳邊。「看，我說得對吧？」

趙苗紅著臉，微微點頭，算是同意了她的話。

周二郎也打趣了周維新幾句，弄得周維新尷尬不已。

一番鬧騰玩笑後，大家便忙著做晚飯，卻不想家裡來了人。

那人穿著尚可，趕著馬車，一下馬車就朝家裡喊。「這是周二郎家嗎？」

周二郎聞聲走了出去，見著一人，接著馬車上又跳下來一人。

「我就是周二郎，你們是？」

「小人連幸、連福，見過舅老爺。小人奉我家側妃娘娘之命，給舅老爺送年禮過來。」

周二郎聽兩人的話，知道他們是周敏娘派來的，連忙招呼他們進院子。「快快快，裡面說話，這麼冷的天，真是辛苦兩位了。」

「舅老爺客氣了，能為側妃娘娘跑腿，是我們兄弟幾輩子修來的福氣。」

說著，跟在周二郎身後，把馬車牽了進去。

「兩位小哥，這卸東西的事就讓我兩個兄弟來，你們一路辛苦了，先隨我進堂屋休息片刻，喝幾口熱茶，暖暖身子。」周二郎說著，把兩人迎去了堂屋。

周玉立即上茶，茶還是上次周敏娘讓周二郎帶回來的，兩兄弟簡直受寵若驚。

這趟跑腿他們可是費了好大力氣才爭取來的，如今郡王府沒有王妃，只有一位側妃，而側妃還懷著府裡唯一的子嗣，郡王爺又寵愛，如眼珠子般護著，就怕她受了點委屈。

前郡王妃是怎麼被休的，大家心裡多少有些計較，都猜測只要周側妃生下小郡王，郡王妃之位非她莫屬；如今有巴結的機會，誰不去爭？他們兩兄弟是因為會討巧賣乖，被側妃點中，簡直三生有幸。

「舅老爺客氣了。」兩人連忙把周敏娘的家書遞給周二郎。

周二郎有些忍不住，連忙拆開，卻不識得幾個字，有些尷尬，等兩人喝了茶，便準備招呼他們休息，等過了年初三再走，兩人卻一個勁兒地搖頭。「多謝舅老爺大恩，只是側妃娘娘掛記，小人還得回去覆命，還請舅老爺寫封家書讓小人帶回去。」

「你們一路幸苦，還是歇息幾日，養養神……」

「舅老爺，我們兩兄弟一直交換趕馬車，不累的。」

見兩人歸心似箭，周二郎也不強留，幫忙把東西抬到淩嬌屋子裡，一會兒再整理，又叫了淩嬌過來看書信。淩嬌可比他強多了，識得好些字，寫出來的字也好看。

淩嬌看了家書才說道：「敏娘說她一切都好，就是肚子大了些，大夫把脈後說極有可能是雙胎。」

周二郎開心極了，就連三嬸婆都連唸阿彌陀佛、老天保佑。

淩嬌寫了信，讓周敏娘注意身體，平日多鍛鍊，又寫了一些孕婦不能吃的東西，配了幾個糕點配方，還有周玉做的幾件小衣，讓連幸、連福帶回去。

送走連幸、連福，淩嬌才打開幾口大箱子，有布疋、綾羅綢緞、一些貴重的藥材，還有三個錦盒，一個裡面裝了些銀票和銀子，一個裝了十來對小孩子戴的銀手鐲，另一個裝了幾支花樣俏麗的髮釵、頭面、耳墜和手鐲。

周敏娘信上說這些東西隨便她怎麼處理，字裡行間對她這個嫂子還是極為敬重，讓淩嬌對這個小姑子好感頓生。

淩嬌當場拿了對銀手鐲給阿寶戴上，見趙苗家兩個孩子眼巴巴看著，又一人給了一對，趙苗連忙說不要。

「嫂子，這是我做嬸娘給姪兒、姪女的心意，妳可不能拒絕。」

趙苗一聽，笑了起來。「你們兩個，還不謝謝你們嬸娘！」

「謝謝嬸娘。」

兩個孩子開開心心接過，連忙叫趙苗給他們戴上。

凌嬌又拿了支髮釵送給趙苗，趙苗卻打死都不要，凌嬌也不勉強。周玉挑了一支釵子，凌嬌又給她挑了一副頭面、一對耳墜、一只手鐲。

那廂，逍遙王獨自腹誹，這聞人鈺清倒是有些本事，這般心思縝密之人，也難怪皇帝忌憚，早早封了他郡王之位，免得忠王長子以為他要奪嫡，多加陷害，讓他反擊成功承襲了忠王爵位，那才真是養虎為患，後患無窮！

第四十六章

窮人家沒怎麼講究年夜飯該如何，淩嬌也不講究那麼多，每一道菜並不做多，七七八八做了十六盤，擺了滿滿一大圓桌。

今夜沒分什麼大小，都坐在一起喝著小酒、吃著香噴噴的飯菜，做為這一年的終結，也做為來年新的開始。

吃完飯已經有些晚，淩嬌本想幫忙洗碗，可趙苗堅持她身子剛剛好，先前做晚飯又親自上陣，硬是要她休息。淩嬌也不堅持，坐在凳子上看著趙苗、周玉忙活。

「就幾個碗，妳還坐這兒看著？回去睡吧，妳身子剛好，晚上就不要守歲了。」趙苗說著，索利地把碗洗乾淨了。

「嗯，聽嫂子的。」

收拾好了，周二郎逐個發了壓歲錢，周維新才揹著族長，讓趙苗舉著火把，周甘、周二郎幫忙把人送回去後才回家，洗臉洗腳，坐在堂屋嗑瓜子，圍著大火盆，說著歡樂的話。

逍遙王還是第一次過這樣子的年，拿到了一份稀薄的壓歲錢，很稀奇，感覺非常不錯。

身體雖然硬朗，到底年紀大，三嬸婆和逍遙王不久都回去睡了，周甘、周玉和阿寶也睡了，等著明兒個的新年紅包。

淩嬌也早早倒在了床上，聽著屋外似乎都準備睡了，才閉上眼睛。

只是等了又等，也不見周二郎進來。

周二郎關好院門，又檢查了馬兒、大黑，才進了屋子，卻見淩嬌的房門關著，他頓時就猶豫了，到底要不要進去呢？

躊躇許久，周二郎輕輕推了推門，門沒上門閂，周二郎心一喜，見淩嬌靜靜躺著，他輕手輕腳走過去，脫了衣裳、鞋子，坐在床邊，深吸幾口氣，好一會兒才挨著淩嬌躺下。

「阿嬌……」

「嗯。」

「新年快樂。」

「新一年了嗎？」

「我剛剛看了看月亮，應該是新的一年了。」

「想不到，我們認識都快五個月了。」

「是啊，還記得第一眼見到妳，那個時候我就動心了。我不大會討好人，也不大會哄人，阿嬌，以後每年都陪妳過年，陪妳一起迎接新的一年，可好？」

淩嬌笑了，這呆子，她都讓他睡旁邊了，還問這個傻問題。

可她也明白，如果不給他一個答案，他怕是要一直懷疑下去了。

「好。」

周二郎聞言大喜，快速親了淩嬌一下，然後筆挺地躺好。「睡吧！」

「嗯。」

兩人的睡相其實都滿好的，只是可能周二郎身上太暖，淩嬌身子太軟，最後竟抱在一起，翌日醒來時，兩人都嚇了一跳，更是臉紅心跳，背對著穿上衣裳，一整天都怪怪的。

過年應該是要到親戚家拜年的，可周二郎幾乎沒什麼親戚要走動，倒是三嬸婆的娘家大哥帶著三個兒子來了。三嬸婆見著多年不見的阿哥和姪兒，還是開心的，招呼著大家進屋坐，說了一會兒話。

娘家大哥說要接三嬸婆回去小住幾天，三嬸婆想著家裡有人，便收拾一番去了。豈料去了之後，大哥便開始拉著三嬸婆哭窮，說幾個媳婦待他不好，不給他銀子花，不給他吃飽，言下之意很明顯，就是要三嬸婆幫襯一二。

三嬸婆一開始還不明白，為什麼多年不聯繫這下子卻來了，等她見到大哥那德性後便曉得，這哪裡是顧念兄妹之情，簡直就是當她傻，想從她手上騙錢騙財呢！

三嬸婆當場就發了火。「我可沒銀子，如今我都是借住在阿嬌、二郎家，又不出去賺錢，哪裡有錢？」

錢，三嬸婆手裡肯定有的，平日周二郎、淩嬌都會給她，雖然不多，加起來也有三兩銀子；可三嬸婆老早打定主意，要留著以後給阿寶娶媳婦，怎麼可能拿出來給娘家大哥？

娘家大哥一聽，不樂意了。「妳那姪孫兒就沒給妳錢？那妳的土地給他們不是白給了？」

「我吃穿不愁，給我錢做什麼？」吃得好，穿得好，萬事不愁，她還有什麼不滿足的？要是娘家大哥不這麼心急，她或許還會到淩嬌面前說說，看看能不能在挖魚塘的時候給個活計，如今想來，可別把這賴皮給弄到家裡去。

住了半天，三嬸婆簡直住不下去，起身收拾了包袱便回周家村。這家子真是，不管大的、小的都忙著算計她，哪裡有半點親情可言。一家子一見從三嬸婆身上撈不到好處，更是留都不留她，把三嬸婆氣得不輕。

大年初五時，逍遙王留了封信便離開了，沒說要去哪裡，更不說什麼時候回來，倒留下了幾本拳譜，叮囑周二郎、周甘、阿寶要勤加練習，將來定會有所成就。

大年初六一大早，淩嬌準備了禮物，帶了些糕點、臘肉、香腸，和周二郎套了馬車去了鎮上，先去了何潤之、何潤玉家，喝了一盞茶便告辭，又去了空虛大師府上。

周二郎有些忐忑，他其實並不想淩嬌再問這件事，可淩嬌想要知道，他又不能阻止，尤其這幾晚，兩人不單單是躺著睡覺，也會做些令人臉紅心跳的小動作，他更怕那個男人再次出現。

到了空虛大師家，敲了門，小廝見到兩人。「是周公子和夫人呀，快進來，老爺和公子都在家。」

小廝也是個伶俐的，見周二郎來過幾次，而且老爺次次都見了，他豈會看不出一點門道來？所以一見是周二郎，便拿出了十二分的熱情。

周二郎客氣抱拳。「煩勞小哥了。」

「周公子客氣，公子是老爺的客人，應當的。」

小廝領著周二郎進去，直接穿過迴廊去了空虛大師見客的院子。空虛大師正在煮茶，金城時起身迎了上來，擺手示意小廝下去。

「二郎兄弟、弟妹來了，快請進。」

周二郎抱拳。「金大哥有禮。」

凌嬌也笑著點了點頭，一起進了屋子，空虛大師招手。「先坐下來嚐嚐我這茶泡得如何，可費了我不少心思。」

「我是個粗人，哪裡懂茶？就怕糟蹋了大師的一片心意。」周二郎說著，和凌嬌一起坐在空虛大師對面，金城時則坐在空虛大師的左手邊。

空虛大師倒了茶，遞給周二郎。「這茶喝下去，誰不是糟蹋呢？你也莫要多想，平心靜氣喝下去，總能品出一番滋味來。」

周二郎點頭，端起茶杯輕輕嚐了口，感覺味道還不錯，吹涼，一杯茶一口就灌了下去。

空虛大師笑了，又給周二郎倒滿，周二郎又喝了一杯，煩亂的心似乎漸漸平息了下來。

「如何？」空虛大師問。

「味道不錯。」

空虛大師笑而不語，重新倒了杯遞給凌嬌，凌嬌雙手接過，在鼻下輕輕嗅了嗅，含了一口在口中細細品嚐，再輕輕嚥下，動作優雅、姿態優美，周二郎竟看癡了。

空虛大師微微點頭，這氣度果真是極好的。

「小娘子懂茶？」

「不懂，就是覺得這麼好的茶總不能學二郎一口乾了，又不是喝酒。」

凌嬌說得周二郎有些臉臊，卻不在意她拿自己打趣。

金城時忽地站起身。「二郎兄弟，我那兒得了樣好東西，你跟我去瞧瞧如何？」

周二郎知道空虛大師肯定有話要單獨跟凌嬌說，才要支開他。「好。」他起身跟金城時一起出了屋子。

屋子裡，只剩凌嬌和空虛大師，茶霧繚繞，茶香四溢。

空虛大師朝凌嬌看了眼。

「近日來身子可好？夜裡可有噩夢不斷？」

「夜頭睡得並不安枕，噩夢確實不斷，醒來心悸得厲害，可到底夢見了些什麼，卻怎麼也記不起。大師，聽說那日是你救了我，你可知道這是為什麼？」

「仔細說來也是一言難盡，不過能對妳下這麼惡毒的咒，想來此人極其恨妳，妳還是早些把這人揪出來的好，否則長此以往也是禍端。」

「可我根本不記得以前的事，又從何去尋這人？」

「該來的總是會來，妳一味躲避也不是解決之法。聽我一句勸，妳並非短命福薄之人，但有人處心積慮要毀妳的命格，只不知妳有何機遇，竟將破碎的命格重新拼湊，讓這命格比起之前更矜貴幾分，而這幾分矜貴，便在於姻緣。」

說到姻緣，凌嬌便想起周二郎。

「大師的意思是？」

「既是天定姻緣，又豈是輕易能夠改動的，妳說呢？」

凌嬌笑而不語，以前她並不大相信這些的，可現在卻是不得不信了。

「我更想勸妳船到橋頭自然直。」

「謝謝大師提點。」

空虛大師一笑。「其實我什麼都沒說，不是嗎？」

「嗯，大師言之有理。」

「喝茶。」

金城時其實也沒啥稀罕東西要給周二郎看，不過是送了幾本陰陽五行的書。「二郎兄弟拿回去多看看，相信對二郎兄弟有所幫助。」

「謝謝。」

他雖然不識字，但努力在學，現在已經會寫自己的名字，即使歪歪扭扭的不怎麼好看，但比起以前大字不識一個已經好多了。

「二郎兄弟，這世間只有強者才能守護在意的人或事物，你說呢？」

周二郎聞言一頓，慎重其事地點頭。

「我知道二郎兄弟懂我的意思，更相信二郎兄弟不會讓我失望。」金城時說著，拍了拍周二郎的肩膀。

泉水鎮，謝家別院。

謝舒卿歪在椅子上，把空碗遞給初菊，初菊剛退出去，一道黑影快速閃進了屋子。

「屬下來遲，請主子責罰。」

謝舒卿看了來人一眼。「你一個人來的？」

「屬下帶了一百人前來。」

謝舒卿點頭。「很好，如此便行動吧！」他把人招到跟前，小聲嘀咕著說了好一會兒。

「主子放心，屬下定盡速完成主子的吩咐。」

「去吧！」

謝舒卿沈默片刻。

為了萬無一失，他還需要個誘餌，而這個誘餌非淩嬌不可。雖然這般利用她非君子所為，但為了拿回屬於自己的一切，他勢必會不計一切代價。

不過，他保證能把淩嬌活著帶離泉水鎮，再把她活著送回來。

「初菊。」

初菊立即推門進來。「少爺？」

「打聽得如何了？」

「周二郎和淩姑娘到鎮子上後先後去了何潤之、何潤玉家，並送了禮物，後又去了空虛大師家，至今未出來。」

謝舒卿微微蹙眉。「莫非這毒咒是空虛大師解的？」

「奴婢猜測，應該是空虛大師解的。」

「去把人請到府裡來。」

「若是姑娘不肯來呢？」

「用強。」

「是。」

第四十七章

淩嬌和周二郎從空虛大師家裡出來，兩人神色都不錯，淩嬌看著天空，呼出一口氣。

她本想一步一腳印，慢慢積累，往上爬去，可世道並不允許她這麼溫吞，從她穿越過來的那一天，就開始逼迫她一定要劍走偏鋒。

好不容易得來的平靜，從周敏娘回家的那一天起開始亂了，也或許是從她在街上見到那個男人時，也或許是她不曾注意時……

「阿嬌？」

周二郎有些擔心。

「我沒事。走吧，咱們去買些鋤頭回家，馬上就要挖魚塘了，沒幾十把鋤頭可不行。」

淩嬌說著，衝周二郎一笑。

「行，咱們去鐵匠鋪買鋤頭，只是不知道鐵匠鋪有沒有這麼多鋤頭。」

「沒有咱們就訂下來，過幾天來拿。」

「也好，反正挖魚塘還有些日子，現在這麼冷，誰都不大願意做的，等天氣暖和了再挖。」

淩嬌上了馬車，靠在門邊，周二郎趕馬車，兩人有一搭、沒一搭地說著話，自從同睡一張床後，兩人感情也親密了許多。

此時，一名女子竟帶著人攔住了馬車。「奴婢初菊見過淩姑娘。」

淩嬌看著初菊。她並不認識初菊，卻記得她就是那日那男人身後的丫鬟之一。「有事？」

「我家少爺要見姑娘，請姑娘跟奴婢走一趟吧！」

「我想妳家少爺可能搞錯了，我並不認識他。」

「姑娘，請不要為難奴婢，來時少爺吩咐，如果姑娘不肯去，便得用強。」

「妳……」淩嬌氣得不輕。

初菊並不與淩嬌囉嗦，手一揚，身後的幾個人立即上前，兩個人快速制伏了周二郎，兩個往淩嬌方向走去。

「阿嬌！」周二郎用力掙扎，卻怎麼也掙不脫，只恨自己為什麼不長個三頭六臂，不然這會兒便不會被人欺負至此。

兩個人站在馬車前，客客氣氣地說道：「姑娘請。」

淩嬌深吸一口氣。「你放開他，前面帶路，我們自己駕馬車過去。」

「姑娘，請上我們的馬車，讓這位公子駕車跟在我們後面便好。」初菊輕聲。

好心機，竟然看透她想要逃走！

淩嬌下了馬車，上了初菊所指的馬車，周二郎驚呼。「阿嬌……」

「跟上吧！」她說著，上了馬車。

初菊也坐了進來，卻是坐在馬車前方，規規矩矩地不看淩嬌一眼。

只聽得周二郎在外面喊。「阿嬌，我在後面。」
凌嬌的心微微放鬆，他跟著就好。
馬車停在謝府門前，初菊下了馬車。「姑娘請。」
凌嬌下車，初菊請她進去，周二郎也想跟，卻被人攔住。
凌嬌走向他。「你等我出來。」
「阿嬌……」
「我會平安出來的，相信我。」
周二郎重重點頭，握緊了拳，真是恨極了自己的無用，連自己的媳婦都保護不了！
凌嬌轉身進了謝府。若說周敏娘的別院奢華，這謝府是更上一層樓，雕梁畫柱，院子中種滿珍奇花草，寒冬剛剛過去，這些花草卻鮮豔欲滴，也不知道花了多少人力培養的。
走過迴廊，初菊立在門口。「公子在裡面等姑娘，姑娘請吧！」
凌嬌深吸一口氣。「叫你們公子出來吧，我不進去。」
初菊氣結，就沒見過這麼擰的姑娘，剛想說話，凌嬌卻快速拔了釵子抵在自己喉嚨處。
「我說了，我不進去。」
誰知道那瘋子會弄出什麼動靜來，她還是留在此地為好。
初菊看了凌嬌一眼，很想告訴凌嬌，她家少爺病已經好了，絕對不會像那日那般瘋瘋癲癲的，也不會亂來；可她知道即便自己說了，凌嬌也不會相信，只得準備進去請示謝舒卿，這時謝舒卿卻自己走了出來。

幾日不見，謝舒卿綰俊朗不少，身上也沒了那股邪氣。他看著淩嬌，今日淩嬌穿了一身青色棉襖，頭髮簡單綰在腦後，用釵固定，臉上乾乾淨淨的，並沒抹胭脂水粉。

「那日冒犯了姑娘，還望姑娘見諒。」

淩嬌瞧著，不免冷哼，倒是有幾分模樣。

謝舒卿見淩嬌不語。「在下姓謝名舒卿，姑娘或許忘記了，五年前我還在河裡救了姑娘一命。」說著又仔細打量淩嬌。「三年前發生了一些事情，姑娘難道也忘記了？」

「對不起，謝公子，我真不是你要找的那個人，我大病過一場，忘了許多事情，還請謝公子見諒。」淩嬌說著，極其認真地看向謝舒卿。「謝公子，如果你有什麼需要我幫忙的，我若能辦到，定不推辭，但還請謝公子看在我只是一個無知農婦的分上，高抬貴手。」

淩嬌已經將姿態放到最低，她不敢和謝舒卿硬碰硬，因為自己無權無勢，就算她能靠周敏娘，可周敏娘那麼遠，遠水解不了近渴，也救不了近火。

「這個忙，還真是非淩姑娘不可。」

淩嬌抿唇。

謝舒卿看得出來她很緊張，笑道：「淩姑娘若是不放心，我們去那邊涼亭說話，耽擱不了淩姑娘多少時間的。」

「說完了就放我走嗎？」

「是。」

「好。」

兩人行至涼亭，丫鬟立即上了茶水點心，淩嬌卻是半點都不敢碰。

謝舒卿瞧著，也不勉強她。

還記得五年前救了淩嬌時，她還是信任他的，他給什麼就吃什麼，就算他帶她回家，也沒猶豫一下，這些年到底發生了什麼，讓一個人性情改變這麼多？

「淩姑娘可還記得，這些年都發生什麼了嗎？」

淩嬌搖頭。「不瞞謝公子，我只記得幾個月前在周家村的周二郎家醒來後的事，之前的一點印象都沒有。我是被人賣到周家村的徐家，給徐傻子做媳婦的，徐婿子逼著我跟她兒子洞房，我不願意，差點把她兒子咬死，徐婿子便把我以二兩銀子賣給了周二郎。我到了周二郎家，想不開撞了牆，醒來後就再也想不起以前的事，謝公子若是不信，可以派人去查，我相信以謝公子的能力，應該能查得到。」

謝舒卿看著淩嬌，只見她雙眸水潤，很是緊張，卻強自讓自己鎮定，難道他就像那洪水猛獸，讓她害怕至此？

「淩姑娘當真忘記了？」

「忘了。」

「可我為什麼感覺淩姑娘在說謊呢？」

淩嬌抬眼，看向謝舒卿。「謝公子，我一介農婦，無依無靠，為什麼要說謊騙你？若我真要騙你，那日在街上，我便可以順水推舟與你相認不是嗎？」

「也許淩姑娘是退而求其次呢？就像淩姑娘一直都未與周二郎圓房，卻在醒來後，當夜兩人便同房了，不知道淩姑娘對此又有何解釋？」

謝舒卿就像個抓住妻子把柄的丈夫，欲問個清楚明白。

淩嬌深吸一口氣，覺得謝舒卿就是一個瘋子，徹頭徹尾的瘋子！「我昏迷不醒，周二郎不眠不休照顧我四天，這份情豈能不讓我感動？而且他待我一直那麼好，我是個人，不是石頭，對他豈能沒有好感？我們如今也算得上正兒八經的夫妻，同房本應當，恕我愚笨，不大明白謝公子的意思。」

「既然同房了，為什麼沒圓房呢？」

謝舒卿說完，在淩嬌想要張口解釋的時候，忽地伸手掐住了淩嬌的脖子。

這是淩嬌第一次感覺性命握在別人的手裡，備感屈辱和難受。

她不斷掙扎，謝舒卿卻越掐越緊，一隻手解開了淩嬌的衣領，露出那紫紅的吻痕。不知為何，看著那吻痕，謝舒卿心中嫉恨非常，在他還沒明白自己為何會嫉恨時，已經吻住了那痕跡。

「唔……」

淩嬌吃痛，幾乎是拚了全部的力氣推開謝舒卿，自己也摔在地上，痛得她眼淚在眼眶打轉，但顧不得那麼多，爬起身就朝外面跑去。

謝舒卿後退了幾步，站定身子，見淩嬌想跑，大聲說道：「攔住她！」

在他的地盤想跑，真是癡人說夢！

果然有人跳出來攔住淩嬌，淩嬌看著他，忽地如瘋婆子一般撲上去，抓住他的肩膀咬了一口，膝蓋一頂，正中目標。

「唔……」

男人吃痛，淩嬌乘機逃脫，卻在跑了幾步之後，脖子一疼，失去了知覺。

謝舒卿抱著淩嬌，陰冷地眯了眯眸子。「備馬車，出發。」

周二郎在外面等了許久，眼看天都要黑了，還不見淩嬌出來，急得不行，衝上去卻被人攔住。「我媳婦被你們的人帶進去了！」

「公子，你莫要胡說，我們謝府是正兒八經的人家，怎麼會把你媳婦帶進去？你莫不是看錯了吧，會不會是別的人家？」

「不可能，就是這家，我怎麼可能看錯？」

「公子啊，你看天快黑了，還是去別處看看你家媳婦去哪裡了吧，莫要遲了，被人拐走了，就來不及了。實在找不到就去衙門報官吧，可不要在我們謝府門前胡鬧，謝府雖然大度，但也不是能任由人欺辱的。」警告之意甚濃。

周二郎氣得不輕，想了想後，他拉著馬車走到一邊，等著天黑。

天黑之後，他偷偷翻牆進了謝府，只是都把謝府翻遍了，依舊不見淩嬌的身影，周二郎心慌失措，趕緊去了空虛大師家。

金城時見了周二郎。「你說什麼？」

「阿嬌被人帶走了！我明明見她是從前面進去的，可我進去找了，沒人。」

金城時呼出一口氣，就這麼個呆的，怎麼護得住他喜歡的女子？

「你為什麼不去後門？你難道忘記了，一般大戶人家都有後門的，你當時如果去後門守著，定能截住他。」

周二郎一驚，跌坐在椅子上。他真是沒用，口口聲聲說要保護好阿嬌，卻在眼皮子底下把她給弄丟了。

「你也莫急，我大約知道你媳婦被帶到什麼地方去了。」

周二郎聞言，彷彿瞬間看到了希望。「真的？」

金城時點頭。

「金大哥，求你給我指條明路。」

「明路嗎？」金城時想了想。「這樣子，你現在連夜回家去，把家裡安頓好，再趕回來，我帶你追上去，興許咱們運氣好能追上，不過你媳婦還是不是……」

金城時說著，想到謝舒卿光風霽月一般，應該不會強迫一個女子吧？

周二郎都要擔心死了，哪裡注意得到金城時話裡的意思，連忙告辭回家。回到周家村，他便把家裡大大小小事情都交給周甘、周玉。「田暫時不挖了，也不用租出去，就先讓它荒廢著。家裡你們多盡心，我會盡快找到你們嫂子，把她帶回來。」

周二郎說著，回了屋子，拿了一大半銀票塞到懷裡，便駕馬出了周家村，直往泉水鎮尋淩嬌去了……

第四十八章

周二郎連夜趕到泉水鎮，在鎮門口便見到金城時帶著兩個小廝，兩個小廝一人拎著一只食盒，一人拎著一個燈籠，燈籠發出微弱的光，竟像那夜阿嬌醒來時，廚房裡的那盞油燈。

周二郎停了馬，跳下馬車。「金大哥。」

金城時朝周二郎微微點頭。「你這馬兒太顯眼了，還是坐我的馬車走吧！」

「那這馬車？」

「讓下人送回周家村去，也怪我先前沒顧慮周全。」金城時說著，打量周二郎那匹雪白的馬。

周二郎沈思片刻，卻搖搖頭。「金大哥，便用我這馬吧，我想帶著牠出去，順便尋尋牠的主人，這是我答應牠的。」

跟一隻畜牲還當真？金城時見周二郎那神色，心知他不是說著玩的，點頭道：「行，那把馬車卸了，弄個馬鞍上去，讓牠跟著吧！」他說著，又忙道：「牠不會亂跑吧？」

「不會。」周二郎說著，摸摸馬兒的頭。

他的心很亂，卻極力讓自己鎮定下來。不要慌亂，一慌亂，就亂了分寸，連分寸都亂了，他還如何去尋凌嬌？

「那行，我馬車在那邊，咱們準備一下便走吧！」

周二郎給馬兒卸了馬車，牽著牠跟在金城時身後。金城時的馬車很寬敞，兩匹馬並排在前，邊上還站著兩個小廝，見到金城時，恭恭敬敬。「少爺。」又朝周二郎行禮。「周公子。」

周二郎微微點頭。「不必多禮。」

「先把東西吃了，咱們便出發了。」金城時說道。

「我不餓。」現在哪裡還有心思吃東西？

「人是鐵，飯是鋼，你已經幾頓沒吃了，如果再不吃些，沒找到你媳婦，你倒先累倒了，誰幫你尋媳婦去？」金城時勸他。

周二郎聽明白了。「金大哥說得是，是二郎糊塗了。」接過食盒，走到一邊吃著飯菜，只是食之無味，味同嚼蠟。

金城時見周二郎這馬著實是匹良駒，伸手準備去摸摸牠，馬兒卻退了幾步，防備地看著金城時，似乎金城時敢再往前走一步，牠就會攻擊金城時般，弄得金城時哭笑不得。就這性子，周二郎居然能讓牠拉馬車。

周二郎快速吃完，金城時的小廝接了食盒，他才跟金城時上了馬車，連夜出發。

金城時的馬車很舒坦，裡面鋪著棉被、放著枕頭，邊上還有一個固定的架子，架子上放著茶壺、幾本書和一個熏爐。

「愣著做什麼，快脫了鞋子睡一覺，天亮時，誰也不知道什麼在等著我們。」

周二郎點頭，脫了鞋子和衣躺下，腦子裡卻全是淩嬌。

這幾天睡在一張床上，雖然沒有跨越最後一步，可是這般他已經很滿足，哪裡敢奢求太多。

但現在，她被人擄走了，他毫無頭緒，連去何處救她都不知曉……周二郎懊悔萬分，懊悔他對這個世界根本絲毫不了解，只知道擄走阿嬌那人姓謝，卻不知道應該去哪裡找，多麼可笑……

日日說著自己要變強大，卻坐井觀天，愚笨至極！周二郎緊緊閉上了眼眸。

「金大哥，你跟我說說這謝家吧！」

金城時微微詫異，開口道：「謝家是大曆皇商，富可敵國，擄走你媳婦的應該是謝家長子謝舒卿。要說這謝舒卿是個人物，平日裡也算得上一個光風霽月的，沒想到……」

或許那謝舒卿是極愛淩嬌，竟不顧淩嬌已另嫁他人，也要將其擄走，讓金城時一時間竟找不到話語可說。

大曆皇商、富可敵國，便可搶他人妻子嗎？周二郎恨恨想著，不再言語，卻對外面的世界關注起來，此後每到一處，他都會向金城時請教當地風土人情，並一一銘記於心。

白天趕馬車時，他背書認字，沒有失魂落魄，也沒有焦躁不安，夜晚或睡客棧、或宿馬車，周二郎都表現得異常平靜，讓金城時疑惑，他莫不是嚇壞了吧？

正月的天，天氣依舊冷，為了趕路早日到綿州，金城時決定走水路，便在碼頭找了艘去綿州的商船，談好價錢，把馬車也弄了上去。

船沿河而下，周二郎立在船頭，看著綿州越來越近，眸子裡燃著滾滾怒火，雙手垂在身側握拳，迎風而立。

金城時走到周二郎身邊。「就要到綿州了，咱們先找地方住下來，再去謝府打探消息。你可千萬別輕舉妄動，免得惹來禍端，救不了你媳婦不說，你也極有可能因此丟了性命。」

周二郎點頭。「我聽金大哥的。」

短短數十日工夫，周二郎宛如變了一個人。金城時感嘆，若尋到淩嬌便罷了，若是尋不到，以周二郎這幾日的待人處世，只要他想，將來必成大器；而他有了本事、財勢，怕是會反過頭來找謝家報這奪妻之仇，到時候會是雞蛋碰石頭呢，還是強強對決？

金城時掐指一算，周二郎依舊是大富大貴之命，並無英年早逝之相，再瞧他面色，似有意外助力……

船快速而下，只見冬日河面上，一艘華麗的舫船迎面而來，船上傳來嬌笑聲，一群穿著華麗的女子圍著一個男子出現在船頭，那男子身穿錦衣、頭戴玉冠，手裡捧著東西，似乎是要將手裡的東西放生到河裡。

兩船相錯而過，隔得不是很遠，周二郎還聽見那些女子催促。「睿哥兒，把這長壽龜放生到河裡去後便回船裡去吧，外面太冷了，莫要凍壞了身子。」

「聽姊姊的。」

周二郎抿唇。若是阿嬌平安回來，他也要去買些龜回來放生，只求蒼天保佑阿嬌平安，不管發生了什麼，都不要有輕生的念頭。不管發生任何事，他都不會嫌棄她，只要她願意跟他走，他定好好待她，疼她一生一世。

卻忽然聽得那邊一聲驚呼。「睿哥兒掉河裡了！」

「來人，來人！救人！快下河去救人啊！」

只見一群女子亂了分寸，一個個驚慌失措地尖叫，卻沒人下河去救。

金城時心下錯愕，卻見身邊的周二郎撲通一聲跳入冰冷刺骨的河中，快速朝那落水之人游去。

金城時連忙追過去。甲板上，好些人在指指點點看熱鬧，卻沒人下河；而周二郎跳下河後，棉衣快速吸了水，阻礙了他前游的力氣，他在河裡撲騰了幾下，快速脫了衣裳，朝著在河裡喊救命的男子游去。

那男子顯然不會泅水，沒撲騰幾下就沈了下去。周二郎一見，急得不行，游得越發快了，一下子也鑽入了水中。

華麗舫船上，有個老太太被丫鬟、婆子扶著，急急忙忙出來。「睿兒？」那老太太驚呼，要不是丫鬟、婆子扶住她，早已經癱倒在地。

「老夫人，莫慌莫慌，有人在救小少爺，小少爺吉人自有天相，會沒事的。」

這寒冷的河水，哪怕會泅水，一個弄不好便會溺死，老太太聞言一頓。「真的？」

「回老太太，是真的！奴婢見到真的有個公子朝小少爺游過去了。」

但見河面上根本沒人，老太太臉色慘白，懊悔不已。

忽然，河面出現了兩個頭顱，周二郎死死拖住那男子，吃力地游過來。

「老太太，救上來了，救上來了！」

老太太聞聲看去，果然看見孫兒被人拖著朝船游來，忙道：「快，快丟繩子下去，把人拉上來！」

一番手忙腳亂，幾個力氣大的婆子總算把肖睿和周二郎給拉上甲板。肖睿早已經昏迷不醒，臉凍得發紫，老太太以為肖睿已經死了，忍不住上前抱著孫兒痛哭，丫鬟、婆子好一番勸；周二郎也凍得不輕，牙齒格格打顫，卻結結巴巴說道：「快、快讓我來救救他、他……」

一句話也讓周二郎費了好些力氣，又硬撐著上前，把肖睿從老太太懷裡搶了過來，把他扛在自己肩上，用力拍打他的背，又在原地跳啊跳啊，好一會兒，肖睿吐出一灘水，咳個不停。

老太太見周二郎救回了肖睿，忙道：「謝天謝地，謝天謝地！」

周二郎卻身子一軟，帶著肖睿一起摔倒在甲板上。

「快，快把人抬進去，換衣裳，熬薑湯，請大夫……」

老太太一聲令下，幾個婆子便把周二郎和肖睿抬進了船內，把外面探視的目光全部阻擋住了。

金城時立在商船上，恍然大悟。原來，這便是周二郎所遇到的第一個貴人。

周二郎身體本是極好的，可這幾天擔心著淩嬌，身心疲憊，先前救人又憑著一股勇勁和堅韌，這會兒人救了，他卻發起熱來，嘴裡一直喊著。「阿嬌，阿嬌……」

老太太派了四個婆子、四個丫鬟過來照顧，不停換著他額頭上的布巾。

那廂，肖睿醒來時，人已經回到綿州的肖家大宅。

聽說恩人一直發熱、昏迷不醒，他堅持要親自過來瞧瞧，老太太怎麼也勸不住，只得命人扶著肖睿過來。

老太太見他臉色慘白，渾身無一絲力氣，卻還想著去看恩人，心裡百般滋味，更懊悔因為自己這幾日總是夢見死去的女兒，心裡鬱悶，這孩子才嚷嚷要去河裡放龜為她祈福，也為死去的姑姑超渡，才有了墜河這一齣。

只是，好端端的怎麼會墜河？

「去，把各位小姐都請過來，睿兒墜河此事我要一一仔細詢問！至於恩人那邊須得好生伺候著，需要什麼藥材儘管去庫房取，府中沒有的去外面買來便是！讓丫鬟、婆子們精心些，伺候好了恩人重重有賞，若有那偷奸耍滑的，定打死丟亂葬崗去！」

「是。」

不一會兒，幾個嫡出和庶出的孫女都來到了老太太的院子，老太太一番詢問，但個個都只是面露愧色、哭哭啼啼，找各種藉口，老太太聽得累，擺手讓她們都下去。

「難道這事真是睿兒自己不小心的？」

老太太卻是不信的，舫船欄杆極高，怎麼可能就栽到河裡去了？若是睿兒沒了，這府中誰最得利？若真有人敢害她的睿兒，她定將其抽筋扒皮。

「老太太也莫要急，如今少爺安好，便是大幸，想來少爺肯定也驚著了，只等少爺緩過這口氣再問也不遲。」老太太身邊的嬤嬤說道。

「嗯，言之有理。」

肖睿見到周二郎的時候，只見周二郎燒得滿臉通紅，嘴裡一直呢喃著。「阿嬌，阿嬌……」

「阿嬌是誰？」肖睿問。

丫鬟、婆子們忙搖頭，其中一個婆子想了想說道：「瞧著這般惦記，肯定是心上人。」

肖睿點頭。「好生伺候著，他不只是爺的恩人，也是肖家的恩人，懈怠不得，可明白？」

「奴婢明白。」

肖睿起身，讓人扶著他回了老太太屋子。

肖睿當即遣退了幾個下人，與老太太說了一會兒話，老太太氣憤異常。「……我當你那些叔叔這些年收斂了，不再貪心，才留他們一條性命，如今倒好，居然敢把手伸到你這裡來！睿兒且等著，祖母定將他千刀萬剮了！」

「祖母，此事睿兒想自己來。」

「睿兒……」

「祖母，睿兒今年十八了，也不小了，經歷此次生死，睿兒明白了許多事情，總不能事事都靠祖母，那樣子睿兒會被人看不起的。所以祖母，這次讓睿兒親自討回公道，若是睿兒應付不了，祖母再出手幫睿兒收拾殘局可好？」

「傻孩子，你是個聰明的，祖母相信你一定能處理好的。今兒多虧恩人，不然……」老太太不敢去想那後果，深吸一口氣。「祖母不會虧待他的。你睡吧，祖母守著你，就像小時候一樣。」

肖睿握住老太太的手。他祖母是個命苦的，丈夫去得早，剩下兩個兒女，結果女兒早早去了，只留下個孩子，早些年也還是聰明孝順的，只是近幾年為了個女子離家出走，連人影都見不到。

至於兒子和兒媳婦，則是在一次意外中雙雙死去，她白髮人送黑髮人，如今也只有他一個親人了。

肖睿抱住老太太。「祖母，等睿兒好了，祖母便幫睿兒尋個知書達禮、秀外慧中的女子吧，睿兒想早些為祖母添個曾孫呢！」

老太太一愣，隨即笑了起來。「你這孩子……」

第四十九章

周二郎燒了足足兩天才醒來，迷茫地看著屋子裡的擺設，他腦子裡只有兩個字：奢華。

「公子醒了，奴婢這就去告訴少爺、老太太。」一個小丫鬟一溜煙就跑了。

周二郎想著自己來綿州的目的，心一慌，連忙要下床，有個小廝立即上前扶住他。「公子可是要出恭？」

「我、我……」周二郎聲音嘶啞，喉嚨痛得話都說不全。

「公子不急，有話慢慢說。公子發熱了兩天兩夜，嗓子肯定痛，公子稍等，小的這就倒杯水給公子潤潤喉。」

小廝扶周二郎靠在枕頭上，倒了水餵周二郎喝，恭恭敬敬。

一杯水喝完，周二郎才覺得好受多了，拉著小廝，急切說道：「我、我是來尋人的，我得離開這裡，請你給我一套衣裳，我要去找人！」

「公子莫急，一會兒老太太和少爺便來了，公子有什麼要求，儘管跟老太太和少爺說。公子救了我們家少爺，不管公子有什麼要求，老太太和少爺都會滿足公子的。」

不一會兒，老太太和肖睿已經趕了過來，肖睿見著周二郎，很是熱情。「恩人總算醒了！」

「我——」

「恩人大病初癒，快莫說話了，好好休息。」肖睿說著，見周二郎滿頭大汗，急得不行，又想著他昏迷不醒時一直喊著的名字。「恩人有什麼急事可與我說，我定幫襯一二。」

「我是來尋人的，請你給我套衣裳，我得離開這裡，我不能耽擱……」也耽擱不起，阿嬌如今還等著他去救。

肖睿一笑。「恩人要尋誰？告訴我，我讓下人去尋。肖某不才，在這綿州城還是有些人脈的。」

「真的？」周二郎大喜。

「自然是的。」

「我是來尋我媳婦的，她在泉水鎮被一個姓謝的公子擄走了，我和金大哥來綿州就是來尋媳婦的。」

謝家？肖睿微微皺眉，謝家人好大膽子！他表哥管事之時，可沒出現過搶人妻子的醜事。

「那恩人可知道，擄走你媳婦的人叫什麼名字？」

「知曉的，聽金大哥說，應該叫謝舒卿。」

肖睿忽地站起身，錯愕地看著同樣震驚的老太太，忙道：「恩人會不會誤會了？」

周二郎沒想那麼多，忙認真說道：「我並未見到擄走我媳婦的那個男人，卻見到他的丫鬟，我跟著她一起去了謝家在泉水鎮的宅院。我媳婦進去了好半天都沒出來，我在宅院外等了許久，便詢問那守門的，守門的卻怎麼也不承認我媳婦進去了。我沒法子，趁天黑翻牆進去，可是找遍了屋子也沒見我媳婦，我心知不妙，忙去找金大哥，金大哥說人肯定是從後門走了，也派人打聽了那人身分，確認是皇商謝家大少爺。」

肖睿認真地聽，仔細打量周二郎，見周二郎不像是在說謊，又想著他那表哥這些年的確在尋一個女子，若那女子真是周二郎媳婦，他表哥將人擄走也是有可能的。

「就憑這些，你就能確定是謝家大少爺？」

「不是的，在去年臘月二十五，我媳婦和那男子在街上遇到了，那男子好生無禮，一直說我媳婦是他故人。我媳婦見了他之後，當場發了病，我先帶去了醫館，醫館大夫說我媳婦根本不是病了，而是中邪了，我不敢耽誤，連忙送我媳婦去了空虛大師處，大師一番檢查之後才告訴我，我媳婦是中了毒咒。」周二郎把事情說了一遍，並未隱瞞絲毫。

肖睿又問了幾個問題，他也一一回答了。

肖睿臉色一沈，看向老太太，老太太微微點頭，起身走到床邊坐下，拍拍周二郎的手。

「孩子你放心，只要你媳婦在謝家，只要到時候她願意跟你走，不管是謝家誰擄走了她，我老婆子都將人給你帶回來。」

周二郎聞言，大為感動。「謝謝老夫人。」

「你也莫要謝我，說起來你之於我們肖家才是大恩。好好休息吧，我這便派人去謝家打探消息。至於你那金大哥，既然是你朋友，哪有住在外面的道理？我這便派人去請來，你安心休息，養好身子，免得你媳婦回來見你身心憔悴，心裡難受。」

「二郎聽老夫人的。」

老夫人後來又說了幾句安慰的話，才帶著肖睿離開。

雖然老夫人答應了找人，周二郎還是有些擔憂。

小廝見周二郎魂不守舍的，忙道：「周公子莫要憂心了，在這綿州城，還沒有咱們老太太辦不到的事，只要你媳婦在綿州城裡，不管是誰家，準能給你找回來。」

「真的？」

「小人不敢說謊，周公子放心吧！」

周二郎儘管再不放心也沒辦法，他現在身子虛得連下床走路的力氣都沒有，在綿州城也沒有熟人，想要打探消息光有錢是不夠的，而他口袋裡的銀子也用去了不少，剩下最多三千兩。這三千兩，還是敏娘那時給的，他當時趕著出來，想都沒想就帶出來了。

那時救肖睿，他也是有想法的。

肖睿的舫船華麗，船上一眾人穿著貴氣，看模樣也不像青樓妓館的，再看肖睿被一群人簇擁著，家世肯定不錯，只要他拚命救了人，有這恩情在，尋回阿嬌的希望就大了幾分……

老太太看著肖睿。「此事你怎麼看？」

肖睿想了想。「祖母，我覺得，表哥或許真搶了人家的媳婦，而這媳婦也有可能是他三年前口口聲聲深愛的那個女子。只是祖母，那個女子我當年也瞧見過，美則美矣，但與表哥多有疏離，表哥對她雖有救命、收留之恩，但決計不會有愛慕之心。至於為什麼忽然間便愛上了，還愛得不可自拔，我大膽猜測，跟那毒咒定有關係。」

老太太聞言，沈眸不語，好一會兒才重重拍在桌子上。「原以為這任氏是個好的，教出的孩子定也不差，如今想來她是在伏低做小，徐徐圖之。這計策倒也好，讓你大表哥沈迷女色，非那女子不娶，可依著你表哥的身世和肩上重擔，謝家豈會讓他娶一個毫無幫助的女子為當家太太？偏你表哥非卿不娶，她便使了計策將那女子弄出府去，遠遠發賣了，你表哥定會千里迢迢去找，謝家的一切便只能放下；沒了這麼個強勁的對手，她那兩個不是特別優秀的兒子，頓時也變得優秀了。」

可哪裡曉得，她算了又算，謝舒卿卻在泉水鎮見到了人，還引發了毒咒。若那女子沒有遇上大師，必死無疑；她一死，謝舒卿定再無眷戀，非殉情不可，那樣她既算不上是陷害嫡長子，更得了謝家偌大家產，得了滔天富貴。

老太太都忍不住為任氏鼓掌，真是好算計！

「去，請你姑丈前來見我。」

肖睿卻不贊同。「祖母，若是姑姑還在，您便是打上謝家去，誰也不敢多說什麼；可如今姑姑不在，那任氏嫁入謝家多年，只怕根基已深。咱們既已知曉這一切，便不能大意，更要小心應對。大表哥安然活著便好，若大表哥有個三長兩短，謝家休想再享這潑天富貴，我肖睿窮其一生定要將謝家毀了！」

老太太微微點頭。「倒是祖母思慮不周了。」

「哪裡是祖母思慮不周，祖母是關心則亂！仔細想來，表哥的確已經好幾年不曾回家，也不曾再來肖府了。」

老太太也感傷，她老了，丈夫、兒子、女兒都去了，只留下一個孫子和一個外孫，偏偏孫子體弱，又不能練武，縱有滿腹經綸，卻也有遺憾。

她那外孫卻不一樣，武藝超群，又有心計謀略，行事風範比起她年輕時有過之而無不及，她也欣慰，有這麼個外孫幫襯，肖家倒不了，卻不想……

「如今既然你表哥回來了，你便派人去謝家守著，等你表哥一回家，你就上門拜訪，試探一二，看看他是否與三年前無二，再聽聽他的打算。另外，家裡那幾隻蛀蟲莫要留著了，速速除去。傳令下去，肖家將全力以赴，做好隨時為你表哥奪回謝家的準備。」

「祖母放心，孫兒心中有數。祖母身子不好，早些休息，孫兒這就去準備了。」

「你身子……」老太太擔憂低喚。

「祖母放心，我身子雖然弱了點，好在這些年一直調養得當，並無大礙。」肖睿說完，退出了暖閣。

這些年，他一直顧念親情，不曾對那幾個庶出的叔叔動手，他們卻不知道收斂，反而變本加厲。這次手伸得這麼長，還想將他除去，今兒他便趁這機會一起收拾！

這一日，肖家大亂，肖睿幾個庶出的叔叔全被綁了直接送到衙門。一開始個個喊冤，可當肖睿把一切證據交給府尹的時候，他們便叫不出來了，只求肖睿高抬貴手。肖睿立即召集了族長將其連同他們的家人一一逐出肖家。

肅清了這些敗類，肖家徹底乾淨了。

偌大的宅院顯得有些空蕩蕩，肖睿瞧著，深深嘆了口氣。

這些日子，淩嬌皆是昏昏沈沈的，好幾次醒來，還沒來得及說幾句話，就被灌了一碗湯藥。那藥又苦又澀，喝下去噁心得想吐，只是她還沒來得及吐，整個人又沈沈睡了過去，有種時刻都在黑暗中度過的感覺，見不到光明。

她從來沒這麼恨過、討厭過一個人，謝舒卿算第一個。

淩嬌坐起身，腦子有些發懵。她不知道自己昏睡了幾天，掀開馬車窗簾，只見馬車快速地在街上奔馳，商家林立、行人熙攘、小販叫賣，甚是熱鬧。

馬車簾子被掀開，初菊進了馬車，輕聲道：「姑娘醒了？這便到綿州了，一會兒進了城，咱們直接回謝家，姑娘有什麼話，等到了謝家，少爺都會給姑娘一個交代的。」

淩嬌看著初菊，她長得嬌小，臉上還有兩個酒窩，瞧著可愛，但這會兒淩嬌覺得她實在討厭極了，跟她家主子一個樣。

淩嬌轉頭看身上的衣裳，就算她不識貨，也知這布料跟周敏娘送回來的幾乎一樣。

「姑娘放心，姑娘的衣裳都是奴婢換的，這其間姑娘一切的起居事宜都由奴婢和另一個婆子負責。」

初菊的解釋讓淩嬌稍稍鬆了口氣。

「你們這些天給我吃了什麼？」

「只餵姑娘吃了一些流食。」

見初菊絕口不提灌她迷藥的事，淩嬌也懶得去問。「我們這是到哪裡了？」

「到綿州城了，一會兒就能到謝家，姑娘請洗臉漱口吧！」

初菊說話，手朝外面一伸，便把盆子、瓷杯端了進來。淩嬌洗漱完畢，初菊又把東西遞了出去。「姑娘坐好，奴婢為姑娘梳個髮髻吧！」

淩嬌搖頭。「不用了，我自己會。」

她自己能弄幾個簡單好看的髮髻，這會兒是不願意初菊靠近自己，誰知道她會不會又灌自己喝下什麼昏迷不醒的迷藥。

初菊也不勉強，這幾日她見謝舒卿看淩嬌的神情複雜，她不懂謝舒卿的心思，也不敢揣測，只是認真照顧淩嬌。

初菊坐到一邊，從一個格子裡拿出梳子、銅鏡、胭脂水粉，還有一盒子首飾。「姑娘，一會兒將自己打扮得好看些。謝家是個大家族，現在的當家夫人是老爺的繼室，先夫人只生了大少爺。府中還有嫡出二少爺、三少爺，庶出的四少爺、五少爺、六少爺、七少爺、八少爺；除了八少爺，都已經成親，嫡出大小姐已經出嫁，嫡出二小姐、三小姐，庶出的四小姐、五小姐、六小姐、七小姐——」

「等等。」淩嬌打斷初菊的話。「這些與我有什麼關係嗎？」

「奴婢只是想告訴姑娘，一會兒這些人都會在門口迎接。姑娘應該知道，不管姑娘對少爺有何怨氣，姑娘和大少爺總歸在同一條船上。大少爺好，姑娘才能安好；大少爺不好，姑娘性命定不保。」

淩嬌握拳。看，這便是權勢，她在這些人眼中，命如螻蟻。

「我在你們大少爺眼中或者謝家人眼中，算什麼？」

「姑娘是大少爺深愛的人，是謝家未來的當家少奶奶，謝家所有的婦人、姑娘都必須聽姑娘差遣，對姑娘畢恭畢敬。」

「這麼好？」

「前提是姑娘要嫁給大少爺，成為謝家大少奶奶。」

見初菊一板一眼、有問必答，答得也很誠懇，淩嬌笑了笑。「我明白了。」

初菊的意思很明顯，這謝家怕是龍潭虎穴，一旦她踏入謝家大門，便必須依附謝舒卿，否則怎麼被人害死的都不知道。

淩嬌此刻恨不得身帶宅鬥三十六式、七十二招，把這些人鬥個死無葬身之地，然後與謝舒卿談個條件，讓謝舒卿放她走。

她是想要榮華富貴、奴僕成群，但不是這樣子來的。說她矯情也好，愚笨也罷，她只想和周二郎一起努力，獲得想要的一切，卻不想跟著謝舒卿，一切信手拈來。

但現在，她必須識相，配合謝舒卿。

她手腳俐落梳了個髮髻，選了華麗髮釵，搽脂抹粉，將自己打扮得漂漂亮亮，轉頭問初菊。「好看嗎？」

初菊點頭。她知道淩嬌是好看的，這些日子淩嬌雖然被灌迷藥昏睡，但藥裡多滋補，吃的流食也盡是活血養顏的，她又奉命日日給淩嬌臉上抹了滋養肌膚的藥膏，才短短數日她臉色便豐潤不少，打扮起來著實好看，就連那手就跟剝了殼的雞蛋一般，柔嫩白皙、十指纖纖。

馬車停下，不一會兒，馬車門口便傳來有男子低聲輕喚。「嬌嬌，我們到了。」

嬌嬌……以前，爸爸、媽媽也喜歡這麼叫她，那時候只覺得滿滿都是幸福，可如今她聽著，竟是滿心滿眼的厭惡。

深吸一口氣，出了馬車，只見謝舒卿立在馬車邊，臉色比起第一次見面好上太多，渾身上下意氣風發。

謝舒卿朝她伸出手，滿臉全是纏綿繾綣，讓淩嬌心一驚，微微咬唇，抬眼只見大門口前滿滿的人都瞪大眼睛看著她，她心一橫，只得把手放在謝舒卿大手中，下了馬車。

謝舒卿微微一笑，牽著淩嬌上前。「父親、母親，不孝兒總算找到嬌嬌，以後定會安心留在謝家，將謝家發揚光大。」

謝家家主謝錦裕點了點頭，只看了淩嬌一眼便扭頭不語。

倒是任氏，熱淚盈眶。「回來就好，回來就好……你以前住的院子，母親日日命人打掃，就怕你回來住不慣，擺設也和以前一模一樣。」任氏說著，上前握住淩嬌的手。「嬌嬌這些年受苦了。嬌嬌當年氣性也是大，說走就走，害得大少爺緊追而去，如今回來可不能再任性了！」

這話聽著怎麼不大對勁？是在說她不識大體、任性妄為，對謝舒卿不夠信任嗎？可這些與她何干？她根本不是那個他們所謂的嬌嬌！

淩嬌還真不是那種給一巴掌，她還笑咪咪把另一邊臉湊上來，讓人再打一巴掌的性子。

「妳捏痛我了。」凌嬌說著，抽回自己的手，往謝舒卿身後一躲；反正她想得很明白，不管發生什麼事，先把謝舒卿推出來擋著。

謝舒卿溫柔地拉起凌嬌的手，見她被任氏握過的手泛紅，他眸子微瞇，看向任氏。「嬌嬌當年並非自己離開，而是遭奸人暗算，被人偷偷送走的，此事我定會追查到底，將這幕後黑手揪出來千刀萬剮。不過母親下手又為何這般重，是想要把她的手捏碎嗎？」

誰都沒想到謝舒卿會在大門口便當場發難，更沒想到凌嬌會抱怨出聲，她既然想要在謝家生活，在還沒坐上謝家大少奶奶寶座前不是應該伏低做小、刻意討好當家主母任氏的嗎？

任氏更是一愣。這些年，她過得的確太順風順水了，尤其是謝舒卿離家的這三年，兒子逐漸進入謝家核心，她也得到了無限尊榮，哪裡想到謝舒卿會回來，還在大門口就當眾狠狠給了她一耳光，忙道：「看我，見著你們回來太激動了，所以才力氣大了些，嬌嬌可別怪罪。」

「嬌嬌沒事就好，既然母親如此歡迎我們回來，便著手準備我與嬌嬌的婚事吧！」謝舒卿說著，看向一直抿嘴不語的謝錦裕。「父親，兒子有些話想要和父親單獨說。」

謝錦裕看著謝舒卿的臉，兒子的臉像極了他母親肖柔，謝錦裕目光微熱地頷首，絲毫未為謝舒卿對待任氏的態度加以責備。「管家，送凌姑娘回大少爺的逍遙院，再讓陳嬤嬤帶人過去伺候。」

謝錦裕說完，轉身就走，完全沒注意到任氏慘白的臉色和其他子女握緊的拳。謝舒卿低頭，柔聲對凌嬌道：「妳先隨陳嬤嬤去逍遙院，我一會兒就回，有話我們稍後再說。」

謝舒卿看向初菊，初菊立即上前扶住淩嬌。「姑娘，我們先回去吧，妳手都腫了，得趕緊上藥。」她說著，忽地一頓，看向謝舒卿。「大少爺，要不要請府醫瞧瞧，莫要傷了骨頭才好。」

謝舒卿點頭。

淩嬌無法，如今騎虎難下，只能隨著初菊走。她抬眼看向大門口的人，見他們眼中有憎恨、有懼怕、有羨慕，還有不屑……淩嬌撇撇嘴。在這謝家，謝舒卿的地位可真不簡單，在大門口給繼母難堪，親爹卻連一句話都沒有，繼母更抿緊了唇，慘白了臉，一句都不敢回。

淩嬌一走，謝舒卿才看向任氏。「這三年辛苦母親了，如今我已回來，嬌嬌馬上就要成為我的妻，明兒嬌嬌便會來跟母親學習持掌中饋，免得成親之後手忙腳亂。」

「大少爺說得是，母親記住了。」

「那就好。」

謝舒卿說完，揚長進了謝家。

任氏的兒子謝明欒上前想要發飆，被任氏一把拉住了。

這個家，從謝舒卿出生的那一天起，地位便決定了，他尊貴無比，誰能輕易撼動？謝明欒就是衝上去挑釁謝舒卿，被謝舒卿狠狠揍一頓，也不會有人站出來指責一句。

一旁幾個庶出的見狀，心中立即盤算開了，更是明白，這謝家要變天了……

第五十章

謝家書房的一應家具皆由金絲楠木打造，架上陳列著各色玉瓶、珍品瑪瑙，端的是奢華貴氣，桌上則擺著狼毫毛筆、珍品硯盤、上品徽墨。書房左側有一隔間，裡頭全是書；右側是另一間屋子，儼然是個寢房。

謝錦裕坐在書桌後等謝舒卿，等了片刻還不見人影，索性起身朝門口走去，見謝舒卿邁步走來，模樣清瘦，但雙目有神、神情氣爽，謝錦裕這才放下心來。

「見過父親。」

謝錦裕點頭道：「進來說話吧！」

父子兩人進屋，立即有丫鬟送來了上等香茗。

書房裡只剩父子兩人，謝舒卿端了茶杯，掀開蓋子，輕輕嗅了嗅。「走了那麼多地方，喝了那麼多茶，還是父親這兒的最香濃，總有一股在外面怎麼也喝不到的親情。」

謝錦裕笑。「為父還是那句話，喜歡的話以後日日來。」也端了茶小抿著。他喝了幾十年的茶，從不覺得有何特別，也只有與這個兒子一起喝，才能心平氣和，喝出些別樣滋味。

謝錦裕看向謝舒卿，只見他端著茶杯，恍惚中他彷彿又看見了那個光華無雙的女子抬眼看來，微帶嬌羞薄嗔。「看什麼看？不許看，快把公事處理好了，帶我出去玩。」

他總是不敢反駁她的話，只能埋頭努力處理公事，偶爾抬頭看她，見她或專心看書，或拿了小衣在做，或認真瞧他，一舉一動、一顰一笑，總能牽動他的心。

他們青梅竹馬，一起長大，感情甚篤，娶她為妻是他畢生夢想，得償所願後對她更是百般呵寵，只願執子之手、與子偕老，可她卻在生謝舒卿時血崩而亡。彌留之際，她拉著他的手，說她永遠不後悔，說她亦心悅愛慕他，更求他照顧好兩人血脈，將其養育成才。

「柔兒……」謝錦裕低喚，老眼微紅。

謝舒卿看向謝錦裕，忙擱了茶杯走到謝錦裕身邊，握住他的手。「父親，兒子在呢！」

謝錦裕回神，看著謝舒卿，像小時候一般，抬手撫了撫謝舒卿的頭。「回來便好，若你真非那女子不娶，父親也不阻攔了。」謝家富貴已潑天，沒必要再娶一個能為家族帶來好處的主母了。

謝舒卿卻搖頭。「父親，兒子感恩父親當年的阻攔，也感恩父親總想把最好的給兒子，這才救了兒子一命。」

「此話怎講？」

「父親，兒子當年救淩姑娘回來，兩年內見面次數極少，算下來不超過五次，淩姑娘見著兒子也規矩有禮；兒子看得出來，淩姑娘並未心悅兒子，可為什麼三年前忽然就愛上了？且愛得那麼深，一個非卿不娶，一個非卿不嫁？」

謝錦裕皺眉。「莫非其中有什麼隱情？」

自己的兒子，謝錦裕是知道的，遇事沈著冷靜，且當年都已經準備議親，議親對象他也見過，卻忽然愛上那個淩姑娘……細想起來，這其中的確有很多問題。

「的確有隱情，事實上我和淩姑娘是被人下毒了！」

「下毒?!」謝錦裕怒聲。誰這麼大膽子，敢對謝舒卿下毒？

「是的，下毒。準確地說，應該是毒咒，只不過以毒為引，以惡咒為輔，讓兒子與淩姑娘愛得不可自拔。淩姑娘身分不明，無所依靠，謝家當家人怎麼可能娶一個身分不明的女子為當家少奶奶？父親和祖母定會全力阻攔，就算最後心疼兒子，讓兒子娶了淩姑娘，只怕兒子也會夜夜笙歌，不可自拔。」

「你不是那種重慾之人。」

謝舒卿點頭。「兒子的確不是重慾之人，可若這毒會讓人對男歡女愛上癮呢？夜夜歡愉，就算兒子鐵打的身子也禁受不起，遲早將身體掏空，到那時，離死也就不遠了。」

謝錦裕身子一僵，驚問：「怎麼會有這麼惡毒的毒藥？」

「父親應該問，到底是誰要這般殘忍地對付兒子？我捫心自問，上孝敬長輩，下善待手足，對僕從也不曾多加苛待，可這些人為什麼就要對兒子下手？因為兒子擋了他們的富貴路，只要兒子在這謝家，他們便只能分到一部分財產，這一部分財產跟謝家財產一比，實在是太微不足道了！至於兄弟情誼？和這潑天富貴相比，還算得了什麼呢？」

謝錦裕冷著臉。「你查到什麼了嗎？」

「是，兒子查到了，當年之事全是母親、二弟、三弟以及祖母聯手所為。二弟以姨娘之位誘我身邊丫鬟初荷，初荷已經招認，現在人已被我看管起來，兒子就是想問父親一句，是讓兒子以其人之道還治其人之身呢，還是就這麼算了？」

「你說什麼?」謝錦裕大受打擊。任氏是母親作主給他娶的，更是姨母的女兒，算起來他們還是表兄妹，這些年任氏處事公道，從沒出過錯，也沒表現出對家產覬覦的心思來，怎麼會……

謝舒卿不逼謝錦裕下決定，他只需要說出這個事實，謝錦裕經歷了那麼多大風大浪，他手裡有人，只要想查，有什麼是他查不到的?

謝舒卿深信，父親不會讓他失望。

兒子一走，謝錦裕無力感頓生。起身去了書房邊的寢房，在燈架上輕輕一按後，一扇暗門忽地出現，謝錦裕走進去，那是一個封閉的房間，四周掛滿了畫，畫中女子從孩子到及笄到成為婦人，或笑或嗔或怒的神情栩栩如生。

「柔兒……」謝錦裕伸手撫摸畫上女子，眼眸澀然。「若妳在便好了。」

他也不會納那麼多喜笑嗔怒都像她的女子，從她們身上尋找柔兒的影子，可她們都不是柔兒，不是。

謝錦裕坐在地上，將一幅畫捲起抱在懷裡，在這瞬間，他已經有了決定。

凌嬌跟著初菊走在九曲迴廊上，廊下牡丹爭相開放，美不勝收。

「姑娘，逍遙院裡面有三個小苑，姑娘住在思柔苑可好?」

「嗯。」

凌嬌能有什麼意見?如今她根本沒選擇的權利。

思柔苑很大，院子屋簷下放著一盆盆的牡丹，淩嬌不認識品種，只覺得很好看。

「姑娘，喜歡這牡丹嗎？若是喜歡，少爺院子裡有幾盆極品，姑娘可以去看看。」

淩嬌搖頭。「說不上喜歡不喜歡，就是覺得挺好看的。」

「姑娘，奴婢一會兒給姑娘梳個髮髻，摘朵漂亮的花兒配在髮髻間，肯定美極。」

「不用了，我不喜歡。」

初菊笑容微微一滯，只得帶淩嬌進了屋子。

屋子裡的擺設雅致，輕紗微動，地龍燒得正旺，屋子裡暖烘烘的，初菊才招呼淩嬌坐下，立即有丫鬟端了茶水上來，初菊顯然是認識她們的，吩咐幾句後，那丫鬟便恭恭敬敬應聲退下了。

不一會兒，一個身穿大紅襖子的中年婦人走來，見到淩嬌，仔細打量了她幾眼，才笑道：「淩姑娘，老奴有禮了。」

淩嬌微微點頭，神情淡淡的。

陳嬤嬤瞧著淩嬌心情不大好，也不在意。「姑娘對這屋子的擺設可還滿意？」

「滿意。」反正她也不會長久住在這裡，滿意與否其實並不重要。

「姑娘滿意就好。對了姑娘，春裳馬上就要出來了，老奴已經帶了人過來，這便給姑娘量身可好？」

「不用了，我衣服已經挺多。初菊，妳說呢？」

初菊聞言，看向淩嬌，又看了看陳嬤嬤。「姑娘衣服確實是多，可都是冬衣，如今春天來了，做幾套新鮮靚麗的也是好的。」

凌嬌呵呵了兩聲。「好啊，幾套太少了，做五、六十套吧！」

初菊微愣。

陳嬤嬤卻是笑了起來。「全聽姑娘的。」隨即朝外面招手。「妳們進來給姑娘量尺寸，順便把花樣拿進來讓姑娘挑選。」

不一會兒進來了十幾個丫鬟，每個人手上都端著托盤，恭恭敬敬立在一邊，一個上前給凌嬌量尺寸並記下，其中一人拿了樣式讓凌嬌選，凌嬌懶洋洋說道：「都好，妳們看著做吧！」

陳嬤嬤微微訝異。五年前凌嬌來府裡時是客人，身無分文，少爺吩咐好好對待，府中下人一開始都以為她是大少爺的紅顏知己，可漸漸發現兩人幾乎不見面，凌嬌更是一直住在客院不曾出來，就算有事也是大少爺過去尋。那個時候，凌嬌性子雖是有些高不可攀，卻完全不像今天這般尖銳而冷淡。

這三年到底發生了什麼，讓一個人性子變化如此之大？

陳嬤嬤招呼丫鬟們下去，朝凌嬌福了福身退下，卻在逍遙院門口遇到了歸來的謝舒卿。

「大少爺。」

「嗯。」

「剛剛給姑娘量了尺寸，明兒一早便能送幾套衣裳過來，剩下的可能要等幾天。」

謝舒卿聞言一愣。「她做了很多套嗎？」

「是，姑娘說做個五、六十套，老奴自作主張應下了。」

謝舒卿無奈一笑。「既然她喜歡，便做吧，順便讓翡翠閣那邊來人，帶些飾品過來讓她選。」說著，他一頓。「不必讓她選了，每樣都來一份吧！」

誰教他欠了她，因為他，她顛沛流離、性情大變，吃了不少苦。

當年第一眼瞧見她時，她一身錦衣，卻滿臉哀傷，渾身冷豔貴氣、高不可攀，若他沒認錯，那身衣裳當出自宮廷，民間女子不可穿，只是換下之後便被她剪得稀巴爛丟了，進了謝家更是深居簡出，性子孤傲得很。

他原本只是好心想幫她，卻不想還是將她捲進了謝家這骯髒地來……

第五十一章

等陳嬤嬤福身後退下，謝舒卿才進了思柔苑。

謝舒卿一進來，淩嬌就莫名緊張，見初菊帶著丫鬟們退下，她更是蹭地起身，宛若驚弓之鳥。

謝舒卿搖頭道：「我不會對妳怎麼樣的，不然這些日子妳也安好不了，更不會只讓初菊和一個婆子照顧妳。我日日給妳灌藥是怕妳醒來後逃跑，嬌嬌，如今我身邊處處危險，若妳隻身一人行在路上，怕是小命休矣！當初在泉水鎮把妳擄來，雖有利用的意思，何嘗不是為了保護妳？」

淩嬌看著謝舒卿不說話，卻不著痕跡地往後退。

「妳別怕，我不會碰妳的。以前我心智全失，都能控制住不碰妳，更何況如今我已經大好。」

淩嬌挑眉，這傢伙是什麼意思？

「嬌嬌，妳坐下來，我仔細跟妳說，或許妳便會明白。」

淩嬌點頭，卻坐得遠遠的，謝舒卿倒是笑了起來。「妳何必這般小心翼翼，我說了不會傷害妳。」

「你說，我坐這兒也聽得清楚的。」

「只是隔這麼遠，我說話勢必要大聲，隔牆有耳，嬌嬌難道不怕被人聽了去？」

謹慎是好，可若他真要對她做什麼，她就是坐得再遠也沒用的。

淩嬌深吸幾口氣，才起身走到謝舒卿身邊的椅子坐下，雙手握拳。這種感覺，當初第一次見到周二郎的時候並沒有，或許周二郎那時候表現得人畜無害，而謝舒卿不是，他邪魅妖異，她怕。

淩嬌是真的怕，雖然在貞潔和性命之間，性命更重要，可若真發生了那種事，她想，她是活不下去的，她只能賭，賭謝舒卿還有良知。

「嬌嬌。」

「你換個稱呼好嗎？你這麼喊我，我很緊張。」

謝舒卿錯愕地點頭。「好，淩姑娘。」

見他這麼簡單便改了口，淩嬌有些意外。「你說吧，我聽著。」

謝舒卿站起身，淩嬌嚇得跳了起來，連退好幾步，防備地看著謝舒卿。謝舒卿真是沒想到，他一個動作都能將淩嬌嚇得至此，只得稍稍往後退，抱拳朝淩嬌深深一揖。「淩姑娘，因為我給妳帶來的麻煩，舒卿愧疚難當，還請淩姑娘原諒。」

「不是，你、我……」淩嬌有些結巴，很想告訴謝舒卿，她根本就不是那個淩嬌，或許這身體以前是淩嬌的，但現在是她的。

「淩姑娘，請坐下來，聽我仔細說來。我相信淩姑娘是個聰明人，定能聽明白的。」

謝舒卿把事情前因後果說了一遍後，淩嬌的確明白了。

「我還是那句話，以前的事，我真的忘記了，我只記得我在周二郎家醒來後的事。」

「沒關係，只是接下來這些事還需要淩姑娘幫忙。淩姑娘，只要妳願意幫忙，等事情了了，我便送妳回去。」

「真的？」

謝舒卿點頭。「君子一言，駟馬難追。淩姑娘放心，我定不會說些好話哄騙淩姑娘的，若是淩姑娘不信，我可以立下字據。」

淩嬌看著謝舒卿，這個男子，的確比起在泉水鎮見到時清明很多，眸子間有了一股正氣。

「不了，我相信謝公子，也希望謝公子值得我相信。」

「那我們便如此說定了，等事情了了，我定送上大禮。」

「不用了謝公子，到時候，你只需要派個人送我回去就好。」

謝舒卿其實想問，那農夫真那麼好？面對這榮華富貴，她就不動心？

送走謝舒卿，淩嬌才鬆了口氣，背脊全是冷汗，謝舒卿在泉水鎮給她的印象實在太恐怖了。

初菊進來，淩嬌忙對她說道：「初菊，讓人打些熱水好嗎？我想洗個澡。」

「好的，姑娘，妳等一會兒，很快就能好。」

這廂謝舒卿和淩嬌談攏了，那廂，任氏、謝明欒、謝明遠母子三人卻急得不行，他們沒有想到謝舒卿能夠找到淩嬌，更沒想到謝舒卿能安然回來。

「娘，怎麼辦？」謝明欒問任氏。

謝舒卿的手段他是知道的，不招惹他，他能跟你稱兄道弟、兩肋插刀；招惹了他，他的手段也夠陰狠、夠毒辣，更是六親不認、冷酷無情。

任氏想了想。「走，去找你們祖母。」

謝明欒一頓，恍然大悟。「對啊，怎麼忘記祖母了呢！」

謝老太太年紀大了，身子一向不好，有些怕死，便開始吃齋唸佛，尤其是從三年前謝舒卿把她氣著之後，更是很少出院子，府中的一切都交給任氏；任氏對這個又是婆母、又是姨母的老太太很是孝順恭敬，日日都前來請安，連帶著幾個孩子也都頗得謝老太太喜歡。

任氏一進院子，便遣退了下人。「姨母。」

謝老太太微微皺眉。「怎麼了？」

「姨母，大少爺回來了。」

「回來就回來了，那個德性也掀不起什麼風浪來，妳急什麼？」

任氏卻不這麼認為。「姨母，初荷沒跟著回來，卻把那個淩嬌帶了回來；而且大少爺一回來就當場刁難我，還跟老爺去了書房，不知道說了些什麼。」

謝老太太一聽就怒了。「好大的膽子！這些年在外面跑，規矩都忘記了嗎？」說著，忽地一頓。「妳說他回來就刁難於妳，莫非他發現了什麼？」

「姨母，我就怕大少爺發現了什麼告訴老爺……姨母，若他真將一切告訴了老爺，我們該怎麼辦？」

「怎麼辦？這謝家只能是明欒、明遠的，若裕哥兒拎得清，我便讓他多活兩年，若他拎不清……」謝老太太說著，雙眸狠辣陰毒。

任氏聞言心一緊，她想要謝家的潑天富貴不假，可要她殺謝錦裕，她不敢。看著謝老太太，她一時間有些回不過神，在她心裡，還是愛著謝錦裕的，所以她可以害謝錦裕的其他子女，卻沒喪心病狂到害謝錦裕。

「姨母？」任氏低喚，偷偷去看謝老太太那狠辣的眼眸，嚇得一個哆嗦，再不敢多言。

謝老太太瞄了任氏一眼，暗罵她這沒出息的東西，又看向謝明欒。「明欒你過來。」

「是，祖母。」

謝明欒俯下身來，謝老太太在謝明欒耳邊低語幾句，謝明欒聞言後大喜，忙道：「祖母放心，孫兒明白的。」

「去吧，此事你親自去辦。」

謝明欒一開始還有些害怕，可此刻有謝老太太給他出主意，又把自己隱藏了多年的勢力都交給他，謝明欒激動得彷彿整個謝家都已在他手中一般。

這邊幾人剛剛商量好怎麼反擊，那廂，謝錦裕已經得到消息。

謝錦裕自認自己對得起謝老太太，雖然謝老太太是自己的繼母，但他也一直很孝順謝老太太，怎麼也想不明白，謝老太太為何非要這麼對他？

「少爺，少爺。」

肖睿看著小廝，忙問：「怎樣？」

「是表少爺回來了，還帶了一個女子，因為隔得遠，小人沒瞧清楚那女子的相貌，不過那女子穿得極其華麗，想來身分定不一般。」

肖睿還有什麼不明白的？謝舒卿忽然歸來，還帶回一個女子，這讓周二郎所言一一得到印證，肖睿一時間有些舉棋不定。是去幫周二郎要回媳婦呢，還是給周二郎一大筆銀子，夠他另外娶個漂亮媳婦，安安穩穩過一生？

只是周二郎於他有救命之恩，他怎麼能眼睜睜看著周二郎失去媳婦？當然，如果周二郎那媳婦嫌貧愛富，甘願留在謝家，就另當別論了。

想到這裡，肖睿還是決定去找老太太說說這事。

老太太明顯比肖睿想得更多。「這人呢，咱們是肯定要找到帶回肖家的，至於她最後的選擇，就不是我們能決定的。我已經吩咐下人準備禮品，你這會兒便去一趟謝家，若能見到那女子，試探一二最好；若見不到……」老太太微微頓了頓。「就算見不到，也先把這個消息告訴周二郎，免得他擔憂。」

「是。」

周二郎得到消息的時候，欣喜若狂。「阿嬌還好嗎？」

肖睿微微點頭。「應該是很好的。」

知道凌嬌沒事，周二郎放心了，也沒往別的地方想，甚至滿心歡喜，只恨不得立即把凌嬌接到身邊，然後回周家村去。

「你……」肖睿猶豫著要不要問。

難道周二郎就不擔心淩嬌是否還是完璧？是否已經變心？是否根本不打算跟他回去，是否在見到謝家富貴的時候，就已經拋棄了他……

周二郎微微一笑。「我知道肖公子想問什麼，不過我也想告訴公子一句，我不會放棄的。」

如果淩嬌真變了心，他也會努力爭取，他相信，就算發生了什麼都不會是阿嬌自願的，他也相信阿嬌不是那種嫌貧愛富的人。

肖睿微微挑眉。「那好吧，我一會兒就去謝府，儘量找機會見上淩姑娘一面，代你問幾句話。」

「肖公子，我能跟你一起去嗎？」

肖睿搖頭。「暫時不行，你還是在家安心休養，等我消息。」

周二郎深吸一口氣，點點頭。

謝錦裕去見了謝老太太，謝老太太見著謝錦裕，笑道：「怎麼來了？」倒是一派祥和慈愛。

謝錦裕坐在椅子上，看著謝老太太。「有些日子沒見母親，今兒過來瞧瞧，見母親身子還好，心也能放回肚子裡了。」

「瞧你，母親身子不好又不是一日、兩日，就你窮緊張，安心去做事，母親這兒沒事的。」

謝錦裕點頭，陪著謝老太太說了一會兒話，提及了謝舒卿和淩嬌，又說起分家的決定。

「你要分家？」

「是，以前舒卿沒有成親，我想著自己也還年輕，總能撐上幾年；如今舒卿就要成親了，我也想等舒卿成親後，便把這家分了。」

謝老太太的手微微握拳。「你打算怎麼分？」

「八成給舒卿，一成讓明欒、明遠兩兄弟分，一成讓其他幾個庶出的分；至於那些個女兒，以後的嫁妝皆由舒卿來負責，給多給少，都看舒卿這個哥哥的意思。」

謝錦裕說得好生偏心，偏心到謝老太太的心都揪疼了，恨不得一巴掌拍死謝錦裕，把這個家產分成兩份，一份給明欒，一份給明遠，其他庶出子女有多遠滾多遠，至於謝舒卿，活著做什麼？死了一了百了！

「你當真這麼想？」

「是，兒子已經通知本家幾房族長，想來他們很快就能過來了。」

謝老太太倒抽一口氣。「你已經下了決定？那你此刻來做什麼？只是為了告訴我一聲嗎？」

此刻的謝老太太滿臉怒氣，哪裡有絲毫慈愛，恨不得生吞活剝了謝錦裕。

謝錦裕看了謝老太太一眼，心思微轉。「是，我已經做了決定，謝家一切本就屬於謝家嫡出長子，母親放心，舒卿是個孝順的，他一定會善待母親這個祖母的。」

謝老太太倒抽一口氣，等她回過神來的時候，謝錦裕已經起身，靜靜看著她說道：「母親，我雖不是妳的親生兒子，畢竟也孝養母親這麼多年，為何此時卻這般不贊同？或許在母親眼裡，只有明欒、明遠才是親人，我和母親沒血緣關係，更別說舒卿了。」

謝錦裕見謝老太太臉色慘白，心中疑惑越發肯定。「老太太，柔兒她真的是血崩嗎？」

謝老太太張大了嘴巴，說不出一句話來。

如果謝錦裕知道，是她害死了他心愛的妻子，為自己的姪女騰出位置來，又差點害死了謝舒卿……謝老太太只覺得滿心的寒，一直以為自己做得天衣無縫，謝錦裕不會知道的，可為什麼……

其實謝錦裕並不知道真相，他只是在詐謝老太太，可謝老太太的心思一下就被謝錦裕的三言兩語揭露，露出了驚恐之色，隱隱證實了謝錦裕的猜測。

「妳……」謝錦裕滿眼憎恨。

她貪心貪財，他不怪她，畢竟人就沒幾個不貪心的，可她卻害死了他的柔兒，還差點害死了他和柔兒的兒子，簡直罪該萬死！

謝錦裕大手一伸，掐住了謝老太太脖子，掐得謝老太太窒息難受、臉色脹紅，想要求救，卻喊不出聲音。

謝錦裕進屋之時早已把所有人都遣退出去，這會兒誰又敢進來？也不可能有人進來救謝老太太。

謝老太太只覺得自己死定了，卻不想謝錦裕忽地鬆開了手，任由謝老太太重重跌坐在地上，咳個不停。

「我不會讓妳輕易死掉的，我要讓妳眼睜睜瞧著任氏、謝明欒和謝明遠去死，瞧著妳在意的一切灰飛煙滅，不復存在……我要讓妳日日活在恐懼與痛苦中，不可自拔……」

謝錦裕怒不可遏，出了屋子，大喝一聲。「暗衛何在？將這院子裡的人全部拉下去，亂棍打死，丟亂葬崗去！」

謝家如今是謝錦裕當家作主，他的話誰敢不聽？話一落，立即有黑衣人從暗處跳了出來，將一院子丫鬟、婆子全部拿下。有人拿了棍子來，一棍一棍下去，不一會兒院子全是血腥味，哀號求救聲四起，謝錦裕卻只是冷冷站著。

謝老太太觸到他的逆鱗，一個是柔兒，一個是謝舒卿，偏偏她兩個都想害了，簡直罪不可赦，這一院子的賤婢、老虔婆，沒一個好的！

片刻之後，滿院的屍體都被人清理出去，謝老太太在屋子裡早已經嚇得屎尿拉了一身。養尊處優幾十年的她從來不敢想，謝錦裕狠起來是這般的六親不認，如果早知道，她一定不會去害肖柔，也不會去害謝舒卿；可是，來不及了，來不及了……

「去查，但凡跟這院子裡走得近的丫鬟、婆子，一律杖斃。」

這一查還得了，府中哪個人不和謝老太太身邊的丫鬟、婆子走得近，一時間，謝府陷入一片水深火熱。

第五十二章

任氏作夢也沒想到，謝錦裕的反擊這麼快，簡直超出她想像。

謝家大門和後門全部被堵死，圍牆下皆有人守著，誰都別想送信出去或逃出去。謝錦裕帶著人，一個院子、一個院子巡查，不論是誰，兩句話說不好，杖斃，哪怕是他的幾個妾室和子女也都死在了亂棍之下。

謝錦裕瘋了！這是任氏唯一的想法，她驚懼異常，看著兩個可愛的孫子、兩個女兒、兒媳婦、三個孫女，她只覺得渾身猶如墜入冰窖，冷得她瑟瑟發抖。「走，跟我去逍遙院。」

可任氏想錯了，逍遙院外早已經被謝舒卿的人把守著，她根本靠近不了。她撲通一聲跪下，剛想開口，一條鞭子快速甩了過來，當場便將她嘴巴打得血肉模糊，牙齒落了好幾顆；這下子別說任氏，就連她幾個女兒和媳婦都嚇暈過去，幾個孩子更是嚇得屁滾尿流。

凌嬌在屋子裡，聞著空氣中瀰漫的血腥之氣，想要逃離這個地方，卻被初菊拽住。「姑娘，若妳想好好活著，便什麼都不要做，待在這思柔苑，不然誰都護不了妳。」

「可是……」凌嬌很想說，外面都成地獄了，她在這兒能存活？

「姑娘別問了，知道這些，對姑娘並無好處；若姑娘害怕，便用棉花塞住耳朵。」

「外面……」

「姑娘，外面的事，妳我都無能為力，所以……」初菊說完，揚手劈在凌嬌脖子上，凌嬌頓時暈了過去。

當殺戮過後，謝家一片狼藉，活著的人全部被關到老太太院子裡，由高手看管，死掉的人一車車被運出去，丟入亂葬崗。新的奴僕迅速替補上來，有條不紊地打掃幹活，人人都低垂著腦袋，靜默不出聲。

外面的人只知道謝府這一日血腥味甚重，卻不知道謝府裡血流成河，屍體堆積如山。

肖睿到的時候，臉色極其不好，尤其是見到謝舒卿之後。「表哥，你這是在做什麼？」

謝舒卿看著肖睿，好一會兒才笑出聲。「幾年不見，睿兒長高了，成男子漢了，也有了男兒的擔當，表哥甚喜。」

「表哥……」

謝舒卿看著肖睿，微微一笑。「睿兒，表哥有一事相求。」

「什麼事？」

「幫我送一個人回一個地方。」

這一刻，謝舒卿也後悔了，他不應該把淩嬌牽扯進來，這種血洗滿門的殘酷，不該讓她見到的。

「表哥，你愛那個女子嗎？」肖睿忽然問。

謝舒卿疑惑地看著肖睿。

肖睿呼出一口氣。「人家相公尋上門來了，恰巧救了我的命，所以……」

謝舒卿認真想了想。愛嗎？他不知道，或許是這三年愛得太刻骨銘心了，讓他總是情不自禁地覺得，其實他是愛淩嬌的，所以才不顧她的意願把人帶了回來。

按照他的謀算，奪回一個謝家而已，根本沒什麼大問題，可他卻找了個理由把人給帶了回來。

「既然她相公尋來了，一會兒你便把人帶走吧，我不留她了。」

「表哥……」

謝舒卿知道肖睿想說什麼，只是一笑。「她根本不愛我，也不喜歡我，甚至很怕我。睿兒，我雖然壞，但在感情上，我是一個君子，這份感情，我強求過，可惜依舊無從得益。如果她心裡有我，我不管她是誰的妻子，都能將她變成我謝舒卿的妻子；可她並不愛我，一點都不，既然如此，我何必強求。」

肖睿微微點頭。「人我這就帶走了，表哥，你有三天的時間可以反悔，三天後——」

「不必，你帶她走吧！」

謝明欒和謝明遠安排好一切，正得意洋洋的時候，一大群黑衣人突然出現將他們包圍住，二話不說便殺了過來。謝明欒曾經覺得自己是厲害的，可在臨死那一刻，他見到了謝舒卿。

那個從小在父親身邊長大的大哥，和他們這兩個從小在母親、祖母身邊長大的人是不一樣的，他高高在上，用鄙夷的眼神看著他們。

「將屍體帶回去。」

院子裡，謝老太太看著熟悉的人變成屍體堆在面前的時候，不住地醒來又嚇暈過去，直到她再也承受不住，跪在謝錦裕面前，哭著懺悔她做下的惡事。

「是，肖柔當初胎象確實是穩的，是我收買了產婆，給她喝的湯裡下了容易引發血崩的藥物，只有她死了，任氏才能嫁進來。」老太太說著，眼淚直流。

她不該有私心，不該貪，如若不然，她還是謝家老太太，享受著榮華富貴，含飴弄孫，多好，多好啊……

可惜來不及了，謝錦裕恨死她了，她娘家人一個一個死在她面前，謝老太太頓時口鼻一歪，下身一點知覺都沒有，癱瘓了。

「妳太狠心了，妳雖不是我親娘，但我一直記住妳早些年的好，這些年念妳不曾有子嗣，對妳恭敬有加、孝順有餘，可妳害死了肖柔，又去害舒卿……」謝錦裕說著，搖搖頭。

一個繼室過得比正房老夫人還好，卻不知足。

「錦裕，我錯了……我錯了！」老夫人癱在地上，歪嘴低喚。

「不，妳沒錯，是我錯，是我錯了！我不該認賊作母，不該那麼相信妳，害了柔兒性命，也差點害了兒子！」謝錦裕說完，失魂落魄地離去。

沒有人去管老太太，謝錦裕也不許人去管，任由她倒在冰冷的地板上，嚥下最後一口氣。

三日後，謝家散盡家財，當夜一場大火，將謝家大宅燒了個精光，皇商謝家在一夕之間消失在大曆。

至於謝錦裕、謝舒卿父子，沒人知道他們是否還活著，或者去了哪裡，連肖睿都不曉得。

肖老太太哭得肝腸寸斷，肖睿紅著眼眶安慰，直到門口有人送來一塊玉珮，老太太才破涕為笑。

小鎮客棧。

周二郎端了熱水進屋子，給躺在床上的女子擦手、洗臉，輕手輕腳的，生怕弄疼了她，如細心呵護稀世珍寶一般。

三日前，他從肖家帶著淩嬌離開，金城時已經給他送來馬兒，卻告知周二郎他有要事需要處理，讓周二郎帶著淩嬌直接回周家村。周二郎不敢停留，快速去買了個馬車架子，蒙上油紙，裡面又鋪了厚厚的棉被，帶著淩嬌出了綿州城，一路不敢停留，連趕了三天路，才在這個小鎮歇下。因為淩嬌一直不曾醒來，他擔心害怕，找了大夫來看，大夫一番探脈後，只叫他好好照顧便離去了。

「阿嬌，妳快醒來吧，不管發生了什麼，我都一如既往地待妳，相信我好嗎？」

周二郎看著昏睡的淩嬌，心裡如驚濤駭浪翻湧，輕輕握住她的手。

「阿嬌，到底還是我太無用了，可我會努力的，相信我，我以後一定會變強，一定會的！」

如果他有用些，淩嬌就不會變成這個樣子。

以往的周二郎肯定會因此一蹶不振，可這一會兒，他卻戰意甚濃。

幫淩嬌擦好手，周二郎端了盆子出去，還給客棧夥計。「謝謝小二哥了。」

「客官客氣了，這都是小人應該做的。」

周二郎笑了笑，從懷裡摸了兩個銅板遞給小二。小二仔細一看，十文一個，兩個二十文，雖然不多，但對他這個一年到頭都沒能得個賞錢的客棧小夥計來說，簡直就是天上掉餡餅的好事。「謝謝客官，客官有事儘管吩咐。」

「我媳婦身子不好，這會兒也不曉得什麼時候會醒來，我想麻煩小二哥給我弄個爐子，我打算親自熬點稀飯，等我媳婦醒來吃。」

「這有什麼問題？客官放心，我這就去找爐子，順便給客官準備好炭、米和陶罐，這些是絕對不能少的。」店小二說完，呵呵笑著就去忙了。

周二郎轉身回了房間，給淩嬌掖好被子，就坐在一邊拿起一本書看。好多字他都不認識，看到認識的字，便用手描繪，在心裡記下它們的意思。

店小二送來了爐子、炭、米、陶罐和井水，周二郎再三道謝後轉身拿了兩個綠豆糕給店小二。「拿回去給家裡孩子吃吧！」

「客官，這……」

「我買給我媳婦吃的，可她到現在還沒醒來，等醒來後怕也吃不了多少，這東西就圖個新鮮，時日一長就不好吃了。」

「那真是謝謝客官了。」

「不必客氣。」

兩人又說了一會兒話，周二郎問附近可有什麼好玩的地方，如果在鎮上做點生意需要哪些門路，要先去拜會哪些人？店小二是本地人，知道得多，一一跟周二郎說了，周二郎致謝之後才送店小二出去，轉身進屋看淩嬌，見她睡得安穩，便出了屋子，在屋簷下開始熬粥。

淩嬌是被餓醒的，一醒來就聞到陣陣米香，引得肚子越發餓了。

看著陌生的地方，蚊帳青布、被子棉布，桌子上一盞油燈微微閃著亮光，淩嬌腦子有些懵，這是什麼地方？

肚子很是難受，淩嬌下了床，才發現腳痠腿軟，渾身提不起力氣，身子一軟便摔倒在地，一抹熟悉的人影忽地跑進屋子，抱著她緊張不已。「阿嬌，怎麼了，怎麼了？」

阿嬌……這一聲阿嬌恍若隔世，淩嬌聞聲抬眼，可不就是周二郎？

在那些醒著的日子，淩嬌誰都沒去想，只想著周二郎，想著他的好、他的真、他的愛，可這一刻瞧著他，她只覺得滿腹委屈，嗚咽一聲，窩在周二郎懷裡，拍打著周二郎。「你怎麼現在才來，為什麼現在才來……」

那些日子，她很怕，怕謝舒卿忽然狂性大發，不顧她的意願強要了她。

周二郎心疼壞了，緊緊抱住淩嬌，安撫她。「是我不好，是我沒護好妳，不哭了，妳身子虛，哭壞了身子，我會心疼的。」

一些日子不見，周二郎倒是會甜言蜜語了，淩嬌吸了吸氣，覺得自己脆弱許多。

「我要去茅房。」

「我已經拿了恭桶放在角落，我扶妳過去，等妳方便好了，我再拎出去。」

淩嬌解決完了，周二郎立即進屋子把恭桶提了出去，再把窗戶打開，回來的時候卻端著一個盆子，盆子裡還冒著熱氣。

「快洗臉漱口，我前陣子見有人用這香鹽和這個刷牙的刷子，我買了好幾個呢！」

淩嬌看著那個刷子，有些像牙刷，那香鹽更是像牙膏，不過一用便曉得，這可比牙膏好多了，清香四溢、沁人心脾。漱口洗臉之後，周二郎端水出去倒，不一會兒又端了稀飯進來。「阿嬌，快吃吧！」

「你……」

周二郎失笑。「妳放心，我洗過手的，洗了很多次。」

淩嬌微微垂眸，稀飯有些燙，她輕輕吹了一下才開始吃。周二郎在一邊瞧著，覺得就只是這般瞧著她，都是一種滿足與幸福。

吃飽了，淩嬌才感覺有了些力氣，躺在床上等著周二郎回來。不一會兒周二郎回來了，見她還沒睡。「阿嬌，早些睡吧！」

「你不問嗎？」

周二郎不解。「問什麼？」

「問我這些日子都去了哪裡，發生了什麼，是不是……」

周二郎抬手，輕輕壓住淩嬌的唇。「噓，別說了阿嬌，我只有一個要求，妳在我身邊就好，其他的，我心裡或許會難受，但和阿嬌比起來便微不足道了。」

淩嬌微微紅了眼眶。「我只能告訴你，在我有限的記憶裡，他什麼都沒做；不過，在我不記得、昏迷不醒的時候，我就不知道了。」

這是實話，周二郎卻笑了起來。「嗯，我相信阿嬌，一直都信的。」只要是淩嬌說的，他都信。

淩嬌這才想起一些事。「我們現在在哪裡？」

周二郎忙把事情的前因後果說了一遍，淩嬌聽得時而眉頭輕蹙，時而勾唇一笑，時而懊惱去擰周二郎，兩人相擁著，周二郎仔細瞧她的臉，低頭落下細碎的吻。「阿嬌，我們回去就圓房吧，好不好？」

「好。」

本是郎情妾意，只差一步便能恩愛不渝，如今發生了這麼多事，兩人都在成長，周二郎如此，淩嬌亦如此。

「快些睡吧，明兒一早，我們就出發回家。」周二郎說著，壓下滿身的躁動，親了親淩嬌的額頭，抱著淩嬌睡去。

第五十三章

翌日，兩人早早結帳離開，淩嬌看著身上華麗的衣裳，很不習慣。「二郎，你有帶銀子嗎？」

「帶了。」

「那我們去買兩套衣裳吧，身上這套，我不想要了。」

兩人去了成衣鋪子，淩嬌一下子買了三套衣裳，裡裡外外把身上的都換了，鞋子、髮釵都送給了成衣鋪掌櫃家女兒。

掌櫃本不想要銀子，淩嬌卻執意要給。周二郎心裡明白，她是不想再跟謝舒卿有任何牽扯了，對此，他樂見其成，銀子花得特別開心。

兩人在鎮上又買了些乾糧，才出了鎮子，往泉水鎮方向而去。

就這樣子趕了兩天路，只是兩人錯估了前方的路程，帶的乾糧又吃了個精光。經過這幾日的相處，淩嬌倒是比以前多了些嬌憨，這日正午，她正靠在周二郎背上小聲呻吟。「二郎，我餓。」

「好了、好了，等到了前面鎮子，我買好吃的給妳吃。」

「可是還有多久才到呢？這一路走來荒郊野外的，連戶人家都沒有，好不容易有個村莊，走過去一看，人去樓空，唉……」

周二郎見淩嬌餓得不輕，只恨不得會七十二變，變些吃的出來。

若是樹上能長些野果子也是好的，可如今才二月初十，哪裡來的野果子？

周二郎正憂心，見前方有口塘，忽地停下馬車。「阿嬌，妳說那塘裡會不會有魚？」

淩嬌順著周二郎所指的地方看去，心一動。「那咱們快去看看，如果有魚，抓了烤來吃也好啊！」

這一路上，她見有個鎮上的鹽巴又細又白，便買了一百斤，如今正放在馬車上，如果抓到魚，撒點鹽烤來吃，那就太好了。

周二郎連忙下馬車，給馬兒鬆了馬鞍，讓牠休息吃草。走到塘邊，興許是許久沒人來這塘邊了，塘邊上都是水草，周二郎見到塘裡果然有魚在游動，大喜。「阿嬌，妳等著，我去弄根竹子，刺了魚就給妳烤魚吃。」

淩嬌點點頭，蹲著洗手，水冰冰涼涼的，她忍不住縮了縮，卻見草澤下有個類似河蚌的東西，淩嬌大喜，伸手將它從塘泥中摳了出來，呵呵直笑。有了這東西還抓魚做什麼，烤河蚌吃啊！

她站起身衝周二郎搖手。「二郎，你快回來，我們不抓魚了，我們烤這個吃。」

周二郎聞言，快速跑了回來，見淩嬌手裡抓著一個大大的殼，問道：「這是什麼啊？」

「這是河蚌，快去把匕首拿來，咱們破開它，你撿柴生火，我把它洗乾淨，醃製一下，一會兒烤了吃。你別看這玩意兒小，烤起來可好吃了。」

「真的？」

「當然了。」

周二郎不敢猶豫。「那我再弄些上來，一會兒我撬開河蚌，妳來洗，我去找柴火。」

他快速脫了鞋襪，又把棉褲也脫了，輕手輕腳下了池塘，在邊緣隨隨便便就摸到十來個蚌殼，丟在草地上。凌嬌蹲在一邊，用匕首撬開一個貝殼，卻見河蚌肉上長著幾粒圓滾滾的東西。

「咦……」凌嬌扯下一顆仔細看了看，莫非這是珍珠？

她忽然想起，珍珠不就是長在蚌殼裡的嗎？忙又撬開了第二個，這個雖然比第一個少，只有一顆，但這顆比起第一個的要大，更圓潤，特別好看。

凌嬌忽地站起。「二郎，你看這是什麼？」說著捧了珍珠到池塘邊，叫周二郎看。

周二郎看了之後忙道：「我知道，這是珍珠，我在肖府見過。」

「對，這就是珍珠，你知道我從哪裡弄來的嗎？」

周二郎搖頭，他還真不知道這珍珠是從哪裡來的。「哪裡來的？不會是從蚌殼裡弄出來的吧？」

「對，就是從蚌殼裡弄出來的。」凌嬌說著，欣喜得快要跳起來。「你快多抓幾個上來，我都撬開看看，裡面是不是真的有珍珠；如果有，咱們就留下來，把這池塘的蚌殼都給它撿乾淨了。」

反正這一路走來，他們也沒遇到人，既然沒人走，他們便多留幾天，將這口魚塘的蚌殼都撿了，把珍珠拿到前面的縣城去賣，肯定能賺上一筆。

「好。」

周二郎真是狠了心，連衣裳都脫了，快速從池塘裡找到一個個蚌殼，淩嬌一個個撬開來，看著那一顆顆圓潤的珍珠，她也不餓了。

直到周二郎覺得實在太冷了，才從池塘爬到草地上，呼幾口熱氣，快速去找柴火來生火，把身子烤暖和了，才幫著淩嬌撬蚌殼。

「阿嬌，妳不餓嗎？」

「不餓啊，你餓了？」淩嬌問完，看著那一小堆珍珠，笑瞇了眼。「本來是餓的，現在倒是不餓了。也怪我，光顧著撬珍珠了，你先坐著烤火，我來弄吃的。」

淩嬌說完，洗了蚌殼肉，又回馬車裡拿了鹽，醃製在她裝吃食的陶盆裡，又撿了好些柴火過來堆在一邊備用，將蚌殼肉串在一根木籤上，放在火上烤。

周二郎笑咪咪看著淩嬌忙來忙去，心裡特別暖和，幫著她翻蚌殼肉。

「唔，好香啊！」

待那蚌殼肉烤得香氣四溢，周二郎遞給淩嬌，淩嬌接過，卻餵給他吃，兩人相視一笑，多少情意，盡在不言中。

兩人吃了十幾個河蚌，肚子也不那麼餓了。

「二郎，你說，我們還要繼續撿下去嗎？」淩嬌把珍珠都撿起放到一塊布上包起來，把玩著其中一顆圓潤的。

「撿吧，過了這村可就沒這店了，何況天也快黑了，我們既趕不到下一個城鎮，路上黑溙溙的也危險，不如在這裡多撿些柴火，晚上點了還能驅逐野獸，安全一些。」

凌嬌點頭。「可是水很冷。」

「這點冷算什麼？一會兒妳負責撿柴火，我負責下水撿蚌殼，等晚上咱們一起撬貝殼，看誰運氣好，得的珍珠多。」

「好啊！」

周二郎負責撿蚌殼，好在池塘水不深，就是水草多，池塘倒是滿大的，一圈下來，摳出來的蚌殼也挺多的。從外到裡，將池塘的水搞得渾濁不已，周二郎也覺得渾身冷得實在不行才作罷。他洗淨身子，換了乾淨的衣裳坐在火堆邊烤著。

凌嬌更是撿了好多柴火堆在一邊，別說燒到天亮，就是都不熄火燒一整天也是夠的。

兩人坐在火堆邊，一邊說話，一邊撬蚌殼、挖珍珠。也有蚌殼裡面什麼都沒有的，珍珠更是色澤各異，有好看的，也有不好看的，有圓潤的，也有顏色暗淡無光的，不過好歹都是珍珠。

凌嬌想得很清楚，如果不能賣，她就拿回家磨成粉敷臉，還能美容養顏呢！

蚌殼越積越多，珍珠也越來越多，凌嬌有些累了，周二郎笑道：「妳去馬車上睡吧，這裡我來就好。」

「我跟你一起，你看，還有這麼多河蚌呢！」

「這才多少，算算也就剩幾十個，妳去睡，我來撬，乖。」

像哄孩子一樣，凌嬌失笑，到池塘邊洗手，洗了手放在鼻子下一聞，還是有一股腥味，她皺了皺眉，轉身回了馬車，找到要送給周玉的香胰子，拿到池塘邊反覆搓洗。

香胰子的香氣頓時瀰漫在塘邊，香香甜甜的，甚是好聞。

洗好手，淩嬌也沒回馬車上。如今馬車裡裝了好些東西，哪裡有地方給她睡覺？索性拿了件棉襖走到火堆邊，一邊攪弄柴火，一邊跟周二郎說話，偶爾回眸去看周二郎撬出來的珍珠。

有些蚌殼裡是沒珍珠的，有的只有一顆，周二郎絲毫沒有洩氣，全都極其認真地對待。淩嬌瞧著，勾唇笑了起來。

「笑什麼？」周二郎看了淩嬌一眼，埋頭繼續撬蚌殼。

淩嬌搖頭。其實以周二郎現在的境況，手裡有土地、有銀子，別說買個媳婦了，只要他說要重娶，肯定有很多大姑娘願意；可他沒有，反而帶著家產來尋她，一路花去了不少。

接到她之後，也沒見他露出什麼不悅或者懷疑，待她一如往昔，不，相對來說，比以前更好。他在待人處世方面，比起以前更是有著大大不同，懂得用點小恩小惠去討好人，卻又不讓人討厭，藉此方便行事，或從中獲得有用的資訊。

「沒什麼，就是覺得二郎瞧著比以前好看了，我心甚喜。」

心境變了，哪怕是個醜八怪，情人眼裡也出西施了，被淩嬌這麼一誇，周二郎臉紅透，垂眸間，笑意滿滿。

「呵呵……」

「你呵呵什麼？」淩嬌問，仔細盯著周二郎。

「我沒想到，阿嬌會誇我好看。」周二郎說完，再次笑了起來，心情愉悅，彷彿天地萬物都比不上淩嬌一句：二郎長得可真好看，我心甚喜。

淩嬌瞧著周二郎害羞的樣子，忽生捉弄之心，湊近他。「才誇你兩句，你就害羞了，如果是這樣子呢？」

她說著，輕輕在周二郎嘴邊親了一口，見周二郎僵直著身子，癡癡笑了起來。

她早知道這個男人純情得很，哪裡曉得都這麼久了，她每次一主動，總能從他身上得到驚喜；若她不主動，哪怕躺在一張床上，忍到痛，他也不會越雷池一步。

周二郎沒想到淩嬌會親過來，心裡甜蜜，笑瞇了眼，卻連看她一眼的勇氣都沒有，低頭撬著蚌殼。

只是好一會兒不見淩嬌的動靜，周二郎偷偷看向淩嬌，見她雙眸瞇瞇地看著自己，他心一緊，口乾舌燥。「阿嬌……」

「幹麼？」淩嬌慵懶問。

一開始的忐忑不安，在周二郎這些日子全心全意的對待下，早已經消失不見，淩嬌也下定決心，以後好好跟他過日子，一步一步穩紮穩打，創造屬於他們的事業。

「妳這麼看著我，我心裡發軟，什麼都幹不了。」周二郎說著，臉越發紅，被火光映照得紅彤彤的，甚是好看。

「那我扭開頭不看你，你快把蚌殼撬了，洗手睡吧！」淩嬌說著，就要扭開頭。

周二郎一聽，忙道：「別，妳還是看著我吧，這四周黑漆漆的，有些嚇人，妳看著我，就不那麼怕了。」

他擔心淩嬌看向黑漆漆的地方會害怕，還不如看著他，起碼他是活人，又熟悉，多少能給她些安全感。

淩嬌點頭，坐在火堆邊撥弄著柴火，想著若是能有個番薯烤，肯定很好吃，要是來隻雞……烤雞也不錯，就算來點肉，烤豬肉也行，可問題是這些都沒有。

想著想著，淩嬌忍不住有些流口水。

周二郎撬著蚌殼，看向淩嬌，見她一手托腮，似乎在想著什麼，他埋頭繼續撬蚌殼，想著把蚌殼快點撬完，好陪淩嬌。

想著，他的手越發快了，時不時去看淩嬌一眼，見淩嬌有點打瞌睡，心疼得緊，更是不敢耽擱。

等周二郎把幾十個蚌殼撬完，淩嬌已經腦袋低垂，像小雞啄米般地打著瞌睡，周二郎把珍珠全部包好，放到馬車裡，又用香胰子洗手，才拿了被子蓋在淩嬌身上，坐在她身邊，輕手輕腳把她擁到懷裡。

「嗯？」淩嬌迷迷糊糊地睜開眼。

「沒事，睡吧，我在呢！」周二郎說著，拉了拉被子把淩嬌抱緊，輕輕拍著，像哄孩子一般。

他是不敢睡的，怕夜裡有野獸，如果他也睡了可怎麼辦？他不能拿兩人的性命開玩笑。

夜色下，篝火旁，周二郎抱著淩嬌，見她睡得安穩，心竟無比踏實，彷彿世間最寶貴的東西都在懷中，觸手可及。

凌嬌嗯了一聲，手伸到周二郎的棉衣裡，暖烘烘的，愜意一嘆。「好暖和。」頭朝周二郎懷裡靠了靠，安安心心地睡去。

守了凌嬌一夜，天明時分，周二郎鬆了口氣，幸好沒遇到什麼猛獸，不然他還真應付不了。

「阿嬌，阿嬌……」輕輕柔柔喚了幾聲。

凌嬌迷濛地睜開眼睛。「天亮了？」

「嗯，天亮了，起來吧，咱們收拾收拾離開這裡吧！」

他本想再下池塘摳些河蚌來撬開弄些珍珠的，可想了一晚，覺得這樣子不行，也不知道這池塘是誰家的，他把人家蚌殼裡的珍珠撬了，人家肯定不答應，還是早早離開為妙。

第五十四章

喊淩嬌起來後，周二郎動了動有些發僵的身子，把那些蚌殼給推到池塘裡，又滅了火堆，快速離開。

淩嬌坐在馬車裡，看著那一堆珍珠，無聊地數了起來。「一，二，三，四……三百九十三，三百九十四，三百九十五。」淩嬌大喜。「二郎，足足有三百九十五顆呢！」

「這麼多？」

「對啊，我算了算啊，色澤好的，咱們賣貴一點；色澤一般的，便宜一點；實在太差的，咱們就不賣了，拿回去給阿玉串珠花。阿玉手巧，串出來的珠花肯定好看。」

「好，聽妳的。」

「要是賣了珍珠，咱們就多轉轉，看看有什麼稀罕的，買一些回去。雖然敏娘也會送來，可這是我們自己買的，意義不一樣。」

淩嬌抱著珍珠靠在馬車上說著，周二郎聽著，偶爾回一句，都讓淩嬌非常開心，至少她說的周二郎都贊同。

兩人在天黑的時候終於到了一個小鎮，從早上一直沒吃，兩人飢腸轆轆，要了兩個菜、一個湯、三碗白米飯，坐在角落埋頭吃著。

「晚上我們住這客棧，等明兒天亮了，就往鳳凰城去。」周二郎說道。

淩嬌點頭，兩人穿著並不富貴，她除了身上的衣裳是新的，也沒戴首飾，臉上因用了黃湯抹了抹，臉色有些黃，整個人看起來有些老態。周二郎就更不用說了，穿的衣服都是去年的，出來時就這兩套換來換去地穿，磨損更快，故而一路走來沒遇上什麼麻煩。

在小鎮住了一夜，第二日就問了去鳳凰城的路，跟在一個商隊後頭去了鳳凰城。

那商隊很大，足足有一百多輛馬車，馬車上都裝著大箱子，趕馬車的漢子個個人高馬大，還請了鏢局押鏢，連著幾天風平浪靜，卻在快要到鳳凰城時，整個商隊的氣氛一變，眾人都嚴陣以待。

周二郎原本還要跟在他們後面，淩嬌卻不贊同。

「二郎，咱們要不走前面去，要不走後面，不要和他們一起了。」

「為什麼？」

「我看那些人氣氛不對。」

周二郎也感覺到了，微微點頭。「那我們就在這裡多住一個晚上，明天再去鳳凰城，反正也不差這一天。」

「好。」

翌日，那商隊一大早就出發了，快到晌午的時候，有人渾身是血地騎了馬回來，直接去了衙門。淩嬌讓周二郎去打聽，不一會兒，周二郎回來了。

「阿嬌，那商隊路上遇到劫匪，聽說商隊的兩個主子都死了。」

淩嬌倒抽一口氣。「怎麼會這樣子？衙門怎麼說？」

「衙門已經派人去了，道路也封了，咱們到明天之前都走不了。」

她深思片刻。「那就等幾天再走。」

到晚上，整個小鎮都在議論那商隊的事情。「……唉呀，死得可真慘，那兩位公子看著可年輕了，硬生生被砍了幾十刀，也不知道這些土匪是哪裡來的，膽子這麼大。」

「牛頭山沒聽說有土匪出現啊？」

「可不是，那人還請了鏢局呢！如今人死了，東西也被搶了，冤孽喔！」

客棧裡議論紛紛，周二郎坐在一邊聽，然後回房告訴淩嬌。

「我倒覺得這些山匪來歷有問題，大家都說牛頭山沒土匪的，可為什麼這些土匪卻在這時出現？而且他們明明還請了鏢局的人，為什麼還是中了招？說沒內鬼我是不信的。」淩嬌倒在床上說著。

周二郎嘆息。「雖然沒有打過交道，可我們好歹跟了人家好多天，如今……」早知道就去提醒一句了；可他又想，就算他去提醒，人家也不會相信。

「你感嘆也沒用，那些山匪早就埋伏好，只等這商隊了，咱們說不說都是同樣的結果，除非這商隊能找到比那些山匪更厲害的人。」淩嬌說著，嘆息一聲。

在小鎮住了兩天，終於可以上路去鳳凰城。

鳳凰城很是繁榮，來來往往的馬車、商隊、行人，婦人們挎著籃子，說說笑笑，小姑娘們戴著紗幔，走在大街上買東西，孩子被大人牽在手裡或抱在懷裡，嘻嘻哈哈笑著。

「好熱鬧。」這還是一路走來，第一個遇上的熱鬧大城，淩嬌很是欣喜，空氣裡似乎有財富的味道。

「咱們先找個小客棧住下來。」

兩人要了一個有院子的房間，這種小院子的好處就是馬車可以牽進去，馬車裡的東西不必拿下來，出去的時候，院門還能鎖，不過價格當然高一些。

兩人要了吃的，還要了熱水洗澡，換上乾淨的衣裳後，周二郎帶著凌嬌出去打聽珍珠的價格。

凌嬌知道，珍珠的用處其實滿多的，可以拿來做珠花，還可以拿來磨成粉，跟蜂蜜、蛋清調和敷在臉上。內服的話，每日一點點珍珠粉長期服用，可以排毒、清火、安神，全是好處，就是不知道價格怎麼樣。

兩人來到一家飾品閣，飾品閣夥計見兩人穿得不好，沒怎麼理睬，轉身招呼別的客人去了。凌嬌和周二郎在裡面轉了轉，見到有珍珠的珠花，那些珍珠顆顆飽滿圓潤。「小二哥，這珠花怎麼賣？」

「兩百兩一支。」

兩百兩，好貴！凌嬌暗暗吃驚，又瞧見下方還有些珠花。「這種呢？」

店小二瞄了凌嬌一眼，漫不經心道：「那種也不便宜，一百兩一支，喏，就是這種，也要五十兩一支。」

凌嬌不語，拉著目瞪口呆的周二郎出了飾品閣。

「想不到一支珠花那麼貴。」周二郎嘀咕。

「這裡是鳳凰城，東西肯定貴的，而且你沒發現嗎，這珍珠的珠花，我們泉水鎮沒得賣。」

周二郎點頭，這點他還真沒注意。

「走，咱們再去幾家看看。」

淩嬌拉著周二郎一連走了好幾家飾品閣，珍珠珠花都賣得極貴，就連路邊攤子上的也是一樣，最後，兩人選擇一家「玲瓏閣」進去看看。

「兩位客官，要看什麼？」

夥計很是熱情，並沒有因為淩嬌、周二郎穿得不怎樣就怠慢。

「我找你們掌櫃談點生意。」

夥計微愣。「掌櫃不在。」

淩嬌也不氣，拿了一顆珍珠給夥計看，夥計頓時變了臉色。「兩位請稍等，小的這就去請掌櫃出來。」

不一會兒，一名四十歲左右的中年男人出來了，見著淩嬌、周二郎便客氣地問道：「不知兩位找本人何事？」

「有筆生意想和掌櫃談談，只是這裡人多口雜，不知……」周二郎說著，微微一頓。

掌櫃忙道：「成，咱們裡面請。」他招呼周二郎二人進了後院一個屋子，夥計端來兩杯茶。「兩位請坐。」

周二郎、淩嬌坐下，把茶杯移開，空出下面的杯墊，也不喝茶，周二郎從懷裡拿出一個小荷包，拉開繩子，將荷包裡的珍珠倒在杯墊上。
「咦？」玲瓏閣掌櫃驚訝不已，伸手捏起一顆仔細瞧了瞧，是珍珠不假。
「兩位是來賣珍珠的？」玲瓏閣掌櫃問。
「對。」周二郎說道。
「只有這些嗎？」
周二郎搖頭。「還有一些，我也不知道行情，所以先帶了這些來。掌櫃，你看看，這些珍珠玲瓏閣可願意買下？」
掌櫃笑。「自然是願意的，就是不知道這價格？」
「這些都不是特別好的，掌櫃看著給個價。」
掌櫃拿起，仔細看了看才說道：「像公子給的這種嘛，一般是一兩銀子一顆，再好一點的，是五兩銀子一顆，極品的最少二十兩。」
周二郎一聽一兩銀子一顆，心中已動，剛要說話，淩嬌輕輕踢了踢他，他頓時想起，差的都讓淩嬌挑出來了，這些肯定是好的，怎麼可能也只值一兩銀子呢？
「掌櫃這個價太低了。」
「那依公子的意思？」
周二郎笑。「這種怎麼也要五兩銀子一顆，再好的二十兩……極品的話，怎麼也要兩百兩的。」
他們手中快四百顆珍珠裡，算得上極品的才五顆，圓潤光華，色澤靚麗，他是不打算賣了，想留著親手給淩嬌做個珠花，只是他手拙，也不知道能做個啥樣子的出來。

玲瓏閣掌櫃一笑。「公子這價格略高啊！」

「掌櫃，不瞞你說，我這珍珠也沒多少，但我媳婦有一個法子，可培育珍珠。」

「什麼？」玲瓏閣掌櫃一驚。珍珠基本上都是從深海而來，人為培育還是第一次聽說。

「真能人為培育？」

周二郎點頭。「我媳婦說能，肯定是能的。」

這麼大的事，玲瓏閣掌櫃是作不了主的，連忙起身。「兩位請稍候，剛好我家主子在玲瓏閣，我這便去請示主子的意思。」

「你說什麼？」李彥錦聞言一愣。

「那位公子說，他媳婦會人為地培育珍珠。爺，您看？」

李彥錦略微沈思，他如今的確需要銀子。「你去，把那些珍珠按照他所說的價錢買下，培育珍珠的法子，你問他多少銀子願意賣。」

「是。」

玲瓏閣掌櫃再次見到周二郎的時候，態度更恭敬了。「還不知道公子貴姓？」

「在下姓周。」

「周公子，我姓馬，瞧年齡，我比周公子大上一輪有餘，周公子若是不嫌棄，便喊我一聲馬大叔吧！」

「這怎麼敢？」周二郎忙道，也明白這人態度變化如此之大，定是為了那珍珠培育方子而來。

「周公子莫要客氣了。」

周二郎也不矯情，客客氣氣喚了聲馬大叔，兩人關係又拉近不少，一番寒暄下來，開始算珍珠的錢。既然珍珠值錢，淩嬌也不敢放在客棧裡，好的都隨身帶著，一番算下來，足足有三萬兩千四百兩銀票，馬掌櫃客氣地算了個整數，給了三萬三千兩。

看著那一疊銀票，周二郎覺得就像是在作夢一般，那麼幾百顆珍珠居然換了這麼多錢，這簡直、簡直太不可思議了。

淩嬌想過這些珍珠可能值好些銀子，但沒想到有這麼多，也出乎她意料之外。想到那培育珍珠的辦法，淩嬌一開始原想賣掉，可現在又想何不合作？只是她一說，馬掌櫃說自己作不了這個主，要去問問，便又走了。

不一會兒，馬掌櫃來了。「爺說了，可以給周公子一成利潤，也可以一次性給周公子十萬兩銀子，但前提是要在珍珠培育出來後才生效。」

也就是說，珍珠沒培育出來之前，這些都是空頭支票。淩嬌點頭表示明白，想了想又說道：「既然如此，我何不去養了珍珠，再回來賣給玲瓏閣？」

「這……」

馬掌櫃萬萬沒想到淩嬌會反悔，一時間臉色有些難看。

而淩嬌卻想著，或許他們應該回去買下那池塘，可一想到那商隊死去的人，頓時又打消了這個念頭。

「跟馬大叔開玩笑的，馬大叔莫要介意。」

馬掌櫃雖不知道淩嬌為什麼忽然改變了主意，卻也鬆了口氣。

「不知道周夫人要選哪一種？」

是分成呢，還是一次拿了銀票算數？淩嬌也很糾結，他們無權無勢的，怎麼選都覺得很吃虧。「這個我要回去和夫君好好商量，明日再給馬大叔答覆可好？」

馬掌櫃自然不會強留周二郎、淩嬌，何況淩嬌說她還能培育出珍珠來，若真能培育出珍珠來，那才是筆潑天的財富啊！

淩嬌和周二郎出了玲瓏閣，回到客棧，看著那三萬三千兩銀子，恍若在夢中一樣，兩人只知道珍珠價格高，可沒想到這麼貴，簡直貴得離譜啊！

「阿嬌，妳真會培育珍珠嗎？」

「大體倒是知道一些，不過還得實驗，養珍珠一時半刻又見不到效果，起碼要一、兩年，珍珠才能長大；而這珍珠到底要怎麼樣才能圓潤光滑色澤好，一時間我也不知道能不能成功，所以有些擔憂。」淩嬌實話實說，心裡倒是明白，玲瓏閣會高價買下他們的珍珠，有大半是衝著珍珠培育方法而來。

「那就實話實說，先別把話說得太滿，免得將來珍珠培育不成功，招來禍端。」周二郎說道。

凌嬌點頭。「也是，我就只說我有方法，但是還沒實驗過，能不能成功還難說，合作條件什麼的，等我珍珠培育出來再談。」

到那個時候，他們應該也有些根基，不怕玲瓏閣仗勢欺人，把他們欺負得毫無還擊之力。

兩人商量好結論之後，很快便告知了李彥錦。對他們的決定，他能夠理解，平頭老百姓瞻前顧後、猶猶豫豫的很正常，他們的反應也在情理之中；若是凌嬌自信滿滿，而他投入過多，最後卻失敗了，後果也是他們承受不起的。

「那對夫婦叫什麼來著？」

「家主姓周，至於周公子媳婦，小人沒問。」他一個大男人，真不好去問人家媳婦叫什麼名字。

李彥錦微微點頭。「這事交給你來跟進，確保只要她能培育出珍珠來，這方子只給我們李家，這點必須簽署協定；另外派人暗中盯著，一旦有其他人打培育珍珠的主意，速速告知我。」

「是。」

第五十五章

凌嬌和周二郎沒想到玲瓏閣的要求這麼簡單，只要保證一旦珍珠培育成功，方子不能外洩；這其間，玲瓏閣還提供人力、物力的支援，等培育出珍珠了，再細談合作細節，到時候她有什麼要求也可以提，只要不是特別過分，玲瓏閣都會答應。

對此，凌嬌當下決定，只要珍珠能夠培育出來，肯定是和玲瓏閣合作。

「馬掌櫃，其實我還有一些用珍珠美顏的方子，一般人家或許用不上，但對大戶人家肯定有用，不如咱們坐下來細談。」

「那方子多少銀子一個？」

「一千兩一個，我寫十個方子給馬掌櫃。」

一萬兩，對於玲瓏閣來說不多，馬掌櫃卻有些疑惑。「周夫人為什麼不自己來賣這個？」自己來賣，賺得更多不是嗎？

凌嬌笑笑。「馬掌櫃，不瞞你說，我們無依無靠，別說在這衣冠雲集的鳳凰城，就是在我們那小鎮也難以立足，所以我才打算把這配方拿出來賣；而且，我不只有珍珠的配方，還有許多其他種類的美顏配方，如果玲瓏閣有興趣，我們可以再進一步詳談。」

馬掌櫃一聽，頓時兩眼冒光。「既然周夫人有如此多的良方，何不靠這些良方與玲瓏閣分成呢？周夫人提供方子，玲瓏閣按照周夫人方子調配售賣，到時候分周夫人一、兩成純利潤也是可以的。」

「可以嗎？」凌嬌問，心中樂開了花。

如果是她提出要分成，她處於被動，如今馬掌櫃自己提了出來，她有什麼要求，就可以說了。

「自然是可以的，只要周夫人與玲瓏閣合作，別說在這鳳凰城，就是整個大曆國，那也有了一個了不得的靠山，豈不是兩全其美之事？」

「這樣子啊……」凌嬌佯作考慮，心思微轉之後，才說道：「我先寫兩個方子給馬掌櫃，馬掌櫃立即派人調配了，找人實驗一下，看看效果，咱們再來談吧！」

「好。」

馬掌櫃應聲，連忙準備了筆墨紙硯，凌嬌提筆，把自己以前拿來美容養顏的方子在腦子裡想了一遍，提筆寫下——

珍珠香蕉面膜，可將一條剝了皮的香蕉搗爛，然後加入奶油、濃茶水和少許珍珠粉，調勻後塗抹於面部，靜待一段時間後用清水洗淨，可消除皺紋，保持肌膚光澤。

珍珠蘆薈面膜，將蘆薈汁、麵粉和少許珍珠粉攪拌成糊狀，然後均勻塗於臉上、頸部，感到面膜開始乾燥時，再塗第二層，靜待一段時間後用清水洗淨，作用是防止皮膚鬆弛，延緩皮膚衰老。

馬掌櫃瞧著，眉頭微蹙。

「這香蕉我倒是知道，可奶油是什麼？」

奶油？淩嬌忘記了，古代是沒有奶油的。

「這個奶油可以用牛奶代替，就是那種大奶牛。」

「大奶牛我知道，我在主子爺家中見過，只是這蘆薈又是什麼東西？」

「蘆薈啊……」淩嬌絞盡腦汁想著。「是草本植物，也稱油蔥、象鼻草、木脂……」

「妳說木脂啊，這個我知道，我家娘子就養了幾盆，那葉子尖尖厚厚的，兩邊還有刺，一大盆長得可好了。」

淩嬌暗道真是天助她也，連蘆薈這種東西大曆國都有，她深信其他東西大曆國肯定也有，只是還沒被人找出來用罷了；或者大曆國沒有，但異國有，只要拜託沈懿，肯定能夠帶回來。

「那麻煩周公子、周夫人在鳳凰城多留幾天了。」

「好說好說。」

馬掌櫃馬不停蹄去安排人來弄面膜，找了幾十個願意親自來體驗的人，每人只用半邊臉，用了三天後，效果明顯且沒有副作用，用了面膜的半邊臉，皮膚白皙細緻、紅潤透亮。

這三天，淩嬌也沒閒著，絞盡腦汁想著方子，前前後後足足寫了一百多種面膜。她也留了個心眼，沒打算一次給，一開始給十個，後面三個月給一個，而利潤分成她也是三個月拿一次，三個月一到，銀子送到周家村後，她再給方子。

這事和馬掌櫃一說，馬掌櫃當場就答應了。

淩嬌寫了另外八個方子，馬掌櫃卻送上了一萬兩銀子，淩嬌錯愕。「這……」

「周夫人莫要誤會，這是我們主子的意思，以後夫人每提供一個方子，都給一千兩銀子，等到賺了銀子，這兩成純利便按照周夫人意思，三個月送一次去泉水鎮周家村，周夫人再給面膜方子。」

馬掌櫃說著，眉頭輕蹙。這泉水鎮周家村怎麼那麼熟悉呢？到底是在哪裡聽過？

簽了協議，拿著四萬三千兩銀子出了鳳凰城，準備回泉水鎮周家村，淩嬌又在鳳凰城買了好些東西，把馬車堆得滿滿當當，就連孫婆婆也有禮物。

馬車出了鳳凰城，噠噠噠朝泉水鎮方向而去。

玲瓏閣內院廂房。

李彥錦看著那協議，眉頭蹙起。「這家主叫周二郎，不就是賣魚乾的那個？周二郎魚乾。」

馬掌櫃頓時恍然大悟。「我先前才想呢，怎麼這般熟悉，原來是他，真是有眼不識金鑲玉，早知道他便是那個周二郎，我定好好問他討教討教，那魚乾為什麼沒腥味。」

「泉水鎮可還有魚乾送來嗎？」

馬掌櫃搖頭。「沒呢！」

「看來這去腥味的配方只有周家夫婦有，去準備馬車，我親自去一趟泉水鎮。」

轉眼到了三月初一，草長鶯飛，處處一片綠意盎然，生機勃勃。

「回家了。」凌嬌忍不住欣喜道，心情是那麼迫切。

眼見泉水鎮越來越近，只是天色也快黑了，凌嬌和周二郎一商量，決定去孫婆婆家看看，先把禮物給孫婆婆。

到孫婆婆家後，周二郎下了馬車，在門板上重重敲著，只是好一會兒都沒人來開門，周二郎不解，去前門打聽。「掌櫃，那個孫婆婆去哪裡了？」

「孫婆婆啊？去周家村了。」

「去周家村了？」

「是啊，去了好些天了。怎麼，你找孫婆婆有事啊？」

周二郎點頭。「是啊，我路過泉水鎮，打算來看看孫婆婆，卻不想孫婆婆不在家，謝謝掌櫃了。」

「不客氣，這點小事算什麼？天快黑了，早些回家去吧！」

周二郎謝過了掌櫃，走到後門，跟凌嬌說起。

凌嬌略略沈思。「那咱們連夜回家吧，這馬兒眼力好，咱們慢慢走，還是回家吧，我想家了。」

那才是她的家，她努力掙來的銀子修建的家，她要回去。

「好，我們回家。」周二郎說著，跳上馬車，拉緊韁繩，馬兒撒蹄子跑了起來。

星空璀璨，萬籟俱寂，一路只聽得到馬蹄聲，偶爾從村莊傳來幾聲狗吠，淩嬌微微笑了起來，心裡裝著滿滿的想念。

以前雖也離開過，但都是暫時的，如今離開快三個月，她才發現，自己很想念這個曾經以為只是暫時小住的家，現在回來，心中竟然全是期待。

「二郎，就要到家了。」

周二郎咧嘴一笑，點點頭。「是啊，就要到家了，我們終於回來了。」

經此一事，他明白，無權無勢真是什麼都做不了，只有有錢有勢，別人才會忌憚你，才會尊重你，才能守護好心愛的女子。所以，他再也不要做以前的周二郎，憨傻、愚笨，以前的周二郎，他只留給一個人看，便是淩嬌。

淩嬌靠在周二郎的肩膀上，心滿意足地一笑。

「你說他們都睡了嗎？」淩嬌小聲問，也不知道村裡有沒有閒言碎語，心裡還是有些擔憂。

「這麼晚，肯定已經睡了。」周二郎說著，握住淩嬌的手。「阿嬌，不管別人怎麼說，我都不會在乎。在我心裡，阿嬌永遠都是最好的，還是如妳醒來的那個時候一樣，一眼便讓我動心不已。」

「貧嘴。」快到周家村時，淩嬌忍不住坐直了身子，眼眶發熱。就要到家了呢，阿寶可還好？三嬸婆身體可還硬朗？家裡應該都靠著周玉、周甘吧，也不知道田地是荒著呢，還是已經種了東西下去？

凌嬌腦海中思緒紛湧。賣珍珠和方子得了四萬多兩銀子，她打算拿來買田地，有屬於自己的田地，才能隨便她折騰，想種什麼就種什麼。

到家的時候，凌嬌有些錯愕，房子四周都種上了青菜，門口的曬場邊上搭了架子，架子下不知道種了什麼，黑漆漆的也看不清楚，藤都伸得好長了，有幾根還開了花。

周二郎下了馬車去敲門。「開門。」

大黑第一個聽到聲音，頓時汪汪叫了起來，凌嬌又聽到周甘的聲音。「大黑，莫叫、莫叫，是二郎哥回來了。」

然後，院子裡亮了燈，一陣腳步聲傳來，凌嬌頓時眼眶發紅。

院門嘎吱一聲打開，凌嬌就被一個大東西撲上，毛茸茸一團暖烘烘的，她知道是大黑。她蹲下身揉揉大黑。「你都這麼大了啊？」都吃了些什麼啊，才兩個月不見，起碼長了十多斤。

「阿嬌？」

「嫂子！」

兩聲訝異的關心，又聽得一個嘶啞帶哭腔的聲音。「嬸嬸……」

一個小小的身子撲到了懷裡，凌嬌抱著阿寶，眼眶澀得不行。她離開這些日子，家裡人肯定擔心壞了。

「回來就好，回來就好。」三嬸婆和孫婆婆紅著眼，淚流滿面。

一起進了屋子，周玉忙去廚房下麵條，阿寶緊緊靠在凌嬌懷裡，跟著進了堂屋，和三嬸婆、孫婆婆說話，大黑趴在淩嬌腳邊，一會兒蹭蹭淩嬌的腿，親暱得很。周二郎和周甘把馬車拉進了院子，周甘牽了馬兒去後院，馬棚裡有新鮮的草，周甘拿了草餵馬兒，手有些發抖。

淩嬌能平安回來，他一顆心總算落下。

吃了麵，洗了澡，淩嬌抱著阿寶回屋子睡覺，周二郎倒是自覺地回了自己的房間。

天剛濛濛亮，淩嬌就起床了。

拿了掃帚打掃院子，又給屋簷下的蘭花澆了水，燒灶頭、洗鍋煮早飯。淩嬌不在，家裡伙食並不怎麼好，單看碗櫃裡簡簡單單的青菜、雞蛋，掛著的豬肉沒少幾塊，淩嬌便知道這些日子裡，周玉他們的伙食肯定簡單得很。

她拿了一塊肋骨，洗乾淨了放在鍋裡煮，轉身便見周玉立在門口，眼眶紅紅地看著自己。「怎麼了？」

周玉笑。「好些日子我都希望早上醒來時，嫂子就在廚房忙著一家子的早飯，那些日子，我聽到一點點聲音，就以為是嫂子回來了，可跑到廚房一看，空蕩蕩的……」

那時，她心裡很難受，一個人坐在廚房門口，直到天亮。

淩嬌心一梗，上前揉揉周玉的頭。「好阿玉，這些日子委屈妳了。」

「嫂子，我不委屈，妳回來就好。早上煮什麼啊？好香！」周玉說著，笑了起來。「好些日子沒吃嫂子做的飯菜了，現在嫂子回來了，我可要偷懶幾天，天天吃嫂子做的飯菜。」

「這有什麼難的，妳就等著我做好吃的，將妳養成小肥豬，以後嫁不出去。」淩嬌打趣，轉身去看鍋裡。

周玉笑著進了廚房。「我才不嫁人呢！」

凌嬌笑，也不再打趣周玉。「我給妳帶了好些東西回來，等吃了早飯再拿出來給妳。」

「嫂子帶了什麼回來？」

「都是些稀奇玩意兒，泉水鎮上沒賣的。」

周玉也不問凌嬌去了哪裡，都發生了什麼，她只要凌嬌回來就好。

第五十六章

周二郎走在田間，看著水汪汪的池塘，拍拍周甘肩膀。「辛苦了。」

周甘笑。「辛苦啥？二郎哥別怪我就好。」

「怎麼會怪你？我以為田還荒著呢，卻沒想到我兄弟是個能幹的。」把家裡拾掇得有條不紊。

「好在有維新哥，好些事情我拿不定主意，都是維新哥幫忙的。」

就連這挖魚塘的事，也是周維新出的主意，不然就他一個人，哪裡壓得住村裡人？

「是，要感謝維新哥，也要感謝你。」周二郎說著。「對了，每口池塘的魚苗多嗎？」

「不多，我數了的，每口魚塘一百條，多一條都沒敢放。如今河裡的魚越來越少，越來越小，好些村子都學著挖魚塘養魚，村裡人也好些都挖了魚塘呢！」

也好在他先一步挖了魚塘買魚，要是現在肯定是買不到魚的。

「也不急，現在正是魚繁殖的季節，你看，池塘裡是不是多了許多小魚？」周二郎說著，指了指池塘裡游來游去的魚苗。

周甘仔細看去。「還真有啊，我這些日子都沒注意呢！」

「咱們這一、兩年不賣魚，就拿這些魚來繁殖魚苗，等繁殖多了，以後就不需要買魚了。河裡的竹籠子還能抓到魚嗎？」

「能倒是能，就是不多了，一天下來有四、五條還算運氣好的，其他人家一、兩條都沒得，好多人都開始想別的法子謀生了。」

周二郎沈思。也好在淩嬌早就想到河裡的魚撐不了多久，這才買田準備拿來養魚。

「其他的田，咱們先種一季稻穀吧！」

周甘點頭。「二郎哥放心吧，那邊我已經種了秧苗，田也請人犁過了，等秧苗大一點就可以種了。」

周二郎點頭，倒真沒想到周甘這麼能幹。

周甘像是看出周二郎心思一般。「這些主意都是維新哥給我出的，我只是聽從安排。」

「你做得很好，回家吧，你嫂子肯定做好早飯了，吃了早飯，我有事情宣佈。」

「好。」

家裡，三嬸婆和孫婆婆都已經起床，坐在院子裡說話聊天，兩人感情好也有得說，那時淩嬌、周二郎不在，三嬸婆整宿睡不著，看著一下子就老了不少，如今淩嬌回來了，三嬸婆心情好，難得昨夜睡了個安穩覺，這會兒精神好得很。

「老姊姊，這會兒阿嬌回來了，妳這心總算能放回去了。」孫婆婆說著，拍了拍三嬸婆的手背。

三嬸婆笑了。「是啊，總算回來了，這些日子我是睡不好，老妹妹妳是曉得的，我這輩子可就指望這兩個孩子了，我是一心希望他們好。」

「老姊姊的福氣是真好啊，好得我都羨慕了。」

飯菜上桌，家裡什麼都沒有，淩嬌就做了道骨頭粥，揉了麵粉貼肉餅，還有雞蛋羹、炒青菜，一家子圍著吃飯，是這兩個月來最圓滿的一頓飯。

飯後，周二郎讓大夥兒都去大廳，他有事要宣佈。

大家都坐著，笑咪咪等周二郎說事。阿寶窩在淩嬌懷裡，這兩個月來，阿寶瘦了很多，好不容易長的肉又沒了，瞧得淩嬌心疼。

周二郎看了一眼淩嬌，笑了起來。

以前他不確定淩嬌是否願意跟他過日子，很多事情他都不敢計劃，再者也是沒銀子；如今有了銀子，他什麼都不想做，只想正兒八經用八抬大轎把淩嬌娶進門，將來別人說起，淩嬌再也不是他用二兩銀子買回來的，而是他周二郎娶回來的，要一輩子與她榮辱與共，和她一生一世。

「二郎，到底什麼事，你倒是說啊！」三嬸婆催促道，樂呵呵的。

周二郎笑，有些羞澀，紅著臉。「我打算正兒八經把阿嬌娶回家來。」

有鳳冠霞帔、熱熱鬧鬧地娶回來，而不是像現在，委委屈屈的，人家說起來，都說是用二兩銀子買回來的。

周二郎話落，淩嬌錯愕地看向他，她真沒想到周二郎要說這件事，還這麼慎重其事，事前根本沒與她商量過。

不過，任何一個女人都想正兒八經地嫁人，更想鳳冠霞帔在身，更希望被未來的丈夫看重，她亦然。

兩位老人一愣，三嬸婆擔心道：「可阿嬌根本想不起家在哪裡，這娘家……」

孫婆婆卻笑了起來。「我這老婆子無兒無女，正愁沒個孫女呢，阿嬌我是怎麼看怎麼喜歡。阿嬌啊，要不妳做我孫女，就從鎮上出嫁，等我老了，妳給我養老，我鎮上那鋪子以後就給妳了。」

「啊……」淩嬌有些錯愕。

「啊什麼啊，難道妳不願意？」孫婆婆挑眉，佯裝不樂意了。

「不，我願意的，可是孫婆婆……」今兒的驚喜實在是太多了，她有些回不過神來。

「那就別可是了，我呢，就一個獨戶，等咱們去鎮上衙門登記，妳就是我孫香會正兒八經的孫女了。」孫婆婆說著，笑眯了老眼。「想不到我到老了，還能得個孫女，老天開眼啊！」

三嬸婆忙道喜。「恭喜妹妹了，得這麼好的一個孫女，嘖嘖嘖，瞧得我都羨慕極了。」

孫婆婆拍打三嬸婆一下。「貧嘴，是我孫女，還是妳孫媳婦呢！咱們啊半斤八兩，都是有福氣的。」

三嬸婆點頭。「阿嬌，還不快過來給妳奶奶磕個頭，認了這個親啊，妳以後再也不是無家可歸的，也是有娘家的人了。」

三嬸婆話落，孫婆婆希冀地看著淩嬌。她並不確定淩嬌是否願意認她做奶奶，雖然她在鎮上有個鋪子，可那三間鋪子也值不了幾個錢。

淩嬌微微猶豫之後起身，走到孫婆婆面前，恭恭敬敬跪下。「孫女拜見奶奶。」

孫婆婆瞧著，眼眶便紅了，忙彎腰去扶淩嬌。「好孩子，好孩子，快起來。」

「奶奶。」

「好，好。」孫婆婆扶淩嬌起身，拉著她的手。

雖然一開始她便有這個心思，可一直沒敢說，就是怕淩嬌不樂意，如今得償所願，心裡是極其開心的。

「今兒好事成雙，阿甘，你快套了馬車去鎮上買些菜回來，咱們要好好慶祝慶祝。」周二郎說著，回屋子拿了十兩銀子出來給周甘。「多買點，家裡連菜都沒有，新鮮豬肉買個幾斤回來，豬下水也別忘記了，你嫂子手巧，做的豬下水可好吃了。」

什麼炒豬肝、炒豬肚、豬肚雞、豬大腸味道都極好，他總是百吃不厭。

「好。」周甘出屋子，套了馬車便去了鎮上。

三嬸婆和孫婆婆兩人去商量成親事宜，周二郎和淩嬌都沒爹娘，這事只能落在她們兩個老人身上了。周玉帶著阿寶去割草了，堂屋內就剩下周二郎、淩嬌。

「我……」周二郎說著，微微咬唇。

「我很開心。」淩嬌搶先道，衝他笑，她是真的很開心。

周二郎聞言，忐忑的心總算安定下來。「我一開始應該跟妳商量的。」

淩嬌笑而不語。

周二郎猶豫片刻，又說道：「阿嬌，我會對妳好，一輩子。」

淩嬌看著他，意味深長說道：「一輩子很長，也很短，二郎，記住今日的話，你會對我好，一輩子好；而我也會對你好，如你對我一般，你若不離，我定不棄。」
「你若不離，我定不棄。」周二郎讀書少，卻懂這兩句話的意思，慎重其事點頭。
淩嬌一笑。「家裡還一團亂呢，我先去把東西整理一下，你忙別的事吧！」
買回來的禮物、雜七雜八的東西還堆在房間裡，她可沒那麼多閒時間，周二郎也有自己的事情，田裡、地裡需要去看看到底怎麼樣，於是他扛著鋤頭就出去了。
淩嬌在房間裡收拾東西。這些日子不在，阿玉準時曬被子換洗，桌子、板凳都擦得乾乾淨淨，石頭地板上連灰塵都沒有。
她把買來的東西分門別類裝在一個個筐子裡，每拿起一樣都仔細檢查，看看有沒有破損，破損的要拿出來看看還能不能用，能用的留下，不能用的丟掉。
這時，聽到門外傳來趙苗興奮的聲音。「阿嬌，阿嬌！」
淩嬌連忙站起身走出去。「嫂子，我在這兒。」
趙苗看著淩嬌，圍著她轉了幾圈，見淩嬌安然無恙，臉色也好了許多後，才說道：「回來就好。」
「嫂子，快坐，我給妳倒杯水。」淩嬌拉著趙苗坐下，起身要去給趙苗倒水。
趙苗忙拉住淩嬌。「喝什麼水啊，我又不渴，妳快坐下來我們好好說說話，妳都不曉得，妳不在的這些日子都發生了什麼。」
淩嬌坐下，好奇問：「都發生什麼了？」
「村子裡見你們家挖了魚塘養魚，好多人家都把自家田挖了養魚，妳知道嗎？」

凌嬌搖搖頭。「我昨晚才到的，還沒出去看過呢！村子裡很多人家都挖了魚塘嗎？」

「挖了啊！妳是不知道，現在整個周家村，乃至邊上幾個村子都盯著你們家，你們家做什麼，他們就跟著做什麼，都想等著跟妳賺大錢呢！」

「我能賺什麼大錢？」凌嬌笑了。就算有賺錢的想法，也不敢隨便帶著大家一起做。

「阿嬌，妳就別忽悠嫂子了，這些日子，嫂子是看出來了，妳是個有本事的。阿嬌，讓嫂子跟著妳幹吧，嫂子也不貪心，妳吃肉，給嫂子喝點肉湯就好。」

趙苗不是貪心的人，可她想為兩個孩子謀一份大好前程，而不是一直在這周家村做一輩子的農民，她也想好好培養孩子，讓他們以後靠自己也能過得很好。

凌嬌聞言，認真地看著趙苗。「嫂子信我嗎？」

如果信，她就帶著趙苗，如果不信，她也沒什麼好說的了。

趙苗點頭。「阿嬌，我信妳，妳帶著我吧，以後妳喊我幹啥，我就幹啥，怎樣？上刀山、下油鍋也可以的。」

「沒那麼嚴重。」凌嬌噗哧笑了出聲，拉著趙苗進了屋子。「嫂子，妳快來看看，我給妳帶了禮物。」

「是什麼啊？」

「妳看看不就曉得了。」

凌嬌給了趙苗兩個香胰子、兩個刷牙藥膏、兩支刷牙刷子、幾疋布料，喜得趙苗愛不釋手。

「阿嬌，這些日子妳都去哪裡了？害我擔心死了。」

凌嬌聞言，臉色一變，垂下眼眸，臉上的笑意瞬間沒了。那些日子，她再也不想記起，那些人，她希望永遠遺忘，再也不提起。

趙苗見凌嬌不想說，忙道：「阿嬌，是嫂子不對，我不該問的，我沒讀多少書，妳原諒嫂子。」

凌嬌失笑。「嫂子，不關妳的事，只是那些事我不想再提起了，妳也別問了。」

趙苗點頭。「好了好了，我不問了，妳也別多心，就當嫂子不曾問過。對了，買這些東西花了很多錢吧？」

「我們在外面小賺了一筆。」

「真的？做什麼賺來的？」

「我們在一個池塘挖到了珍珠。嫂子妳知道嗎？我第一次明白，那些大城裡珍珠賣得可貴了。」

「珍珠？從哪裡來的？池塘裡就會長珍珠嗎？」

趙苗沒去過外面的世界，去過最遠的便是泉水鎮，還真不知道珍珠長在什麼地方。

凌嬌打趣道：「嫂子，珍珠還真就是長在池塘裡的。」

趙苗一聽，驚訝得不行。「真的嗎？池塘裡還能長珍珠，我怎麼從來沒聽說過，那珍珠長在什麼樣的池塘啊？妳帶我去看看唄。」

凌嬌噗哧笑了出聲。「嫂子，妳還真信了。」她就隨口一說，趙苗還真信了。

趙苗一愣，隨即明白被淩嬌作弄了，拍打了她一下。「好啊妳，敢捉弄我，虧我滿心相信妳，壞胚子！」

兩人嘻嘻哈哈打鬧了一會兒，趙苗幫著淩嬌收拾東西後便準備回家去了，淩嬌送趙苗到門口。「回去吧，這麼點路，送我做什麼？我自己找得到回家的路。」

「嫂子慢走。」

送趙苗走後，淩嬌回了院子，到後院去看看大黑，又把馬棚整理了一下，見豬圈空空蕩蕩的，淩嬌決定等周二郎回來，讓他去買兩頭豬回來養著，養到過年好殺年豬。

那廂屋子裡，三嬸婆和孫婆婆商量著淩嬌、周二郎的大婚，兩人唯一的想法就是這個婚禮一定要隆重，不說奢華，但起碼要大氣，只是不確定村子裡該請哪些人？主要是周二郎那兩個姑姑請不請？

大姑之前鬧翻了，也沒走動，可還有個小姑嫁去了外地，幾年沒了消息，要不要送個信去，讓小姑回來？

三嬸婆把這些瑣事跟孫婆婆一說，孫婆婆沈思片刻。「請不請還得看二郎的意思，要依著我的意思呢，就別走動了，人家既然不拿你當回事，又何必拿自己的熱臉去貼人家的冷屁股？沒得丟盡顏面，惹來人嘲笑譏諷，老姊姊妳說是不是這個理？」

三嬸婆點頭，可不就是這個理。

第五十七章

李本來扛著鋤頭，走到田間，見周二郎正在池塘邊看魚，李本來有些心虛，想要避開周二郎，又好奇這些日子他和淩嬌去了哪裡、都發生了什麼？為什麼忽然間兩人就不在村子裡了？

周二郎抬頭，見到李本來。「本來哥，幹活去啊？」

他很熱情，笑得意氣風發。

李本來淡淡應了聲，這時候，他是嫉妒周二郎了，嫉妒他有那麼個好媳婦，嫉妒他能把日子過得這麼好，房子修那麼大，還買了這麼多土地，田裡大半挖了魚塘，地裡種了奇奇怪怪的東西，李本來雖然不明白那些都是什麼，可總覺得是能夠賺大錢的。

更嫉妒他有個妹子嫁得那麼好，上次還送回來那麼多值錢的東西。

「本來哥忙，我去別的地方看看。」周二郎朝李本來點點頭，去了別的魚塘，檢查魚塘是否漏水、魚塘裡是否有死魚、乾淨的水能不能流到池塘裡。

李本來嗯了聲，扛了鋤頭去了自家土地，坐在一塊石頭上，愣是提不起一點力氣幹活，呆呆坐著。

周二郎忙完田裡回家，遠遠就見淩嬌在門口的架子下，似乎在拔草。陽光下，那嬌小的身子鍍上了層金色，暖洋洋的，像一隻小手緊緊抓住了他的心，輕輕擰著，不痛，卻極其舒服。

走近一看，見淩嬌額頭上微有汗水，周二郎怕嚇著她，輕聲道：「日頭大，進屋去歇著，我來拔。」

淩嬌聞聲抬頭，衝周二郎笑一下。「我來就行，快進去打水洗臉，我煮了綠豆湯，這會兒溫溫的正好喝。」

「妳去幫我舀一碗，我來拔草。」周二郎說著，挽了袖子便去拔草，還轉頭詢問淩嬌。「阿嬌，妳想要個什麼樣子的婚禮？」

淩嬌一愣，臉上微微泛紅，垂眸。「都好。」

「那我們過幾天就去找空虛大師看一下日子，順便再去成衣鋪看看有沒有好一點的嫁衣，鳳冠霞帔什麼的，這東西繡起來太麻煩了，就不讓阿玉繡了。」

淩嬌點點頭。「行。」

周二郎想了想，極其認真說道：「就去鎮上看看，如果鎮上沒有好看的，咱們就去縣城，或者去鳳凰城買。」一生一世一次的嫁衣，他希望給淩嬌一套好的。

「幹麼那麼麻煩，在鎮上買一套就好。日子是咱們自己過的，又不是拿來顯擺給人家看的，這事可得依我，別花那些冤枉錢。我也不貪心，就挑鎮上最好的那一套，想想在這附近肯定也是獨有的，我還有啥不滿足的呢？」淩嬌說著，笑了起來，拍拍手上的泥土。「這事就這麼定了，你快拔草，我去給你舀綠豆湯。眼看就要晌午了，阿寶、阿玉去割草還不回來，等回來我可得好好說說他們，別弄滿滿一背篼，背都壓彎了……算了，你還是別拔草了，去看看兩個孩子朝哪個方向割草，去接他們。」
周二郎點頭，邁步便走，連綠豆湯都不喝了。
淩嬌回了廚房，看了看早上泡的黃豆，見豆子都脹了起來，拿了背簍、柴刀去了山裡，打算割些芭蕉葉回來發豆芽，卻沒想到在路上碰到了李本來。
「李大哥。」淩嬌大大方方喚了一聲。
李本來見淩嬌獨自一人，心思微轉。「妳一個人幹麼去呢？」
「去山裡割點芭蕉葉發豆芽。」
「我跟妳一起去吧！」
淩嬌聞言忙道：「不用，一點芭蕉葉並不重，李大哥繼續幹活吧，我先走了。」
李本來卻丟了鋤頭跟在淩嬌身後，淩嬌蹙眉，停住腳步，轉頭看著李本來，雙眸微微泛冷……
她不是傻子，李本來的舉止太詭異，經歷謝舒卿之事後，她特別在意那些男人看自己的眼光，若是光明磊落、坦坦蕩蕩，她是願意與之交往成為朋友；倘若對她心懷愛慕，她卻是非常反感甚至是厭惡的。
此刻李本來的眼神特別不對勁，她自然看出來了，先前打招呼是基於禮貌，此刻，淩嬌只恨不得沒出門，出門也沒見過這人。
「我自己去就好，李大哥還是趕緊回家去吧，快午飯了呢！」
「沒事，妳嫂子在家做好飯，我回去吃就好。」

「李大哥，秀蘭嫂子是個好女子，你莫要辜負了她才是。」淩嬌說著，也不管李本來變了又變的臉色，揹著背簍走了。

李本來愣在原地，看著淩嬌遠去的背影，皺了皺眉頭，轉身拿了鋤頭回家。到了家裡，卻聽說何秀蘭收拾東西回娘家去了，李本來怔了怔，把鋤頭重重丟在了地上。「讓她走，看我去不去接她！」

淩嬌在山裡割了滿滿一背簍芭蕉葉才回家，到家的時候，周二郎、阿寶、阿玉都已經回來了，正在喝綠豆湯，見她回來，周二郎上前拿下她肩膀上的背簍。「以後割芭蕉葉我去就好，外面熱，會中暑的。」

淩嬌笑。「沒事的，這點熱算得了什麼？」

周二郎把背簍放在屋簷下，快速打了水招呼淩嬌洗手、洗臉。「我去給妳舀綠豆湯，甜一點還是淡一點？」

「淡一點，少放點糖。」

淩嬌洗了手、洗了臉，周二郎端了綠豆湯出來，淩嬌接過喝了一口，甜味正好。「嗯，好喝。」

「是妳煮得好喝。」周二郎說著，接過淩嬌的空碗。「要發豆芽嗎？」

「嗯，發點豆芽，等豆芽出來了，帶些去鎮上給空虛大師，順便請他看個好日子。」上次的事也要感謝人家。

周二郎點頭。「聽妳的。」

吃了午飯之後，休息了一會兒，淩嬌便開始將芭蕉葉鋪在竹筐子裡，放上一層黃豆，又蓋上芭蕉葉，往上面澆水，一筐一筐放在架子上。周玉在淩嬌房間教阿寶讀書認字，三嬸婆和孫婆婆在屋簷下曬太陽、喝茶聊天，周二郎幫淩嬌提水，把竹筐子放到架子上，再提著泡著豆子的木桶去後院準備一會兒磨豆漿、做豆腐。

周二郎推著磨盤，淩嬌往磨盤裡添著泡脹的黃豆，磨盤轉兩圈後，便往磨盤洞口裡倒些水和黃豆。

「二郎，我們去抓兩隻小豬回來養吧，等過年的時候好殺年豬。」

「行，那可得多種些包穀和番薯，家裡沒米糠，還得去買些米糠回來，豬吃米糠長得特別快。」

兩人又說了一會兒話，淩嬌猶豫片刻才說道：「我去割芭蕉葉的時候，遇到李本來了。」

「本來哥？」

「嗯。」

周二郎看向淩嬌，見她臉色不好，有些錯愕。「怎麼了？」

「他看我的眼神不對。」

周二郎也不笨，淩嬌這麼一說，還有什麼不懂的，心裡惱火得很，可又不能朝淩嬌發洩。「阿嬌……」

「以後和他們家不要走太近了。」

周二郎點頭。「我曉得。」

周甘去鎮上買了好些東西回來，有豬肉、豬下水、花生、綠豆、黃豆、糯米、麵粉……整整一馬車。到了家裡，大家一樣一樣往廚房搬，淩嬌對周甘說道：「阿甘，你去維新哥家說一聲，叫他們一家子晚上過來吃飯。」

周甘應聲，搬了東西後就去了周維新家。

淩嬌讓周二郎殺了兩隻雞，如今家裡的雞都大了，一天也能有三十多個雞蛋，家裡也不缺雞蛋了。

「殺公雞還是母雞？」周二郎問。

「殺一隻公雞、一隻母雞。」母雞拿來燉湯，公雞拿來紅燒。

這些日子，她和周二郎都不在家，家裡多虧了周維新和趙苗，不然別說挖池塘養魚了，就連地都翻不出來，更別說往地裡種東西了。

如今地裡都種了些什麼，淩嬌還沒得空去看，心中卻是下了決定，明兒一早一定要去田裡、地裡看看，自己心裡好有個數。手裡有些銀子，淩嬌也不打算就這麼捂著，等成親後就拿來置辦土地，將來不管發生什麼，也不至於餓死。

周二郎去後院抓雞，大黑見周二郎抓雞，興奮得很，從豬圈跳出來就朝一隻雞撲去，狼爪子直接把雞給壓到了身下，仰著頭，得意洋洋地看著周二郎。周二郎失笑，上前從大黑爪子下拉出嚇得瑟瑟發抖的雞，摸摸大黑的頭。「一會兒給你來塊大骨頭。」

大黑聞言，頭在周二郎膝蓋上蹭了蹭，親熱得很。

晚飯淩嬌也是精心做的，十幾道菜，她還專門拿了酒讓周二郎一一倒上。「這些日子，謝謝大家了，我周二郎銘記於心，乾了！」

「乾了！」

一頓飯吃得有些晚，兩個男人吃得不多卻微醺，周甘是滴酒不沾的，他肩負著要揹族長回去的重任，自是不敢喝酒。

待吃完飯，收拾好廚房，送走周維新一家，又燒了熱水，各自清洗回屋子睡覺。

夜色下，靜悄悄的，眾人都在睡夢之中，院子外傳來一陣窸窸窣窣的聲音，吃了幾塊鮮肉的大黑睡得正酣，忽然聽到聲音，站起來，眸子微眯，前胸匍匐，已經做好攻擊的準備。

大黑雙眸發出幽幽藍光，嘴裡發出輕微嗚嗚聲，但不仔細聽根本聽不出來。

馬兒也睜開眼睛，呼著熱氣。因為周二郎心疼牠，把韁繩什麼的都解了，馬兒這會兒也是自由的，慢慢踱步出了馬棚。

外面的人圍在一起，聽著頭頭的話，陸陸續續朝院子裡翻進去，一個、兩個、三個、四個……十個人，大黑、馬兒相視一眼，等他們全部進來，確定外面沒人了，大黑才大搖大擺地朝那幾個人走去。

有人見到大黑，嚇了一跳。

「去，去，一邊去！」老大可沒告訴他們，這家養了條狗。

別說他們不知道，知道周二郎家養狗的人也不多，這十個人顯然也沒想到，這家有一條大狗，而且瞧那幽幽泛藍的眼睛，還是一條凶狗。其中一人自認家裡養過狗，對狗還算了解，忙蹲下身，佯裝要撿東西，以為大黑會害怕、後退，哪裡曉得大黑汪汪叫了兩聲，忽然撲了上去，張開大口，一口咬在他肩膀上。

「啊……」

男人痛苦尖叫聲響徹夜霄，尖銳刺耳。

其他人見狀，大感不妙，又聽到屋子裡傳來聲音，頓時想要翻牆爬出，大黑和馬兒豈會如他們願？但凡爬上圍牆的，大黑都張嘴咬住他的腿，用力一拉，將人拉摔下牆，馬兒立即上前補上一蹄子。那些人只覺得腿被咬斷了，五臟六腑也被踩碎了，一個個倒在地上哀號不止。

「有賊啊，抓賊啊！」

周甘起身後，看了一眼便已經明白，忙扯開嗓子大喊。「有賊啊，周二郎家遭賊了，抓小偷了！」

夜色中，頓時響起敲鑼打鼓聲，整個周家村都躁動起來。

若是以往，肯定沒多少人來支援，可如今周維新當村長，早召集村民們開過會，囑咐家家都要守望相助，一旦誰家遭賊，一定要全村出動，將賊子拿下送去官府。

如今遭賊的又是全村最富有的周二郎家，村民們想要跟著周二郎家賺錢，更是積極，一個個拿著家裡的棒子跑得飛快，朝周家奔來。

周二郎和淩嬌聞聲，急忙起身，只見地上倒了幾個人，一個個痛苦哀叫，大黑、馬兒在一邊睜著眼睛，邀功地看著他們，淩嬌上前摸摸大黑和馬兒的頭。

周二郎瞧著地上被咬得淒淒慘慘的賊人。「阿嬌，去把家裡的油燈都點起來。」

淩嬌點頭，轉身去了。剛好周玉、三嬸婆、孫婆婆和阿寶都起來了，也各自回屋拿油燈出來，點了掛在架子上，整個院子頓時亮了起來。

地上人的慘狀讓人瞧著觸目驚心，周二郎卻一點也不同情，今夜要不是有大黑、馬兒在，他們老的老、小的小，真正拿得出力氣的也就他和周甘，還不得任由這些賊人搶光家裡的東西？加上鎮上衙門多貪官，家裡的東西被偷了，想要找回來，機會微乎其微。

「哎喲，哎喲……」一個個哎喲呻吟，腿上被咬得不輕，肯定是咬到骨頭了，又被馬兒狠狠踩了一腳，那五臟六腑都跟碎掉了一樣。

周維新是第一個趕到的，衣裳釦子都扣錯了，褲子也穿反了。「怎麼了？賊人呢？家裡可有東西被偷？」他在院門口見到周甘便急急忙忙問。

「賊人被大黑咬了，在院子裡，不知道是不是都在。」周甘說完，帶著周維新進了院子。

把人帶到，他又出了屋子，等著村裡人來。

看著那星星點點朝周二郎家靠近，周甘向來冷硬的心，沒來由軟了些，對周家村村民高看了起來。

周二郎等到周維新，見地上那些人也掀不起風浪，拉著周維新走到一邊。「維新哥，你看這事怎麼辦？」

周維新也認真想了想。「還是得送官啊！」

「維新哥，有些話不知道能不能和你說，可是不和你說，我也不知道要跟誰說。」

「啥話？你說，我給你參謀、參謀。」

「剛剛有人被大黑死死咬住，害怕之下求饒，說出他們是受了柳寡婦的指使才來偷我家的，他們的老大還在柳寡婦家。」

周維新聞言，錯愕地看向周二郎。「此話當真？」

「千真萬確。」

周維新想了想。「我這就帶人直接去柳寡婦家，定要將這賊子抓住！」

「那就麻煩維新哥了。」

「自家兄弟，說這屁話幹麼？」周維新說著，拍拍周二郎，轉身便出去了。

第五十八章

這廂，柳寡婦正在給兩個男人倒酒，殷勤得很。

這兩個男人雖不是土匪大當家，但也小有來頭，算得上小頭目，柳寡婦自然要殷勤伺候。

「來，兩位大哥，喝酒，喝酒。」

柳寡婦頗有姿色，又穿得單薄，胸口軟綿若隱若現，甚是勾人，兩人醉翁之意不在酒，只要那邊得手，他們今晚肯定是要留下來的。

一女伺二夫，想想兩人就心裡發熱，各種淫言穢語逗弄著柳寡婦，三人正鬧得火熱，柳寡婦衣裳盡褪，卻聽得村子裡傳來聲音。「抓賊了，周二郎家遭賊了！」

三人都嚇得不輕，一個個忙穿衣服、想對策，他們最害怕的，就是人被抓住了。

「要不，我去看看？」柳寡婦試探地問。

兩人點頭，柳寡婦不敢猶豫，忙穿了衣裳準備出門，只是還沒走到門口，院門便被狠狠踢開，周維新帶著人從外面進來。「給我進去搜！」

柳寡婦頓時嚇白了臉。

屋子裡，兩人見狀不妙，想要逃跑，但一人很快就被壓制，一人想翻牆，翻到矮牆上，才發現外面也站了人，三人當下被抓住，只等天亮，一起扭送去衙門。

天亮時分，周家村敲著鑼鼓，那些人一個個被繩子捆綁，丟在板車上，拉著去鎮上衙門。連路過的村子都有人出來看熱鬧，指指點點，小孩子們則忙著丟石頭，扔向那些賊人。

到了鎮上衙門，鎮丞一聽有人送了土匪來報官，心一突，忙對師爺說道：「你快去看看。」

師爺應聲跑了出去，不一會兒回來，臉色非常難看，鎮丞還有什麼不明白的？

「怎麼辦？」

師爺想了想。「老爺，如今眾目睽睽之下，咱們徇私不得，而那苦主如今是越來越本事了，咱們得罪不起啊！」

「誰？」鎮丞疑惑問。

「周家村周二郎。」

鎮丞一聽，倒也放心了，民不與官鬥，再有錢又如何？「升堂！」

鎮丞剛要說，卻有捕快送了一個荷包進來，一問之下得知是周二郎送進來的，正得意著，準備打開荷包看看裡面裝了多少銀票，結果一看，裡面卻放著一張紙，紙上寫著——

「小民周家村周二郎，妹妹是滁州忠郡王王府側妃，如今郡王府沒正妃，妹妹又懷著身子，深得郡王寵愛。」

並不提郡王妃一事，但光一個郡王府側妃就夠鎮丞喝一壺了。

「怎麼會?!」一個升斗小民，居然有一個這麼富貴的妹夫。

或許，周二郎能夠富裕起來，便是託了這妹夫的福氣，眼下是真由不得他徇私了。

鎮丞照例詢問了一番，便做了結論。「此等賊子著實猖狂，如今證據確鑿，一人重打五十大板，待本官上報朝廷後，再發配邊疆。」

發配邊疆，跟打死差不了多少，命好的，說不定熬到哪年皇帝大赦天下便能回來，命不好的，就難說了。

「至於柳寡婦這等婦人，打三十大板後沈塘，家產充公。」

柳寡婦一聽，當場就嚇暈了。她自以為和鎮丞有那麼點私情，鎮丞會給她條活路，哪裡曉得活路沒有，死路倒是有一條。

「啪啪啪！」

堂上盡是打板子聲、哀叫聲，有幾個賊人的家人也混在看熱鬧的人群裡，可愣是沒人敢上前相認。柳寡婦是醒來又被打暈，打暈又被潑水弄醒，三十大板後，她根本不知道今夕是何夕，只覺得渾身都痛，根本不用被沈塘，直接一命嗚呼，死了。

那十二個賊人也沒好到哪裡去，五十板子後，十人死去，剩下兩人也是重傷，奄奄一息，離死也不遠了。

一場盜竊風波在十一個人的死亡下拉下帷幕，周二郎瞧著，第一次心硬，並不因為這些人的死而難受，他心裡明白，昨晚如果不是大黑，損失慘重自不必說，弄不好小命也要沒了，又怎麼會同情這些人？

如今事情有個著落，周二郎準備離開，鎮丞連忙出來。「周公子，請稍等。」

「大人有何吩咐？」

「也沒什麼吩咐，就是想問，令妹……」

周二郎笑。「妹妹說，等她生了孩子，孩子大些便會帶了孩子回家省親，到時候郡王爺應當會一起回來，再為大人引薦。」

鎮丞大喜。「好，好。」

從衙門出來後，周二郎帶著眾人去飯館吃飯，也不特別客氣，就點了三樣素菜、兩道葷菜、一道湯，吃完飯後，也不邀請大家晚上去家裡吃飯。他心知自己動動口，淩嬌卻是要動手勞累，便讓周維新帶著他們先回去，他去買些東西。

周維新點頭，帶著眾人回了周家村，因為抓了小偷，小偷得到處罰，個個興奮得很，一路上極為熱鬧。

趙苗是天亮才過來的，見家裡沒損失什麼，才放了心，一問之下都是大黑的功勞，對大黑實在喜歡，可大黑不讓她碰一下，趙苗氣沖沖地道：「稀罕你呢，還不讓我碰，不給你肉吃！」

大黑哼兩聲，扭開頭。

「嫂子，何必跟大黑計較？快過來，嚐嚐我這糯米糕味道如何？」淩嬌做的時候加了點紅棗肉，這才要讓趙苗嚐嚐。

「不跟你畜牲計較了。」趙苗哼了聲，去吃糯米糕。

阿寶、周玉在屋簷下讀書認字，周維新家的兩個孩子也坐在一邊跟著唸，周甘在忙活著劈柴，三嬸婆、孫婆婆兩人感情好，坐在屋簷下曬太陽，倒是一副特別溫馨的畫面。

趙苗瞧著，羨慕得不行。「等我老了，能有三嬸婆、孫婆婆這福氣就夠了。」

「會的，妳家周旋那麼聰明又懂事孝順，將來娶個賢慧的媳婦，妳就等著享福吧！」

「聰明什麼啊，本想送去鎮上讀書的，可如今鎮上根本不收農村孩子，不然今年就送去了。」

淩嬌聞言，心一頓，是啊，阿寶也是要去讀書的。

「嫂子，既然鎮上不收，咱們自己蓋個學堂，請先生來教啊，到時候不只男孩子，女孩子也可以去。」

「女孩子也能去？」

「對，女孩子也行，咱們請個有本事的嬤嬤來教，讓女孩子們學習繡花、做飯、管家、規矩，這樣的女子，等長大了，那還不得百家求啊？」

趙苗心動了。「可這事茲事體大，我可不敢胡亂答應妳，要不我跟維新商量商量？」

淩嬌點頭。「晚上吃飯的時候說。」

「看我們一家子，天天在妳這兒吃，都不好意思了。」

「這算什麼啊，嫂子一家子幫我們的，又豈是一頓飯就能抵銷的？」

淩嬌留下周維新一家子在院子聊天說話，自然說起這辦學堂的事。

女孩子的事，繡花周玉能教，做飯做菜她能教，就是管家、規矩嘛，淩嬌覺得，孫婆婆一定能夠勝任，但這些不重要，重要的是先把學堂蓋起來。

周維新聽了也頗贊同。「這麼說吧，主要還是請先生來教孩子們，好的先生咱請不起，差的吧，咱們又不願意要。」

「維新哥，請先生一年需要多少銀子？」周二郎問。

「一年十兩肯定是要的。」

周二郎略微尋思。「維新哥，咱們可以這樣子，修學堂位置選咱們村，讓每家每戶都出一個勞力，等學堂蓋好了，家家戶戶都是要交束脩的，我先拿出一百兩來請先生。這先生吧，必須請三個，一個教大家讀書認字，一個教武術；至於另外一個，我覺得阿玉合適，阿玉繡功好，繡出來的東西好看得不得了，女孩子們學了這個，以後能受益終生，不管嫁到誰家，有這手藝，賺錢養家餬口不在話下。」

周維新倒是沒想到周二郎會出一百兩銀子，他看向淩嬌，見淩嬌滿眼是笑，眼眸裡全是滿意，周維新也笑了起來。難怪周二郎當淩嬌心肝般愛惜，光是這份大氣就沒多少女子有，一百兩，周二郎說拿就拿，她聽著沒反對，反而覺得周二郎做得對，這等心胸，他這個男人都自認不如。

「成，二郎兄弟，這些我可能處理不好，你可得多幫著我。」

「維新哥放心，我會的。」

「那咱們心動不如行動，現在就去召集全村老少爺兒們都來你家開個會，說說這修學堂的事。」

修學堂的事比周二郎想像的順利，人人都是望子成龍、望女成鳳，既然周二郎願意拿一百兩出來，村民們也想表示一下，有好幾戶人家也出了一兩，五百文、七百文也滿多的，少一點的也有三百文。一番計算下來，足足籌到了一百五十二兩六百三十七文錢，請先生的錢算有了。

而且以後每年還要交束脩，這筆錢存下來，也是筆不小的數目，讀書的孩子多，那錢就越多，所以大家決定請先生一定要學問好的，不好的可不要請來；教武功的自然也不能太差，不說飛簷走壁，來無影、去無蹤，拳腳功夫一定要好。

大家七嘴八舌提著意見，周維新拿了紙筆記下，很是重視這件事。

學堂選在誰家，一家一戶都給他二十文錢，周二郎想了想。「學堂可以選我家地，我家地多，哪裡都可以；不過這是大事，還是要請空虛大師來村子裡看看。這樣子，我等天亮了就去請空虛大師來村子裡，選了位置，挑了破土的日子，咱們就可以修學堂了；而學堂修好了，也不屬於我周二郎的，是屬於整個周家村的。」

出錢出力出土地，學堂歸周二郎也不為過，他卻說歸村子裡，這等大義，著實讓人佩服。

「二郎，聽你的。」

修學堂一事也是差一個帶頭人，如今周二郎帶頭，村民們全身充滿幹勁。

送走了眾人，周二郎洗了洗臉，才輕手輕腳摸進淩嬌屋子，只見床上兩顆腦袋挨著，睡得正香，周二郎心口一陣軟，滿滿全是幸福，坐到床上，伸手摸了摸淩嬌的臉。

這個女人，他一直覺得是的，這無關容貌，就是覺得她跟一般女子不一樣。

一早，兩人吃了早飯，吩咐周玉一些事，便套了馬車出發去鎮上，直奔空虛大師家。

「你們兩個倒是早。」

「大師也挺早的。」淩嬌還口。

空虛大師失笑。「伶牙俐齒，也只有周二郎這老實的，瞧妳哪兒都好。」

說明來意，空虛大師微微點頭，讚賞地看向周二郎。「男子漢大丈夫當如是，你等我片刻，我換了衣裳就跟你們走。」

空虛大師自然是有自己馬車的，既然家裡有客人，淩嬌讓空虛大師先走，他們去鎮上買些菜。

「買勞什子菜？吃來吃去都是雞鴨魚肉，不吃不吃，妳隨便做幾樣素菜就好。」

「成。」

兩輛馬車駛到周家村口，村裡的男人們都進山砍樹木去了，媳婦、婆子、大姑娘、小娃兒都在村口等著呢，見到空虛大師來，熱情地端茶遞水。空虛大師樂呵呵的，手拿羅盤，抬眼打量整個周家村，微微點頭。「阿嬌啊，妳帶我四處走走轉轉，閒雜人等便不必跟了。」

淩嬌帶著空虛大師在村子裡亂轉，又去了村子邊緣，兩人一路走，一邊說著話。很多時候，都是空虛大師讓淩嬌站在某處，他再從遠處走來，或搖頭、或點頭，或嘆息、或展顏一笑。

「帶我到山腳下看看。」

「好。」

一老一少並肩走著，倒像有點祖孫情誼。

到了山腳下，空虛大師看著某處露出驚奇的表情。「妳去那個位置站著我看看。」

凌嬌依言走過去，空虛大師笑著點頭，心想，這貴不可言的命格果然不俗，周家村人傑地靈，以前被邪靈壓制，如今因凌嬌的到來，驅散了邪靈，周家村這些後代子孫，將會大有作為。

折了枝條走到凌嬌身邊，插入地中，空虛大師唸唸有詞。「就是這塊地了。」

兩人往回走，空虛大師又問了些問題，凌嬌一一答了。

「不妥不妥，這學堂最好是歸周二郎所有，一來有個靠山，二來……」

「大師的意思是？」

「如今你們家不缺這幾個錢，修個學堂還是可以的，若是屬於周家村，別村孩子要來讀書應當如何？村子裡的人會答應？若是屬於周二郎，周二郎修書一份給他那妹夫，要什麼樣有學問的先生沒有？」

凌嬌恍然大悟。「村民們怕是不會答應。」

「為了自家孩子，村民們會答應的。」

空虛大師說著，跟凌嬌回了家。周玉、趙苗正在廚房忙碌，福堂嬸、鐵蛋嬸、五嬸也在，見到空虛大師都笑眯了眼，熱情招呼他進去。

周二郎笑看著淩嬌，端了碗水遞給她，小聲問：「累不累？」

淩嬌搖頭。

「晚上我給妳捏捏，鬆泛鬆泛。」

多少柔情繾綣纏綿，盡在其中，淩嬌紅了臉，點頭。

這一幕落在別人眼裡，那正是郎有情、妾有意，好生美好。

空虛大師呵呵一笑。「來來來，我這會兒心情好，給你們算算，啥時候是成親的好日子。」說著，掐指一算。「嗯，三月二十九倒是一個不錯的日子，那日福祿壽三星齊到、八仙來賀，這日成親再好不過了。」

三月二十九，根本沒剩幾天了啊！

「若是三月二十九不好，那就年底……」空虛大師說著。

周二郎忙道：「就三月二十九！」反正，他是等不及了。

周二郎的話引來一陣鬨笑。

「那什麼時日破土修建學堂呢？」周二郎問。

空虛大師笑道：「四月十五。」

「謝謝大師。」

空虛大師在周二郎家吃了頓午飯，周二郎給了荷包，空虛大師接過後便笑著離去。

第五十九章

既然選好日子，孫婆婆也該回去了，她是淩嬌的奶奶，想要為淩嬌準備一份嫁妝；這邊也要送信去給周敏娘，雖然她懷著身子不能來，但還是得去個人，想來想去，沒想好人選，周二郎索性決定去鎮上找鏢局跑一趟。

雖然要花點錢，但速度快。

第二天兩人便送孫婆婆回鎮上，淩嬌順便去鎮上挑選嫁衣，只是鎮上的嫁衣做功都不大好，實在不好看，別說周二郎嫌棄，就是淩嬌也看不上。

「要不，我們去鳳凰城買吧，來來去去反正也來得及。」周二郎提議。

「那麼遠。」

的確有點遠，但是成親一生就一次，周二郎想給淩嬌一些美好的回憶，不要以後想起來，連嫁衣都是最差的。

兩人有些無精打采地回到周家村，卻得知有人送了禮物來。

「是敏娘送的嗎？」淩嬌問。

三嬸婆搖頭。「沒說，倒是有封信，指名是給妳的。」

淩嬌接過，打開一看，臉色變了變。信是謝舒卿寄來的，有些字她還不認識，但前後字詞連貫一下，倒也能明白意思。

謝舒卿給她送來了嫁衣，鳳冠霞帔和一箱子添妝，在信裡祝賀她，卻也威脅她，若她不穿他送來的嫁衣，他定會來搶親。他成全是希望她能夠幸福，人生得到圓滿，而不是委屈得連件像樣的嫁衣都沒有。

這一刻，淩嬌不知道是恨謝舒卿，還是感謝謝舒卿了。

箱子裡頭是一頂串滿珍珠寶石的鳳冠，下面壓著繡了鳳凰的大紅嫁衣，東西貴重，但淩嬌覺得棘手。這些東西要是敏娘送來的，她肯定欣然接受，可這是謝舒卿送來的……

淩嬌把信丟到箱子裡，蓋上了箱蓋。「二郎，把這箱子帶上，咱們去鎮上請鏢局送回去綿州肖府，權當還給謝舒卿了。」

倒不是賭氣，而是有的東西，她能要，有的東西卻不能要。

周二郎也不喜歡這些東西，點頭之後，把箱子抬到了馬車上，走到淩嬌身邊。「阿嬌，我們去鳳凰城買吧！」

「不去了，幸福跟一件嫁衣有什麼關係？我嫁的是你周二郎，你若對我好，就算是塊紅布披著也會幸福；若你對我不好，就算我嫁衣再華麗也幸福不了。走，咱們去鎮上買，就買最貴的那套。」反正也只穿一天，她實在是氣狠了。

又駕車到了鎮上，去鏢局準備託鏢，卻沒人願意接受，淩嬌氣得不輕。這麼貴重的東西又不能隨隨便便丟在路邊，索性送去謝家原先的別院，卻發現別院早已易主，掛上了陌生的牌匾，連守門的人都換了。

一時間，他們只能把這些東西帶著，去成衣鋪準備買嫁衣。成衣鋪老闆說可以訂做，拿出了一塊上等布料，只要二十兩銀子，加上做功才五十兩，他家女兒出嫁有頂鳳冠，極其漂亮，倒是可以借給淩嬌，而且他女兒是個有福氣的，嫁過去夫妻和睦、公婆善待，日子過得極其舒心。

這借鳳冠也不是沒有的事，只是淩嬌還是有些不願意。

成衣鋪掌櫃見她不大願意，忙道：「我家小女兒也準備出嫁，鳳冠倒是有一頂，公子要不要看看？若是看中了，可以先讓給公子。」

「你家女兒為什麼不用她姊姊的？」淩嬌問，有些懷疑。

「唉，女兒家愛比較。」

「行，拿來看看吧！」

不一會兒，掌櫃拿了鳳冠出來，比謝舒卿送來的遜色，珍珠小了些，也沒寶石，但也非常好看，淩嬌看著便喜歡。

「多少錢？」淩嬌問。

「一千兩。」

一千兩，其實是挺貴的，尤其對窮過的周二郎來說，但他非常有魄力地道：「便宜點吧，要不算上嫁衣一起共九百九十九兩，長長久久可好？」

掌櫃略微猶豫，最終嘆息一聲。「唉，這結婚是大喜事，既然公子這麼說了，便九百九十九兩吧！」

鳳冠可以拿走，嫁衣要等十天後才能來拿。周二郎付了銀子，拿著包好的鳳冠，帶著淩嬌和那箱子回了周家村。

周二郎一走，掌櫃立即進了後院，對坐在主位的男子恭恭敬敬說道：「已經辦妥了。」

謝舒卿微微點頭。「嗯，下去吧！」

他知道淩嬌的性子烈，一開始或許還會猶豫，但依著她的性子，一定會來鎮上隨便買一套，於是他便特地安排好了，讓淩嬌花最少的錢買到最想要的東西。

他其實已經沒有別的心思了，就是想彌補罷了。

如今這般也好，她嫁人，嫁一個愛她、疼她、寵她的人，比起跟著他，實在好很多。

謝舒卿站起身，深吸一口氣，但願有一天，再見時，他們已經盡釋前嫌，一切過往隨風去，她幸福、他釋然。

三月二十三，淩嬌去了孫婆婆家，準備待嫁。

即使淩嬌早已經住在周二郎家，周二郎還是選了日子送來聘禮。聘禮很簡單，一個箱子，箱子裡是家中的鑰匙、房契、地契和所有銀子，淩嬌瞧著失笑不已。

孫婆婆給淩嬌準備了十二抬嫁妝，淩嬌沒細看有些什麼，但孫婆婆準備的，她還是很感動。

三月二十九一早便有人來幫忙了，周二郎把一切安排給了五叔，廚房工作託付趙苗，迎親的事交給周維新。

既然是大喜日子，周二郎早早便邀請了周家村全村，何家村也一家邀請一人，周家村的小媳婦們早早便到廚房幫忙，男人們準備花轎、鞭炮，小孩子們到處嬉鬧，熱鬧得緊。

出發吉時一到，準備好的馬車便出了周家村，飛快跑向泉水鎮。

孫婆婆親手給淩嬌梳頭髮、上胭脂、戴鳳冠、蓋蓋頭；雖然請了喜婆，可這些，孫婆婆想自己來做。

「奶奶……」

「好孩子，別哭，今兒是妳大喜的日子，奶奶三生有幸，得妳這麼個孫女，足矣。」

門口，鞭炮聲早已經響起，淩嬌沒有兄弟來揹她出門，是周二郎親自進屋來，揹著淩嬌上花轎。

孫婆婆在門口潑了水，看著花轎離去，才落下淚水，雖不是親生，也是有感情的。

到了周家村，好些人在村口便攔住了轎子，不讓轎子進村，小孩子們圍著轎子朝裡面喊。「嫂子——」

淩嬌往花轎外面遞銅錢，小孩樂得開心，一個個爭先恐後地朝花轎裡喊，就連許多大老爺們也去湊熱鬧，喊著弟妹、嫂子，淩嬌也樂得往外面送，也感謝孫婆婆為她放的壓轎錢，算算起碼有十兩銀子。

鬧騰了好一會兒，有人喊吉時要到了，才抬了花轎朝周二郎家走。

周二郎家早已經掛滿了紅綢，鑼鼓鞭炮響個不停。

喊賓的是族長。「新郎官踢轎子。」

周二郎走到花轎邊，輕輕踢了下，代表他周二郎男子漢大丈夫，將來不懼內。淩嬌在花轎裡也踢了下，代表她就算作為媳婦，也是挺直腰板不屈服在丈夫之下。

「新娘子下花轎。」

花轎輕輕往下壓，淩嬌一出花轎，喜婆立即送上紅綢，一頭握在周二郎手中，一頭放在淩嬌手中，她跟著周二郎一起跨了火盆進家門。

因為周二郎爹娘已經去了，如今沒個大人也不行，便請了三嬸婆坐主位，周二郎爹娘的牌位也在。

「一拜天地，二拜高堂，夫妻對拜，送入洞房。」

周二郎牽著紅綢，領著蓋著紅蓋頭的淩嬌進了屋子。房間早已經佈置得喜氣洋洋，大紅緞面被子、紅色繡花蚊帳，屋子裡一切東西都貼上了紅紅的喜字，瞧著就喜慶。

一大群人跟著進來看熱鬧，把房間擠得滿滿的。

「二郎，快掀蓋頭啊！」

周二郎紅著臉，輕輕掀開蓋頭，只見淩嬌戴著鳳冠，面如桃花，臉上抹了胭脂，戴著一對珍珠耳環，好看得很。

周二郎傻傻看著淩嬌，心撲通撲通直跳。

「啊哈哈，二郎，你看傻了吧！」

「快快快，喝合巹酒。」

喝了合巹酒就是夫妻了，以後榮辱與共，相互扶持，生兒育女，一起面對人生的一切困難喜樂。

周二郎接過合巹酒，坐到床邊，遞了一杯給淩嬌，手裡也舉著一杯。

淩嬌悄悄抬眼去看周二郎，總覺得今日的他意氣風發，十分好看。

哪怕這麼多人在屋子裡，她依然可以聽到他激烈的心跳，他應該很激動緊張吧？

「喝合巹酒。」

兩人相視，眸子裡只有對方，兩手交纏，喝下酒。

大家又拉著周二郎去外面喝酒，淩嬌聽到熱鬧的聲音，抿嘴笑了起來。她嫁人了。

周二郎原是不想出去的，可幾個同輩兄弟拉著他，臨去前，他還不忘跟淩嬌說：「我很快回來。」

惹得眾人哈哈大笑。「二郎是急了。」

「能不急嗎？人生有四喜，一是他鄉遇故知，二是久旱逢甘霖，三是洞房花燭夜，四是金榜題名時，咱們二郎兄弟可占了兩樣啊！」

「兩樣？哪裡來的兩樣？」不就是洞房花燭夜一樣嗎？

眾人又是一陣鬨笑，其中一個嘴巴大的，笑著說道：「咱們二郎兄弟今年都二十五了，還是個雛呢，恰巧便是久旱逢甘霖嘛！」

一陣笑聲弄得周二郎面紅耳赤。當年家窮，連飯都吃不起了，哪裡還有心思去想媳婦？

周二郎左手拉一個，右手拉一個。「走，喝酒去。」

這桌敬一杯，那桌敬一杯，遇到長輩也要敬一杯，他有些吃不消，連忙喊周維新幫忙。

周維新義不容辭，上前喊這個叔、那個爺的，一杯一杯酒敬過去，才給周二郎喘息的機會。

周二郎心想，這成親可真累，以後可千萬不要了。

何潤之、何潤玉兩兄弟也來了，還送了厚禮。周二郎敬酒時，忍不住朝外面看去，希望看見周敏娘派來的人，聽敏娘帶回來幾句話也好的。

只是，眼看天都快黑了……周二郎微微嘆息一聲，肯定是周敏娘懷著孩子，太累了。

此時卻聽見外頭有馬兒嘶鳴聲，他連忙跑了出去，便見聞人鈺清風塵僕僕地騎在馬背上，風華無雙地笑看著他。

聞人鈺清跳下馬，大步走到周二郎面前，抱拳。「恭喜二哥。」

這一聲二哥喊得周二郎心裡熨貼，眼眶都有些發紅，忙抱拳。「快裡面請。」

「一路趕得急，禮物都還在後面，可能要明、後天才能到，二哥莫怪才好。」

「不會、不會，人來了就好。」

也只有聞人鈺清深愛周敏娘，才願意為她跑這一趟，不然隨便派個人來就好，何必親自來？周二郎這才徹底放下心，至少他知道妹妹是得寵的。

他將聞人鈺清迎進去，坐在主桌主位，親自坐下陪酒。「來，郡王爺喝酒。」

「喊什麼郡王爺？咱們是一家人，二哥喊我鈺清或者妹夫也是可以的。」

聞人鈺清哪怕風塵僕僕，也難掩一身富貴之氣，如今整個周家村、何家村的人都明白，周二郎有個妹妹嫁得特別好，在夫家特別得寵，不然郡王爺也不會千里迢迢趕來了，頓時有羨慕的、有嫉妒的，也有作夢的。

周芸娘在一邊給兩個女兒挾菜，肚子裡還懷著一個，還有個小的在家裡，讓婆婆帶著沒來，她也希望自己丈夫能多看重自己一些；可趙貴那重男輕女的性子著實太重，見她連生三個女兒，別說看重了，時不時還要給她拳頭吃，如今去鎮上也不老實，總是往那勾欄院跑，跟隔壁村寡婦也不清不楚的。

如今見周敏娘嫁得這麼好，周芸娘是羨慕的，心裡還有些嫉妒。

如果自己也嫁這麼好，該多好？可又想著，那也算是自己家的妹妹，她過得好，她也就放心了。

周芸娘給兩個女兒挾了菜，又看向周二郎。她這個二哥只比她大一歲，以前就性子好、有擔當，如今她在婆家日子實在難過，不知道能不能來他家裡幫工，也不求一個月多少銀錢，只求夠一家溫飽，讓幾個女兒過得好些。

「娘，好吃，舅舅家的菜好吃。」

招弟今年七歲，比阿寶大幾個月，只是瘦巴巴的，看起來比阿寶還小上許多；盼弟今年四歲，瞧著就更小了。周芸娘自己也瘦巴巴的，一副營養不良的樣子，如今懷著身子，也單薄得很。

「那就多吃點。」周芸娘是個慈母，對女兒特別好。

也不知道吃了這一頓，下次要等到什麼時候了。

招弟、盼弟點頭，埋頭用力吃著，周芸娘瞧著，心裡直發苦，如果肚子裡這個還是女兒，可怎麼辦？

第六十章

喜房裡。

淩嬌見人都出去了，伸手拿下鳳冠，卻見鳳冠上珠子不對。

珍珠不是這個樣子的。這些日子，她忙著準備成親、安排家裡的一切，當時也沒注意看，如今一看，這哪裡是珍珠，分明是一粒難求的東珠！每一顆瞧著小小的，卻顆顆圓潤飽滿，一千兩銀子是根本買不來的。

淩嬌仔細回想著事情的經過，頓時就有些明白了。

那日，她和周二郎拿回來的鳳冠是珍珠不假，拿去鎮上的也是珍珠不假，這鳳冠肯定是昨晚被換掉的，畢竟昨晚她有些興奮得睡不著，奶奶也陪她說了一會兒話，早上出嫁又是第一次，自然緊張慌亂，不會去注意鳳冠，而奶奶年紀大了，也沒注意看。

深深吸了口氣，淩嬌已經明白這是誰的手筆了。

「但願以後都各自幸福，永不相見。」這便是她對謝舒卿最後的原諒了。

這些東西，她等以後阿玉成親，都送給阿玉吧，她是絕對不會留在身邊的。

就在她沈思間，一顆小腦袋伸了進來，被淩嬌瞧見，笑了起來。「阿寶。」

阿寶蹦跳著走向淩嬌。「嬸嬸，妳今天可真好看。」

「難道嬸嬸以前就不好看？」淩嬌說著把阿寶拉到懷中，親親阿寶的臉。

阿寶搖頭。「嬸嬸以前也好看，只是今天格外好看。」

「這小嘴甜的，快老實交代，跟誰學的？」

「沒有，沒有跟人學，人家是說真的嘛，嬸嬸，妳相信阿寶嘛！」

到底只是七歲的孩子，再早熟，面對在意的親人，也只是個孩子。

凌嬌揉揉阿寶的頭。「嬸嬸相信阿寶的。」

阿寶濕漉漉的大眼睛全是孺慕。「嬸嬸，餓不餓？」

凌嬌點頭。

「那嬸嬸等我一會兒，我去廚房給妳拿好吃的，今天廚房可有很多好吃的呢！」阿寶說著，又跑了出去。

凌嬌失笑，到底還是阿寶心疼她。

不一會兒，阿寶拿了兩隻雞腿回來。「嬸嬸，妳快吃，我從一隻雞上扯下來的，我有記得洗手，很乾淨的。」

凌嬌伸手接過，咬了一口，瞇起眼睛。「嗯，真香。」香的不是雞腿，而是這雞腿是阿寶送進來的。

她咬了幾口，遞到阿寶嘴邊。「阿寶吃。」

阿寶其實很飽了，還是很給面子地咬了一口，兩人呵呵笑了起來，溫馨得很。

招弟、盼弟躲在門外，偷偷瞧著凌嬌和阿寶，滿眼羨慕。

凌嬌發現了她們，她雖不認得，阿寶卻是知道的，也很喜歡這姊妹倆，朝她們招手。

「招弟、盼弟，妳們快進來。」

姊妹倆猶豫了一下，進了屋子，侷促地看著淩嬌，招弟喊了聲。「舅媽。」

盼弟見姊姊喊舅媽，也奶聲奶氣地喊道：「舅媽。」

淩嬌笑，看向阿寶，似乎在問這是誰家孩子。阿寶連忙說道：「這是五爺爺家芸娘姑姑的孩子，姊姊招弟，妹妹盼弟。」

原來是五叔家堂妹芸娘的孩子，只是一聽這名字，就知道家中定是想要兒子的。

淩嬌見兩個孩子乖巧懂事，倒是滿喜歡的。「今天討喜了嗎？」討喜就是在村口花轎邊喊她，她從花轎裡遞出的銅錢。

招弟、盼弟搖頭，她們跟著娘親來得遲，又是走路過來的，等她們來的時候，討喜早已經過去了。

淩嬌起身，從一邊箱子裡拿了銅錢，十文錢一個，一人給了十個。

「謝謝舅媽。」招弟捧著喜錢，樂得不行。盼弟也開心，笑得眼睛都瞇了起來。

淩嬌見姊妹倆愛笑，瞧著也喜歡。「以後跟妳娘多來舅媽家玩好不好？」

「好。」

淩嬌又拉著三個孩子講起了故事，幽默風趣，逗得三個孩子笑個不停，喜房裡歡聲笑語的，很是溫馨熱鬧。

周芸娘站在喜房門口，聽著屋子裡的歡笑聲，多想就待在這兒，兩個孩子一直這麼快快樂樂的，不必回家動不動就挨打，那該多好……

只是夢想是夢想，現實是現實，周芸娘還是笑著進了屋子。「妳們這兩個淘氣的，怎麼來鬧舅媽了？」

淩嬌聞言看向周芸娘，周芸娘很瘦，也顯老，雖然在笑，可那滿臉的苦楚卻怎麼也掩藏不了，再瞧她腹部微微突起，明顯是懷孕了。

「這兩個孩子乖著呢！」

周芸娘笑。「嫂子，妳可別慣她們，這兩個可淘氣了。」

「孩子還是淘氣些好。」要她有兩個女兒，不知道怎麼疼、怎麼愛呢！

周芸娘抿嘴一笑，她也覺得孩子淘氣些好，可趙貴不覺得，硬是要把兩個孩子管成所謂的大家閨秀，讓她們笑不露齒、行不露足，一個沒教好，便教成了四不像。

「芸娘，懷孕幾個月了？」

周芸娘一笑。「七個月了呢！」

「七個月了啊？我瞧妳肚子不大啊！」看著就跟三個月差不多，都七個月了，生下來孩子怕是很小。

周芸娘心一緊，忙道：「平日裡害喜得厲害，什麼都吃不下，這肚子瞧著才小。」

「嗯，今晚就別回去了，在這邊住下吧！明兒再回去，家裡剩菜也多，妳帶一些回去給兩個孩子吃。」

「好。」

只是她娘家那邊，大哥、二哥一家子都回來了，根本住不下，周芸娘又苦了臉。

五叔家的情況，淩嬌多少知道一些，笑道：「就住家裡，我也喜歡招弟、盼弟，反正家裡也有空房間，一會兒讓阿玉帶妳過去。」

「謝謝嫂子。」

周芸娘陪著說了一會兒話，便帶著兩個女兒出去了。

外院依舊熱鬧，觥籌交錯，好些人喝醉了，從桌子上滑到了桌子下，倒在地上呼呼大睡，惹得大夥兒呵呵笑；更有的醉得東南西北都分不清，嘴裡唸著要回家，可家在哪裡都不曉得，只能讓隔壁鄰居架著回家。

有幾個醉了，在院子外便開始比賽脫衣服，惹得媳婦、婆子們笑咧了嘴，小姑娘們連忙躲開。

晚飯後，趙苗招呼著大家收拾，剩菜一樣一樣歸類，還好如今天氣不熱，放一晚上還能吃，不過最後剩下的也不多。

爺們推著周二郎入了喜房，要周二郎揹著淩嬌跑上幾圈，他揹著淩嬌在屋子裡轉了幾圈，又讓他親淩嬌，他頓時紅了臉，抿抿唇親了淩嬌一下，惹得大夥兒哈哈大笑。

周甘端了餃子進來，遞給周二郎，由他端著餵淩嬌吃。

大夥兒起鬨道：「生不生？」

淩嬌含著餃子，紅著臉說道：「生。」

「啊哈哈，二郎可要努力些，三年抱兩。」

鬧了足足一個時辰，鬧洞房的人才紛紛退了出去。

淩嬌呼出一口氣，忙對周二郎說道：「對了，我剛剛留芸娘在家住，你去看看。」

周二郎應聲，出去了，見芸娘牽著兩個孩子，身子單薄地站在門口，周二郎笑笑，走過去摸摸招弟、盼弟的頭。「懷著身子辛苦著，我帶妳們過去。」

「謝謝二郎哥。」

「自家兄妹，說什麼見外話？走吧！」

周芸娘跟著周二郎去了右邊屋子，上了二樓，推開一個房間，房間裡有大床、衣櫃、梳妝檯，還有個桌子，乾乾淨淨的，瞧著就特別好。

「早點休息吧，要是想洗臉、洗腳，讓招弟去喊阿玉，讓她幫妳打水。妳懷著身子，自己注意些，在家裡多住幾天，到時候我送妳回去。」

周芸娘聞言，眼眶微紅地點點頭。

周二郎送她回去，多少是為她撐面子，讓趙貴知道她娘家有人，有一個有錢的堂兄，欺負不得。

看著嶄新又帶著香氣的被子、枕頭，她忙帶著兩個孩子去廚房打水洗臉、洗腳，才帶著兩個孩子回來睡，心裡卻掛念著家中的三女兒帶弟。

臨睡前，周芸娘想著，住一晚，明兒還是回去吧……

周二郎安排好聞人鈺清後，才進了喜房。

淩嬌已經脫了嫁衣，穿著白色褻衣躺在床上，燈架子上，大紅的龍鳳蠟燭正燃燒著，周二郎立在門口，瞧著便有些動不了。

這個女子，終於是他媳婦了，正兒八經的媳婦了。

有些話，他是不打算一直說，諾言說多了，聽得也就膩了，還不如放在心中，時刻謹記，用一輩子去實現。

淩嬌抬眼，笑看周二郎。「立在那裡做什麼？」

他紅著臉走到床邊，輕輕坐下。「餓不餓？」

淩嬌搖頭。「不餓，阿寶給我送了吃的。」

「那要不要用熱水洗臉、洗腳？」

他知道淩嬌愛乾淨，今天又忙了一天，身上肯定有汗臭味，所以逮著空閒就去洗澡，換了大紅色的衣裳。

「那，睡吧？」

淩嬌說完，朝床內側挪了挪，周二郎應了聲，脫了衣裳躺下，拉了被子把自己和淩嬌蓋住，被子下的手全是汗，好一會兒才鼓起勇氣朝淩嬌那邊挪了挪，握住她小小的手，緊緊抓在手心。

便是這般，周二郎亦覺得滿心歡喜。

紅燭燃燒得噼啪作響，周二郎輕輕動了動身子，偷偷轉頭去看淩嬌，見她笑咪咪地看著自己，他的臉頓時就紅了，只覺得渾身都滾燙起來。

「阿嬌……」

「嗯。」淩嬌淡淡應聲，輕輕將手放在周二郎心口，明顯感覺到他一抖，身子頓時僵了，心跳也快得不行。這周二郎，真是個純情的。

「二郎。」柔柔喚了一聲，身子朝他靠近了些。

周二郎身子越發僵硬，額頭上更是冒出了汗水。

淩嬌失笑，都這個時候了，他不會還要忍著吧？

「二郎，今夜是我們的洞房花燭夜，你這樣子好嗎？」

周二郎聞言，身子一震。是啊，他是男人，怎麼可以比女人還害羞？他深吸一口氣，翻身將淩嬌壓在身下，重重地吻了下去……

周二郎是個不知饜足的，第一次一點經驗都沒有，痛得她死去活來，雖然早早交代了，可沒隔多久又重振旗鼓，第二次差點要了淩嬌老命，更別說第三次了。

周二郎見淩嬌昏昏沈沈的，有些意猶未盡，把她抱在懷裡，怎麼瞧怎麼喜歡，哪兒都好。

「阿嬌……」

「嗯。」

「我還想要。」

周二郎小聲說著，又去親淩嬌。

淩嬌微微搖頭。「不來了，累。」往周二郎懷中鑽了鑽，徹底睡了過去。

到底還是心疼媳婦，他想著來日方長，再想也忍了下來，親親淩嬌的髮，感覺好極了。

他又親親淩嬌的額頭、臉、鼻子、紅唇，哪兒都想親一下，更想昭示天下，這個女人是他的了，完完整整都是他的了——

她從未屬於任何人，讓周二郎感動得快要哭出來。

第六十一章

天明時分，周二郎早早就起床，見淩嬌睡得香甜，被子下的雪白肌膚上幾處青紫吻痕，他心一疼，想到昨夜的蝕骨瘋狂，臉上泛起紅潮，昨夜實在是孟浪了。

周玉穿好衣服到廚房，看見周二郎，一愣。「二郎哥，你怎麼這麼早就起來了？」

「醒了就起來了。」周二郎咧嘴一笑，滿心滿意的幸福，炫目得很。

周玉看了他一眼。「二郎哥，家裡這些剩菜怎麼辦？時間長了怕是會壞呢，咱們也吃不了這麼多。」

「阿玉覺得怎麼辦好？」

「我覺得？」周玉有些錯愕，倒沒想到周二郎會問她，想了想才說道：「如果是嫂子的話，她肯定會去請親近的幾家來吃飯，吃完飯把桌子、板凳拿去還，兩全其美，二郎哥說呢？」

周二郎聞言，贊同點頭。「聽阿玉安排。」一年時間不到，周玉能幹許多，變化也很大。

「那我去喊哥哥起床，叫他去請大家過來。二郎哥，我覺得，也不用請很多人，就鐵蛋叔家、福堂叔家，還有三叔、五叔家和維新哥家就好，吃完早飯，大家幫忙送還桌子、板凳後，總得再管頓中午飯吧？」

見周玉安排得井井有條，周二郎自然是答應的。「成，就聽妳的。」

得到周二郎肯定，周玉連忙跑去喊周甘起床，見周芸娘挺著肚子下來，她忙上前扶住周芸娘。「芸姊姊，怎麼不多睡一會兒？」

「睡不著，起來看看有什麼需要幫忙的沒。」

「沒有，芸姊姊如今懷著身子，可不能亂動。」周玉說著，扶周芸娘走到一邊坐下，才說道：「芸姊姊先坐一會兒，我喊我哥起來後就給妳打水洗臉漱口。」

「不、不用，我自己來就好。」

周芸娘自覺就是懷個孕，在家裡的時候也樣樣自己做，沒道理來娘家住了一晚就變得嬌貴了，就算要嬌貴，也得她有嬌貴命才行。

周玉看了周芸娘一眼，也不多言。「那芸姊姊需要什麼就喊我。」

周芸娘點了點頭，心裡卻不是滋味。同樣是堂妹，她和周二郎還是近房，她來周二郎家只能是客人，周玉卻住在這家裡，吃得好、穿得好，單單周玉今兒這一身，頭上好看的髮釵、耳墜，手上戴著銀手鐲，一身算下來起碼得好幾兩銀子。

周玉聰明，見周芸娘那眼神，心中多少有數，只是去敲了敲周甘房門，聽房間裡傳出周甘的聲音，才出了屋子去廚房。

卻見聞人鈺清已經起床，周玉忙朝他福身。「見過姊夫。」

聞人鈺清頷了頷首。

「姊夫稍微坐一下，我去給姊夫打水。」

周玉說完，索利地去打水，還準備了牙刷和藥膏、一個裝了水的瓷碗進浴間，又用嶄新的木盆子、棉布端著放到浴間，才回到聞人鈺清面前。「姊夫，都已經準備好，東西都是嫂子從外面帶回來的，全是新的，姊夫梳洗吧！」

聞人鈺清看了眼周玉，小丫頭長得不錯，明眸皓齒，倒是個漂亮的。

「幾歲了？」

「十二了。」

「好好長大，等及笄了，叫妳敏姊姊在滁州給妳尋個好人家，妳嫁過去也好和妳姊姊作伴。」

周玉頓時羞紅了臉，她還小呢，怎麼就說到這事了？

聞人鈺清見周玉紅了臉，才驚覺自己說錯了話，暗怪自己為了敏娘能有伴而失言。「妳也別多心，就當我不曾說過。」

周玉卻羞笑了起來。「還請姊夫代我謝謝敏姊姊。」說完，紅著臉跑進了廚房。

聞人鈺清失笑，邁步去了浴間，看了看擺放得整整齊齊的洗漱用具，暗道這周玉倒是個妙人，敏娘有個這麼能幹的妹妹，以後在郡王府乃至忠王府也不會被人瞧不起；若是這個家再富裕些，周二郎再本事些就更好了……

洗漱之後，回房間換衣裳，等他出來，便見周二郎含笑等著。「二哥。」

周二郎被喊得有些緊張，搔搔頭。「妹夫。」

「喊鈺清吧！」

周二郎點頭。「鈺清，我能不能請你幫幾個忙？」

「二哥請說。」

「咱們進堂屋去說。」

周二郎帶著聞人鈺清進了堂屋，請他坐下，才說道：「鈺清，我認識一個朋友也姓聞人，能不能請你幫我打探一下，他家住何處，幫我捎樣東西去給他。」

「叫什麼？」

「聞人鈺璃。」

聞人鈺清錯愕。三皇子？「你與他如何識得？」

三皇子是皇后之子，正統嫡子，如今皇上不曾冊封太子，也不曾為幾個皇子封王，更表現出自己對每一個皇子都看好，讓每個皇子都覺得自己有機會登頂，明裡暗裡算計不休。

周二郎把和聞人鈺璃相識過程說了一遍，又把聞人鈺璃留下三千兩銀子一事也說了。

「那個時候，我出門怕銀子不夠，帶了出去，如今手裡頭有了銀子，就想還了，可我又沒得路子。」

聞人鈺清沒想到周二郎媳婦還有這麼多事，和謝舒卿也認識。謝家作為大曆國皇商、首富，卻一夕之間瓦解，謝家家主更是呈了摺子，將謝家家產孝敬給皇上，以此充盈國庫，皇帝看到謝家孝敬的數額，驚得不行，欲派人去尋謝家家主，卻遍尋不著。

「既然他給了你，你就好生收著，要用的時候拿出來用了就是，他不缺這三千兩銀子的。」

「我當時去滁州，一來是去看敏娘，二來也是想問敏娘借點銀子買下這土地。」周二郎也識趣地不去問聞人鈺璃的身分。

聞人鈺清當時在滁州，為了讓敏娘名正言順當上側妃，暗地做了不少事情，事後似乎有落下痕跡，可當他回過頭來派人去處理，卻愣是找不到一點蛛絲馬跡，就像根本沒發生過一樣，如今想來，那幫他收拾尾巴的人便是聞人鈺璃了。

經歷了這些，恐怕他已經被歸到三皇子一派去了。

「無礙，這些年敏娘也託人帶銀子回來，只是被人貪下了，好在如今水落石出，還了敏娘清白。」

「敏娘是個好妹妹，也是個好女兒，爹娘臨去前最掛心的就是她，如今她過得這麼好，爹娘定能安心。」

聞人鈺清點頭。「那第二件事呢？」

周二郎說起周大郎撫卹銀子一事。「我總覺得事情沒那麼簡單，周旺財膽子也不敢大成這樣子，他一定和別人勾結了；再者家裡幾次三番有人前來偷竊，第一次丟了些魚乾，另外一次好在有大黑。」

「大黑？」

「嗯，我們從山裡救回來的一隻狼。」

「狼？帶我去瞧瞧。」

周二郎帶著聞人鈺清去看了大黑，因為家裡要辦喜事，怕大黑出來嚇到人，就把牠關在豬圈裡。

聞人鈺清還是第一次見到狼，還這麼溫馴，又見馬棚裡有一匹通體雪白的馬。雪花驄？「這馬兒你從哪裡買來的？」

「阿嬌在鎮上用一兩銀子買來的。」

一兩銀子買一匹雪花驄？聞人鈺清簡直不敢相信自己的耳朵，這馬少說值萬兩銀子，還有價無市，一兩銀子就被買了回來？

「當時在鎮上牠不吃草料，瘦得很，我們那個時候也沒錢，賣馬的說要一兩銀子，阿嬌就作主買了。」

聞人鈺清嘆息，這便是傻人有傻福。「是匹好馬，好好養著吧！」

「嗯，我們在找牠的主人，可是一點消息都沒有。」關於這點，周二郎很洩氣，覺得有些對不起馬兒。

「當今世上能擁有雪花驄的也就那麼幾個人，我到時候幫你打聽打聽，只是這麼好的馬，你捨得還回去？」

「我們答應牠的，只要牠好好的，就幫牠找主人，哪怕牠是匹馬，我們也不能言而無信。」

聞人鈺清看了周二郎一眼，點了點頭。「做人當如此。」

兩人朝堂屋走去，才說起辦學堂的事。原本周二郎打算讓學堂掛在周家村名下，可空虛大師說，最好以他個人名義創辦，又跟他分析了利與弊，周二郎尋思一番，還是決定按照空虛大師說的做。

聞人鈺清聽了，頗為贊同。「要是缺銀子……」

「不，不缺銀子的，就是想請你幫我請兩個學問好的先生，再請一個會武功的先生，束脩按照城裡的給，一年二十兩銀子。」

學問好的先生一年二十兩肯定是請不來的，少說也要一百兩；不過難得周二郎是個有想法的，他為了敏娘，自然要幫襯一二，畢竟當初敏娘若是沒救他，也不會生出後面許多事來。

「這事你放心，先生的事包在我身上；至於大哥撫卹銀的事，我也會派人去查，定要查個水落石出。」那些人膽子真大，連撫卹銀子也敢貪！

兩人又談了其他事，聞人鈺清才說道：「我打算早飯吃完就回去了，敏娘眼看還有兩個月就要生了，我得守在她身邊，她膽子小，生孩子是大事，馬虎不得。」

這是一回事，二是他畢竟練武過，耳力比一般人好，加上昨夜周二郎動靜有些大，他為了孩子獨守空閨好幾個月了，怕在外面待久了，生出別的心思來，還是早些回去守著敏娘為好。

「還有兩個月嗎？到時候我也去滁州看敏娘。」

「嗯，等孩子生了就給你送信過來。」

此時周玉已經做好了早飯，過來喊他們吃。

聞人鈺清多少有些潔癖，昨晚吃得極少，周二郎瞧見了，早上便讓聞人鈺清先吃，他坐在一邊瞧著，愣是沒動。

聞人鈺璃連著趕了幾天路，真是有些餓，昨晚一桌子菜那麼多人吃，那些人說話口水直噴，他吃不下口，硬生生忍了一夜，早飯雖只是清粥小菜，卻也別有一番滋味。

快速吃了兩碗稀飯，聞人鈺清便告辭離開。

周甘也把人請了過來，大家見淩嬌不在，幾個堂兄弟一臉壞笑地打趣周二郎，周二郎紅著臉，二十多個人倒也沒弄出什麼動靜，吃完飯，輕手輕腳把桌子、板凳搬去還。

周芸娘找到周二郎。「二郎哥，我想回家去了，帶弟還在家裡呢！」

周二郎雖然錯愕，但也只能點點頭。「行，我送妳回去。」

「二郎哥……」周芸娘感動地紅了眼眶。

周芸娘兩個哥哥也看出妹妹在婆家的日子似乎並不好，加上周二郎結婚，趙貴都沒過來，這其中定有什麼問題，可是問芸娘，芸娘也不說，兩個哥哥只能乾著急。

如今周二郎要親自送周芸娘母女回去，兩個哥哥自然只能跟去的，於是三個哥哥一同送周芸娘母女回去，周二郎還讓周玉拿了好些雞、鴨、豬肉一起，讓周芸娘帶回去。

一路到了趙家村趙貴家，卻得知趙貴不在家。

「在地裡幹活嗎？」周二郎問趙貴娘。

趙貴娘支支吾吾的，眼睛盯著周芸娘。

周二郎看向周芸娘。「芸娘，妳說趙貴幹麼去了？」

「我……」周芸娘猶豫，到底要不要說呢？說了後，這一家子怕是要恨死她了。

「芸娘，日子是自己過出來的，今兒我們都在，妳還這般猶豫，以後我可是再也不會來給妳作主了。」周二郎說道，也是提醒周芸娘，就算給她作主也只此一次，是要揚眉吐氣還是委曲求全地過日子，就看她自己的選擇了。

他回來一趟，也是因為周敏娘跟周芸娘從小感情好，如今周敏娘懷著身子，隔得遠，他顧不上，便想彌補在周芸娘身上。

「他可能在隔壁村一個寡婦家……」周芸娘小聲說。

再小聲，趙貴娘也聽見了，頓時狠狠瞪向周芸娘，嚇得周芸娘低下了頭。

「那寡婦姓什麼？」

周芸娘一一說了，周二郎才看向趙貴娘。「姻伯娘，我這就過去瞧瞧，若是芸娘亂說，我讓芸娘跟妳道歉；若是芸娘說的是真的，那麼此事，姻伯娘必須給我們家芸娘一個交代。」

周二郎說著，又讓趙貴親大哥跟著，他駕了馬車直接去隔壁的劉家村，一番打聽找到那寡婦家裡，他連門都沒敲，直接踹門進去，入眼便是床上那白花花的身子。他不認識女的，但那男人卻是認識的，正是周芸娘丈夫趙貴。

周二郎是氣不打一處來。「趙貴，你這個混蛋！」怒吼一聲，上前就要去抓趙貴。

趙貴也嚇傻了，見周二郎撲來，嚇得跳了起來。「二郎哥、二郎哥，別打我，別打我！我知道錯了，我再也不敢了！」

「丟人現眼，還不快把衣裳穿上！」跟周二郎前來的趙貴大哥吼了一聲，氣得也不輕。

這種事被人娘家兄弟抓個正著，還鬧出動靜來，這臉以後往哪裡擱？

趙貴哆哆嗦嗦地穿了衣裳，垂頭喪氣跟著出了屋子，周二郎看了一眼床上拉著被子蓋住身子的女人，厲聲道：「這次就算了，若下次妳再敢跟趙貴勾勾搭搭，定讓劉家村將妳沈塘不可。」

說完，也不管那寡婦嚇得臉色發白，拽住趙貴出了屋子，就是一頓拳打腳踢。

「當初你上門求娶芸娘的時候怎麼說的？會待她好一輩子，絕對不在外面亂來；如今芸娘懷著孩子，身子那麼單薄，你不思進取就罷了，還敢在外面鬼混？今兒不給你些教訓，你當芸娘娘家沒人是不是？」

周二郎聲音有些大，弄得劉家村不少人來看熱鬧。這私通一事，沒人鬧騰一般不會處理，但若有人鬧騰起來，也是一件嚴重的事。

周二郎想得明白，現在不打！等回到趙家村，事情都過去那麼久，他再出手也沒意思了，不如現在就打趙貴一頓，讓他長點記性。

「別打了，二郎哥，別打了！我知道錯了，以後再也不敢了！」話雖如此，趙貴心裡卻恨毒了周芸娘，不下蛋的老母雞，回去一定要休了她，把這口惡氣給出了！

第六十二章

趙貴跟在周二郎身後，也想上馬車，周二郎瞪了他一眼，見趙貴被他打得鼻青臉腫、像個豬頭，心裡冷哼一聲。「你怎麼來的，怎麼回去吧！」說完，駕車揚長而去，連趙大哥趙鵬都沒載。

趙貴看著遠去的馬車，呸了一聲。「一輛破馬車，有什麼了不起的？」

趙鵬聞言，氣不打一處來。「是，是一輛破馬車，你倒是弄一輛來給我瞧瞧。」說完邁步就走，好在趙家村、劉家村也隔得不遠。

這個弟弟因為是家中么兒，都被爹娘寵壞了，做事一點分寸都沒有，這回看他怎麼收拾這個爛攤子！

周二郎回到趙貴家，周芸娘立即上前。「二郎哥……」

「芸娘，收拾東西，帶著孩子跟我回周家村去。這趙貴忒不像話，這種男人，要來何用？跟二郎哥走！」

言下之意是趙貴肯定被抓住了。

而趙貴爹娘絕不會讓周二郎帶走周芸娘母女幾個，他們還要臉呢，一個個連忙道歉，挽留周芸娘，還信誓旦旦地說等趙貴回來，一定給周芸娘一個交代。

周二郎也沒打算真的要帶周芸娘回去，自然願意留下來等著。周芸娘兩個親大哥也氣得不輕，但真要接周芸娘回去，他們還真作不得主，更別說要養著周芸娘母女幾人了，如今倒也願意聽周二郎的，反正周二郎家有錢，不差這幾口飯。

周芸娘在聽到周二郎的話時就心動了。

在這趙家，因為生不出兒子，她日子的確不好過，丈夫日日黑著臉，動不動要打她，公公婆婆也經常折磨她，懷孕還要洗衣做飯加帶孩子。周二郎家的日子她是瞧見了的，不為自己吃得好、穿得好，也想為幾個孩子打算。

單看周玉以前是啥樣子，如今在周二郎家，吃得好、穿得好，模樣也好了起來，渾身的氣勢都不一樣，人又能幹，以後找婆家肯定差不了。

所以，如果周二郎真要帶她走，她就跟著去了，等生下孩子，她就為周二郎家做牛做馬，只求淩嬌能幫著調教幾個孩子。

只是，周芸娘也沒被沖昏頭，站在原地低頭哭著不說話。

等了好一會兒，趙貴兩兄弟回來了，趙貴爹娘一見趙貴被打得鼻青臉腫。「我的兒啊……」悲叫一聲衝了過去，抱著趙貴痛哭，又去瞪趙鵬，暗恨趙鵬見親弟弟被人打都不幫忙。

趙鵬呼出幾口氣，手一甩，才說道：「該打！」

這話無疑坐實了趙貴跟寡婦的骯髒事，來看熱鬧的人嘰嘰喳喳不休。

雖說周芸娘親大哥沒啥本事，但今兒來的這個堂哥可是十里八鄉出了名的有錢，尤其還有個皇親國戚的妹夫，也是趙貴目光短淺，他要識相，昨兒就跟周芸娘去喝喜酒了。

周二郎站起身。「既然回來了，趙貴，今兒你就說句話，芸娘你想怎麼安排？」

怎麼安排？「我要休了周芸娘！」

話一出，周芸娘大哥周慶生、二哥周慶民怒不可遏，立即衝過去要打趙貴，場面又亂成一團，趙貴爹娘哭聲震天，趙貴求饒聲不止，心裡越發肯定要休了周芸娘。

周芸娘瞧著，心裡一陣解氣，可又怕兩個哥哥打死人吃官司，忙衝上前去，指著趙貴罵道：「趙貴，你這個狼心狗肺的東西！我周芸娘哪裡對不起你？當初我爹娘給了我十兩銀子嫁妝，你花言巧語給哄了去，說什麼叫你娘給我保管；這些年，我爹娘也沒少搭錢給我，都被你拿去了，你這個沒心肝的，你自己不乾不淨，還有臉休我，你憑什麼休我?!」

周芸娘今兒也是打定主意要回娘家去了。「我給你生了三個女兒，肚子裡還懷著一個，我沒有功勞也有苦勞，今兒我就去找族長，我要和你趙貴和離，孩子我也要帶走！」

周慶民和周慶生聞言一愣。

趙貴鼻青臉腫，怒氣沖天，瞪著周芸娘。「想把孩子帶走？妳作夢！那幾個孩子可是我們趙家的種，妳要滾立即滾，幾個孩子休想帶走！」

「你……」周芸娘氣結，到底沒有多少底氣，偷偷去看周二郎，周二郎安撫地朝周芸娘點點頭。

既然他開了這個口，自然會堅持，也希望周芸娘以後不要怨他。好在周芸娘是個明白的，周二郎才略微放心。

剛想開口說話，大女兒招弟哭著衝了出來，撲通跪在周芸娘面前，抱住周芸娘的腿。

「娘，妳不要丟下我們，爹爹會打死我們的……妳看，我身上的傷都還沒好呢……」說著撩起袖子，露出手臂上的傷痕，青青紫紫的，有些還帶著血痕，看得周慶生、周慶民又是大怒，撲過去要打趙貴。趙貴這次哪裡敢猶豫，拔腿就跑，三個人在院子裡一個逃、兩個追，趙貴跑在前面，嚇得魂飛魄散。

盼弟、帶弟見姊姊跪在地上哭，一個四歲、一個兩歲的孩子，也跑到周芸娘身邊哇哇大哭，把袖子、衣裳撩起來讓大家看身上的傷痕。

「天啊，這趙貴太過分了！」

「就是啊，這可是親骨肉啊！」

村民們議論紛紛，有人便去請村長、族長了。

族長、村長來時，只見趙貴家裡雞飛狗跳，趙貴娘是潑婦罵街，什麼難聽罵什麼，趙貴爹紅著眼，趙貴躺在地上大喘氣，趙鵬立在一邊冷冷看著，無動於衷。

「還不住嘴，丟人現眼的東西！」

族長罵了一聲，走到周二郎面前，仔細打量他。這個後生不簡單啊，才一年時間不到，房子修好了，家裡有那麼多田地，田裡還挖了魚塘，那竹籠子可幫著許多人賺到了錢。

「真是失禮了。」族長說著，朝周二郎微微抱拳。

來的路上，事情已經大略知曉了，看這周家人的意思，周芸娘今兒是留不住了，別說周芸娘，就是幾個孩子怕是也得跟著回去；但嫁出去的女兒潑出去的水，如今想走，以後再無瓜葛，還要帶走孩子，那也不是件容易的事。

「族長，村長。」周二郎抱拳，禮數周到，渾身上下帶著銳氣，雖淡，卻已經有了。

族長倒還好，畢竟年紀大，見多識廣，又是一族族長，村長卻有些發怵。他才四十三歲，做上村長也沒兩年，底氣還是不足的，只是點頭，先請族長坐下，才去請周慶生、周慶民兩兄弟過來坐，無視趙貴一家子。

一行人坐下，族長才淡淡開口。「趙貴家的，你過來。」

周芸娘聞言，連忙上前，跪在了族長面前。「族長，求您老人家給晚輩作主。」

族長微微點頭。「今兒的事是趙貴不對，可男人嘛，總有糊塗的時候，妳就不能原諒他一次？」

原諒一次？周芸娘可不傻，今兒都鬧成這個樣子了還原諒他，以後趙貴還不得往死裡打她？

為了幾個孩子、為了自己，周芸娘心一狠，挽起自己的袖子，手臂上的新舊疤痕觸目驚心。「族長，您瞧瞧，這便是原諒的代價。我嫁來趙家九年，生了三個女兒，如今肚子裡還懷著一個，從我生下招弟開始，趙貴他就打我，生下盼弟後傷痕日漸增加，生下帶弟後更是三天一大打，天天小打。族長，您再看看幾個孩子……」

周芸娘說完，起身把三個孩子拉到面前，一下子拉起帶弟的衣裳，帶弟身上全是青紫。「族長，帶弟才兩歲，試問天下有哪個親爹能下得了狠手？可這趙貴呢？一個不如意就打我們娘兒幾個，就連公公、婆婆亦然……」

昨兒去周家村喝喜酒，為什麼沒帶帶弟，根本就是趙貴娘怕周芸娘把孩子都帶走不回來，更怕她回家之後說出來。

周芸娘是滿心苦水，要不是周二郎送她回來，又給她撐腰，她哪裡敢說這些事？

村民們議論紛紛，趙貴娘忙矢口否認。「妳胡說，我沒有！」

「不，妳有！」招弟大聲吼道，淚流滿面，伸手就要去脫衣裳，周二郎忙上前拉住她。

「女孩子家家的，哪能大庭廣眾下脫衣裳？」周二郎說著，伸手給招弟拭去淚水。「別怕，今兒舅舅肯定給妳撐腰。」

昨夜，淩嬌跟他說芸娘怕是在婆家受了委屈，兩個孩子身子一下都摸不得，一摸她們就縮，可能身上有傷，他當時還笑，說怎麼可能呢？

淩嬌當時擰了他一下，給他出了幾招，讓他送周芸娘回家的時候試試，沒想到事情比她想的嚴重多了。

周二郎看向族長、村長。「族長、村長，事情如何你們看見了，村民們也看見了，既然這趙貴一家子如此作踐我妹妹，我周家以前不曉得就算了，如今曉得了，這事必須給我們一個交代，否則周家村人絕不會善罷甘休。」

周二郎說著，滿臉怒氣瞪向趙貴。「今兒芸娘幾個我定是要帶走的，若是你識趣，寫了放妻女書，讓我把芸娘母女幾人帶走，這事咱們就算了；若你不識趣，那就到鎮上衙門去，求鎮丞給個公道。」

放妻女書，那可不是休書，這跟和離是差不多的，唯一的區別就是孩子也要帶走。

趙貴原本就沒打算要留下周芸娘幾個，咬牙站起身。「行啊，但你得給我一百兩銀子，不然周芸娘你們帶走，幾個孩子休想！再怎麼不是，那幾個孩子也是我趙貴的骨肉，捅破天也是改變不了的。」

趙貴娘算是明白兒子的意思了，連忙站起身。「對！要把這幾個賠錢貨一併帶走，可以啊，給我們一百兩銀子，你帶走！」

這下連趙家村村民都看不下去了，周芸娘是外人不假，可那幾個孩子卻是趙家血脈，招弟都已經懂事了，今日這麼待她，她定能記住，盼弟雖小，也是個聰明的；而且這幾個孩子都長得像周芸娘，她剛剛嫁過來的時候可好看了，是這些年日子不好過，生了孩子也沒調理好，才變得臉黃皮寡的。要是幾個女兒都好看，以後找戶好人家根本不是難事，這趙貴一家子不只不要臉，還笨！

村民們看向一直不說話的趙鵬，見趙鵬臉都氣青了，紛紛同情起趙鵬來。

村長、族長也氣歪了嘴。

周慶生、周慶民聞言就要衝上去打趙貴。

周二郎氣笑了。「行，你想要一百兩銀子賣了妻女，我這個做大哥的，自然不會眼睜睜見妹妹受苦，只是我今日沒帶這麼多銀子，不如你明兒親自到周家村來拿。」

趙貴見周二郎答應給一百兩，而且毫不猶豫，頓時又改了口。「我的意思是，一個人一百兩，她們娘兒幾個加上周芸娘肚子裡的，一共是五百兩。」

「對，是五百兩！」趙貴爹娘忙附和。

這下子，別說村民們驚呆了，就連周芸娘母女幾個都驚呆了。

五百兩，這不是搶嗎？五百兩可以買多少東西？夠多少人家用一輩子?!

周芸娘頓時哭出聲。「你這畜生！怎麼可以這麼不要臉？我今兒跟你拚了……」說完朝趙貴撞去。

她不活了，只要她今兒死在趙家，一屍兩命，三個孩子肯定能被帶走，她不能去坑娘家人，絕對不能！

周二郎大驚，一把拉住芸娘，芸娘卻哭得肝腸寸斷。「二郎哥，你別管我了……我不能給你添麻煩，我對不起你，你讓我去死，今兒我要跟這畜生同歸於盡！」

「芸娘。」周二郎低喚。「五百兩，五條命，值得的。」

趙貴聞言。「那就趕緊去周家村拿錢，拿了錢過來把周芸娘幾個接走，不給錢，休想走。」

族長真是氣狠了。「混帳東西，混帳東西……今兒我這老頭子作主了，親自寫下這放妻女書，讓她們幾個回周家村去，你們若是願意作證的，一會兒在放妻女書上摁手印！」

趙家村幾百年都沒出過這麼不要臉的東西，太不是人了！

這邊族長下了命令，那廂便有人拿來紙筆，族長拿了筆就寫，趙貴自然不答應，叫囂著，族長怒喝一聲。「押住他！」

有村民立即上前押住趙貴，趙貴罵罵咧咧，各種粗俗的話不堪入耳。

族長寫下了放妻女書，在最後一條竟寫著。「若趙貴一家子膽敢去周家村鬧事，周家村人打死不論。」族長寫好，剛想按手印，此時趙鵬大步上前，趙貴瞧著眼睛一亮，以為趙鵬是要搶走放妻女書，卻沒想到趙鵬上前，拿起筆在放妻女書下寫了這麼幾句。「我，趙家長子趙鵬，親眼目睹爹娘、弟弟無數次打掐周氏、招弟、盼弟、帶弟。」他擱下筆，第一個按下了手印。

其實趙鵬沒瞧見，他若是瞧見了定會勸的，只是今日，他實在是被爹娘和弟弟氣到了。有了趙鵬帶頭，族長、村長也摁下手印，村民們也紛紛上前摁手印，老老少少，連那些屁孩都上去按，一張白紙黑字上全是密密麻麻的紅手印。

趙貴瞪大眼睛，錯愕不已。為什麼全村人都去按，難道他做錯了？周芸娘這個賤人生不出兒子，他打她錯了？幾個孩子是他的種，他打一下怎麼了？就連他大哥也去按，還是不是親兄弟了？

趙貴娘更是對趙鵬破口大罵，趙鵬站在一邊，靜靜聽著，趙鵬的媳婦廖氏想了想，也帶著孩子上前去了。

她嫁來這趙家，說實話也吃過虧，好在生了個兒子，雖然趙鵬是個心好的，婆婆卻是個心狠的，特別重男輕女又偏心。廖氏一直明哲保身不敢說，如今趙鵬都站出來了，她自然嫁雞隨雞、嫁狗隨狗。

周芸娘實在感動，跪在地上帶著三個孩子磕頭，從今兒起，她們娘兒幾個再也不用遭罪了。

周二郎也不讓周芸娘去收拾東西，謝過了族長、村長、村裡人，三兄弟帶著母女幾個要出門。趙貴自然不答應，攔住不讓，周二郎一腳踢了過去，把趙貴踢倒在地，冷聲道：「以前我當你是自家兄弟，就算你有錯，我下手也會手下留情；可如今你和芸娘恩斷義絕，我們一無親、二無戚，我下手就沒輕沒重了。以後別讓我看見你，也別來周家糾纏芸娘，否則我見你一次打一次，每次我都不打死你，把你打個半死不活，躺上幾個月，再賠些錢給你好好養著。」說完，一手抱起盼弟、一手抱起帶弟出了趙家。

周慶生、周慶民看著痛苦的趙貴，朝著他吐了口口水。「我們也是，別讓我們看見你，看見一次打一次！」

他們兩個自然只是說說的，畢竟他們沒周二郎那麼有錢，真打了人賠錢，他們哪裡來那麼多錢？但是，他們作為親哥哥，自然要有所表示。

將周芸娘幾個抱上馬車，周二郎也招呼兩個堂兄上馬車，駕車離去。

他倒是有了決定，打算將周芸娘帶回家裡去；可周慶生、周慶民卻鬧心了，這妹妹是要帶回家去呢，還是去周二郎家？按道理是要帶回家去的，可若是周芸娘一個還行，如今有好幾個，她肚子裡還有一個，怎麼辦？

第六十三章

周二郎一行人一走，族長也打算走了，趙鵬卻跪在族長面前，重重磕了三個頭。

族長深吸了口氣，扶趙鵬起來。「我知道，你跟他們是不一樣的，你是個好的，以後好自為之。」沒把這一家子攆出去，也完全是看在趙鵬的面子上。

待所有人都走了，趙貴爹第一個撲上來打了趙鵬一巴掌。「吃裡扒外的東西！滾，滾得遠遠的，我只當沒生過你這個兒子！」

「我聽您的，這就去收拾東西，帶著妻兒離開，再不回來。」趙鵬說完，轉身帶著廖氏就回了自己屋子收拾東西。

趙鵬這些年多少有些積蓄，原本打算留一些，可隨即一想，仍是一個子兒都沒留，收拾了兩個大包袱，帶著妻兒便出了家門。

趙貴爹娘還在門口罵罵咧咧，叫趙鵬滾得遠遠的，永遠不要回來，又心疼趙貴，哭成一團。

一夜歡愉，淩嬌是累得腰痠背疼，她輕輕坐起身，運動了幾下才下床，去解了手回來，便見大紅緞面的被子、床單被蹂躪得不成樣子，想起昨夜的瘋狂，臉一下子紅了。

又見一邊放著疊得整整齊齊的衣裳，上面放了張紙，歪歪扭扭寫著。「我送芸娘回去，會早點回來，餓了喊人，別委屈自己，我心疼。」

淩嬌笑了起來，心卻暖烘烘的，收了紙條摺好，想出去，卻見趙苗端著熱水笑咪咪進來。「醒了啊？」

「嫂子。」

「欸。」趙苗脆生生應了，才笑著說道：「以前喊嫂子都是虛的，如今這聲嫂子倒是名副其實了。」

到底是新媳婦，又第一次經歷這事，淩嬌也是害羞的。

趙苗失笑。「快過來洗臉漱口，一會兒讓她們把熱水送進來，妳也不用出去吹風，在妳房間裡洗。」

先前修房子時，就在屋裡的樓梯下弄了個浴室，可以放一個大圓桶，又在角落裡留了洞，讓水能夠排出去，如今房子修好了，還沒在裡面用過呢！

淩嬌點頭後便去漱洗，鐵蛋叔家的兩個嫂子抬了水進來，來來回回抬了八次才把木桶裝滿。

「快去泡個熱水澡，放鬆下，昨晚咱們二郎兄弟是舒坦了，妳可難受了。」

淩嬌紅著臉、抱著衣服進去洗澡，趙苗去收拾床，被面是大紅的，又沒放元帕，只能看出斑斑污漬，卻看不出落紅，掀了床單後只見雪白的棉被上紅梅朵朵，趙苗臉一紅，忙喊了楊氏、梁氏過來瞧，然後嘻嘻哈哈地去找三嬸婆討要喜錢。

趙苗把墊被一起拿了，換上新的，又鋪上新的大紅色床單，被套、枕套也換下，才打包好抱著去了三嬸婆屋子。

三嬸婆瞧了之後，滿意點頭，親手接了放到櫃子裡，這東西以後自然不會再用了。

她一開始怕淩嬌不是完璧之身，不敢放元帕，怕淩嬌覺得尷尬，如今卻發現……

「妳們幾個，明知道我老婆子沒多少銀錢，還一起來討賞銀。喏，一人一個荷包，這荷包可是咱們阿玉做的，值錢著呢！」

三人喜孜孜地收下了。「謝謝三嬸婆。」

「三嬸婆，如今新娘子醒了，一會兒等新娘子填飽肚子，她可是要來給妳敬茶的，妳見面禮可準備好了？」趙苗打趣。

三嬸婆笑，從懷裡摸出一個荷包。「瞧，我早準備好了。」

她的確沒多少銀子，加上淩嬌、周二郎逢年過節給的，也不過八兩銀子，可如今三嬸婆卻全部放在了這個荷包裡，可見對淩嬌的喜歡。

淩嬌坐在木桶裡，看著身上點點紅痕，又羞又喜。洗好之後穿了衣裳出來，見床上被收拾乾淨，地上也掃了，周玉端著吃的進來。「嫂子，吃點東西吧！」

「是什麼啊？」

「肉絲粥、涼拌豬肚和泡蘿蔔。」

淩嬌坐下，看著周玉放在桌子上的東西，吸了口氣。「好香，是妳做的嗎？」

「嗯。」

「阿玉，這些日子辛苦妳了。」

周玉忙搖頭。「不辛苦的，嫂子快吃吧，昨天一天都沒吃什麼東西，嫂子肯定餓壞了。」

別說，淩嬌還真餓壞了，把粥、泡蘿蔔都吃個乾乾淨淨，周玉又笑咪咪地端出去了。

淩嬌整理了下自己，梳頭之後出了房，便見趙苗走過來。

「走吧，去給三嬸婆敬茶，本來二郎應該要跟妳一起的，可二郎送芸娘回去了。」趙苗說著，偷偷靠近淩嬌。「我昨兒不小心碰了芸娘一下，她竟跳了起來，妳說她身上是不是有傷啊？」

淩嬌錯愕，沒想到趙苗也看了出來。

昨晚，兩個孩子在她屋子裡待了一會兒，她有心抱抱兩個孩子，卻不想一碰到她們就縮，好像很痛苦的樣子，大的是，小的亦然。後來見芸娘進來，懷胎七個月，那身子單薄又滿臉苦相，淩嬌便有了猜測，晚上還跟周二郎說起這事。

「這個我倒是不曉得。走吧，一會兒給三嬸婆敬茶。」

剛說著，就見周二郎一行人回來了。

淩嬌立在原地，看著那個意氣風發的男子走來，嘴角慢慢掛上了笑。

周二郎也是一眼便看到她。淩嬌本來就長得好看，經過昨晚雨露滋潤，眼角、眉梢帶著媚，頗有幾分像枝頭盛開的嬌豔花朵上，染上了晶瑩的露珠，美得很。

他的心頓時一熱，顧不得其他，在眾目睽睽之下握住淩嬌的手，柔情似水。「起來了？」

凌嬌微微點頭。「嗯。」

周二郎靠近她。「身子可還好？」

這聲音有些小，奈何大家都豎起耳朵聽，周二郎話一落，幾個嫂子就笑了起來，讓周二郎鬧了個大紅臉，凌嬌也羞得不行，抬頭輕輕在他胸口打了一下，那模樣更是嬌俏嫵媚，讓周二郎恨不得立即抱她回屋子藏起來，誰都不要看見。

他認真說道：「要是不舒服，我抱妳回屋子去歇著。」

那一雙雙眼睛全是揶揄的笑，凌嬌實在羞。「我沒事。」

周慶生、周慶民把芸娘扶下馬車，又把三個孩子抱下馬車。周芸娘見周二郎滿心的柔情和愛意，羨慕不已，饒是和趙貴郎情妾意之時，趙貴待她也不及此刻周二郎待凌嬌十分之一。

周芸娘上前，撲通跪在了凌嬌面前。「嫂子……」

凌嬌嚇了一跳，忙要扶起周芸娘。「雖說男兒膝下有黃金，可咱們女子也不能輕視了自己；況且我們自家人，別動不動就下跪，有什麼事起來再說。」

周芸娘忙起身。「嫂子說得是，芸娘記住了，以後定不會這樣子了。」

她是看出來了，這個家事事都是凌嬌說了算的，看她二郎哥看凌嬌的眼神，這會兒這麼多人在，那眼珠子都恨不得貼到凌嬌身上。

趙苗忙道：「既然二郎回來了，那咱們便把這新媳婦茶敬了吧！」

昨兒三嬸婆既然代替了周二郎的長輩，那今兒這媳婦茶自然也要喝的。

農村人家也沒那麼多規矩，大家把三嬸婆請到堂屋，又請出周二郎爹娘牌位，淩嬌和周二郎恭恭敬敬給三嬸婆磕頭，敬了茶，三嬸婆給了荷包，淩嬌也不推辭地接下。

感覺到荷包裡裝著的銀子，淩嬌心裡有些發酸。三嬸婆有多少銀子，她能不曉得？這裡面怕是三嬸婆全部的私房錢了，她心裡感動，決定以後待三嬸婆要更好了。

「謝謝三嬸婆。」

「好孩子，起來吧！」

周二郎忙扶淩嬌起來，淩嬌又給幾個叔叔、嬸嬸敬茶，幾個叔叔、嬸嬸也都略有表示。五嬸是看見芸娘就紅著眼眶，一直忍著沒哭而已。

敬完長輩茶，三嬸婆已經起身讓出主位，周二郎扶著淩嬌過去坐在主位上，昭示這個家終於有了新主人。

阿寶第一個上前行禮。「阿寶見過嬸嬸。」

淩嬌送了個小盒子給阿寶，裡面裝了好些純銀打造的小玩意兒，個個都極具意義，圖也是淩嬌畫了拿去鎮上打造的，精巧可愛。

周玉、周甘也過來給淩嬌敬茶，淩嬌將準備的東西遞給周玉、周甘。

周玉是一套大大小小一百多枚的繡花針，周甘是一支狼毫筆和一個紅木算盤，價值不菲，兄妹倆喜得不行。

周芸娘猶豫片刻，也上前敬茶。「嫂子喝茶。」

淩嬌點點頭，接過茶喝了，送給周芸娘一對精緻的銀手鐲、一支瑪瑙髮釵。周芸娘何曾見過這麼好看的東西？眸子裡全是驚喜，瞬間後沈靜下來，慎重其事地感謝了淩嬌之後，退到一邊，心裡若有所思。

孩子們一個個上前敬茶，淩嬌給男孩子們送文房四寶、算盤，女孩子們送繡花針加一副銀耳墜，倒是一派溫馨。

敬完茶後，淩嬌其實有些累，周二郎看出來了，畢竟昨晚他多用力自個兒是知道的，她能撐到現在著實不易，因此他一個勁地朝趙苗使眼色，趙苗噗哧笑了出聲。「好了好了，咱們去外面吃瓜子去。」招呼著大家出去了。

淩嬌也起身要跟，周二郎卻拉住了她，淩嬌轉頭。「怎麼了？」

周二郎二話不說打橫便抱起了淩嬌，大步進了堂屋右手邊的屋子。

堂屋外，大家硬是笑得上氣不接下氣，就連芸娘也笑了，畢竟美好的日子在迎接著她，她何苦為過往傷心呢？

屋裡，淩嬌聽到笑聲，又羞又臊。「看看，都是你幹的好事！」

周二郎一笑。「我疼自己媳婦還有錯了？」把淩嬌放到床上。「腰痠嗎？我給妳揉揉。」

淩嬌哼了一聲，感覺一夜親密之後，自己變嬌氣了。

周二郎順手拿了枕頭墊在她身後，握住淩嬌的手，見她唇紅齒白、滿面媚色，雙眸盈盈水潤，紅唇微張，露出一點點粉紅香舌，似在誘他前去品嚐。

他也那麼做了，那滿嘴的甜，簡直把他的心給甜得化了。

凌嬌一愣，輕輕柔柔地回應，倒也是郎情妾意、繾綣纏綿。

直到兩人喘不過氣來才分開，卻已是滾到了床上，周二郎壓住凌嬌，衣裳半解。

「阿嬌……」

「嗯。」凌嬌應聲，帶著濃濃鼻音，甚是嫵媚。

周二郎哪裡忍受得住？又是一陣纏綿悱惻的親吻。他想，凌嬌還沒刻意勾引，一個軟糯的聲音就已讓他把持不住，若她有心誘引，他非死在她身上不可。

只見凌嬌雙眸水潤潤的，他低頭又要親上去，凌嬌抵住他。「現在白天呢，別鬧。」

「那晚上是不是可以？」

「你……」是不是昨夜之後，人被換了？

「阿嬌，我守了二十五年，初嘗滋味便是這般美好，自然心生嚮往，妳放心，我晚上會有分寸，定不亂來了。」

「嘴上說得好聽，昨夜是誰再三保證的，結果呢？」凌嬌說著，心裡倒是甜蜜無比，畢竟他們都是一樣，第一次都留給對方了。

「我保證。」

「我才不信呢！」

兩人說著，又是一番親吻纏綿，周二郎只覺得這般抱抱親親的滋味實在是好，更是啥也不想做，就這麼抱著凌嬌過一生。

只是……他輕輕地嘆了口氣。

「怎麼了？」凌嬌窩在周二郎懷裡，柔聲問。

「我在想芸娘的事。」周二郎說著，把芸娘的事原原本本說了，心中也為芸娘抱屈心疼。

那也是他妹妹，從小一起長大，看著她嫁人，感情雖不及敏娘，但也是很深厚的。

凌嬌嘆息道：「可憐那幾個孩子，我瞧著都是伶俐的，沒想到有這麼個爹。你打算怎麼辦？」

「這事妳拿主意，我都聽妳的。」

凌嬌冷哼，要她拿主意，這是看她心軟吧？

她不同情周芸娘，可憐之人必有可恨之處，周芸娘別說保護自己了，連孩子們都護不了，軟弱無知！她又不是沒娘家人，一味地承受家庭暴力，不反抗也不回家搬救兵，挨打也是活該，只是可憐那幾個孩子跟著她一起受苦了。

「要依我說呢，家裡不差她們幾個吃的，只是……」

「妳說。」

「這事我一個人說了也不算，得問問人家的意思；再說她在周家村還有正兒八經的娘家呢，咱們總不能越俎代庖不是？這事得大家坐下來，問問芸娘的意思，也問問五叔、五嬸、慶生哥、慶民哥的意思。」

這個忙若要幫，就得幫到人心坎上。以周芸娘這幾年的隱忍，說明她是個軟弱的；而今天既然敢跟著周二郎回來，也表示她是個有心思的，這種人善亦善，惡亦惡。

誰也不知道周芸娘心裡是怎麼想的，今兒她離開趙家還心存感恩，又想著來到周二郎家裡便有無憂無慮的生活，一旦這想法無法實現，她定會心存怨恨。

周芸娘跟周玉、周甘不一樣，周玉、周甘有母親的臨終囑咐，他們只有彼此，並沒有太多要求與心思；再者那個時候家裡窮，飯都吃不起，他們一路相互扶持走來，感情自然不一般。

如今周芸娘來，家裡吃得飽、穿得暖，周芸娘這會兒心裡一定已經有許多美好的打算了。

周二郎聽淩嬌這麼一說，也表示同意。「嗯，我覺得妳說得有道理，一會兒咱們還是讓大家都出出主意。芸娘能從趙家那火坑出來，幾個孩子也在身邊，以後有咱們幫襯著，日子定不會太難過。」

淩嬌看了周二郎一眼。看看吧，這便是周二郎的心思，還沒怎樣呢，就把周芸娘以後的日子都擔憂上了；想來周芸娘也是看出周二郎的心思了，才有勇氣跟趙家鬧騰起來，不然這麼多年了，為什麼早不下決心、晚不下決心，偏偏今兒就下定決心了？

「嗯，一會兒讓大家出出主意，也看看芸娘的意思。」

第六十四章

屋子外，周芸娘也正認真思考著，看著三個孩子跟阿寶玩，三個孩子都有些小心翼翼地討好阿寶，她瞧著略覺刺眼，垂下了眸子。

周玉順著周芸娘的目光看去，又看了看周芸娘，恬靜地嗑著瓜子。

到底是自己的女兒，五嬸心裡難受，而五叔沈著臉不說話，一會兒忽地站起身。「慶生、慶民、芸娘，你們跟我回家一趟。」事情如何，他總是要問清楚的。

三個人跟著五叔回家去了，五嬸站起身說了幾句，也跟了上去。

回到家裡——

「到底怎麼回事？」

周慶民說話索利，平日裡就能說會道，把事情原原本本說了一遍，沒添油加醋，也沒誇大其辭。

五叔越聽臉越黑，看向周芸娘。「趙貴打妳了？」

周芸娘點頭。「嗯。」

「沒出息的東西，他打妳妳不會回家來說？妳娘家沒人還是怎樣？」

周芸娘是小女兒，又是家裡唯一的女兒，五叔向來疼愛，如今周芸娘被趙貴打，連幾個外孫女也被打，五叔氣得不輕。

周芸娘垂著頭，紅了眼眶。她是不想給家裡添麻煩，也捨不得幾個孩子。

今日周二郎一口一句娘家有人，她來周二郎家過了一夜，吃了兩頓，見到了周二郎家的富裕，她不為自己，卻想為幾個女兒謀算；既然周二郎願意為她出頭，她也看到了希望，自然想放手一搏。

五叔嘆息一聲。「既然回來了，就安心住下，家裡不差妳們幾個吃的；再者妳有手有腳的，等孩子生了，叫妳娘給妳帶，妳便去妳二郎哥家幫忙，叫妳二郎哥給妳開工錢，也不用多，夠妳們幾個吃用就好。」

「爹……」周芸娘喚了一聲，跪在五叔面前。「聽爹爹安排。」

「先起來吧，懷著孩子呢，地上涼。」五叔扶周芸娘起來，才說道：「妳以前的房間讓妳娘收拾出來，妳先住著，至於幾個孩子，便先住在後屋。我手裡還有些錢，在偏屋邊上修兩間屋子。這屋子修好後就算妳的了，土地算我送妳的，但這銀子卻算我借妳的，以後妳是要還的，今兒妳兩個哥哥也在，答應還是不答應？」

周芸娘忙點頭。「聽爹爹的。」在家裡住著，再苦，那也比在趙家好。

等五嬸回來，五叔已經下了決定。五嬸向來疼芸娘，聽了丈夫的決定也很是贊同，周芸娘懷著孩子，住哪裡她都不放心，還是住家裡她瞧得見比較好；又見周芸娘臉黃皮寡的，五嬸嘆息一聲。「住家裡也好，以後生了孩子，娘給妳帶。芸娘啊，做人還是要靠自己，心思也要正，妳說呢？」

周芸娘何嘗不知道娘在敲打她，叫她莫要起了貪心。「娘，我曉得的，放心吧！」

等生了孩子，她就去周二郎家幫工，她也不求工錢，只求淩嬌看在她勤勤懇懇的分上，幫她教教幾個孩子。

晚飯自然是要在周二郎家吃的，雖是昨天的剩菜，但對農村人來說，那剩菜也是極好的。晚飯擺在院子裡，擺了三桌，孩子們一桌，男人們一桌，女人們一桌。阿寶作為主人家，看出招弟三姊妹很拘謹，熱情地給幾個姊妹挾菜，招呼她們多吃。

趙苗瞧著，呵呵一笑。「阿寶可真懂事。」小小年紀，行為處事大方得很，待人也有禮貌，雖沒去過學堂，之乎者卻說得很是順口，也能寫好多字，趙苗瞧著都喜歡。

淩嬌笑了。「嫂子，妳莫誇他，這孩子啊誇不得，妳一誇他他就驕傲了。」

「怎麼會？阿寶以前還憨憨傻傻的，見著人就躲，如今呢，那是彬彬有禮、不卑不亢，見著人就禮貌地喊，阿嬌妳教教我，妳是怎麼教的？」

淩嬌失笑。「阿寶向來就聽話。」

她其實也沒怎麼教，就是有時候給阿寶講一些待人處世的道理，又給他講了許多意義深遠的故事罷了。

「快別謙虛了，妳呢，也早點給咱們二郎兄弟生個孩子，呵呵。」趙苗說著，呵呵笑了起來。

孩子？淩嬌摸摸自己的肚子，如果她身子沒問題，應該很快就能懷孕，可如今她還沒來過大姨媽，懷孕怕是有些難。她乾乾一笑，垂下了頭。

眾人見狀，以為淩嬌是害羞了，便勸著吃菜。

周芸娘好幾次打量淩嬌，見她穿得喜慶，頭上盤著髮髻，髮髻上是漂亮精緻的髮釵，耳朵上掛著圓潤的珍珠耳環，肌膚勝雪，渾身上下透著一股貴氣。

淩嬌抬頭看向周芸娘，周芸娘衝她善意一笑，淩嬌也回以笑容。「芸娘，如今妳懷著身子，一個人吃，兩個人受用呢，多吃點。」

周芸娘點頭。「謝謝嫂子，我曉得的。」

桌子上的菜餚都是肉類居多，她平日嘴饞也吃不上，如今有得吃，自然不想錯過，喜歡吃的挾了吃，大快朵頤。

淩嬌瞧著笑了起來，孕婦能吃是福。

飯後，淩嬌是新媳婦，收拾這些用不著她做，周芸娘懷著孩子，自然也不用去幫忙，兩人倒是閒了下來。

周芸娘好幾次欲言又止，淩嬌瞧著，笑道：「芸娘有話便說吧！」

「嫂子，我的確有事求妳。」

「什麼事，妳說。」

周芸娘想了想才道：「嫂子，我只是個農村姑娘，去得最遠的地方便是鎮上，到如今這麼大了也才去過三次，再遠的地方就沒去過了。不怕嫂子笑話，我不認得字，連自己名字都不會寫，就是別人寫了我的名字，我也不認識。」

「其實很多人都不識字，不會寫自己的名字，更不認得自己的名字。」淩嬌說道。

「是啊，我都已經這麼沒用了，可是嫂子，我不想我的女兒們也像我這樣子，懦弱、無知、愚笨。嫂子，我知道妳是個能幹心又好的，能不能請嫂子幫我教教幾個孩子，嫂子大恩，我周芸娘定銘記於心，結草銜環，永世不忘。」

凌嬌看著周芸娘，微微抿唇。「那妳呢？妳做什麼？」

在這世上，孩子最好的老師不是別人，是自己的父母，周芸娘這麼快就想把自己的孩子推出來，真的好嗎？她不是不願意教，而是不願意被周芸娘這麼慎重其事地委託，再者周芸娘這麼做，可曾考慮過幾個孩子？

「我……」周芸娘被凌嬌問得一震。她做什麼？她自然是先生下孩子啊！

「芸娘，妳可曾想過，現在這幾個孩子要的不是一個待她們好的舅母，而是一個親娘，妳想過孩子們的感受嗎？」

周芸娘頓時明白了，凌嬌這是不願意呢，眼眶頓時有些發紅，畢竟她以為凌嬌會看在自己可憐的分上答應的。

凌嬌見芸娘那個樣子，嘆息道：「芸娘，或許妳一時半刻不明白我的意思，但我還是那句話，這個家隨時歡迎妳們來玩，幾個孩子亦然，妳們幾個想什麼時候來就什麼時候來，孩子們也不要太刻意去教，順其自然就好。招弟七歲，懂很多了，妳這個做母親的千萬要做出榜樣呢！」

周芸娘聞言沈默，仔細去想凌嬌的話，驀然頓悟。凌嬌自始至終也沒拒絕她，不是嗎？

她抬頭，眼眶發紅。「可是嫂子，我能做什麼呢？」

「妳能做的可多了，比如每天保持愉快的心情，頓頓吃飽，多跟幾個孩子相處，多跟她們說話，讓她們學會在逆境中堅強、快樂，更要讓她們學會不抱怨、不嫉妒、不羨慕，明白別人那些好的，透過自己的努力亦可以得到。芸娘，這些若是招弟她們學到了，將會一生受用，而這些，我這個做舅母的根本做不到，能做到這一切的只有妳，妳明白嗎？」

「真的只有我能做到嗎？」她也不是一無是處？也是很有用的，對嗎？

「對，芸娘，妳相信我，如果妳把孩子們放我這兒，妳會後悔的，既然明知道會後悔，那就早早將這些後悔掐滅。妳將孩子帶在身邊多陪陪她們，她們剛剛失去了父親、失去了家，正是徬徨無助的時候，妳卻要將她們送到我這邊來，豈不是雪上加霜？芸娘，她們個個都是妳的心肝肉，妳真捨得她們在心裡留下傷疤，覺得妳也不要她們了？」

芸娘看著淩嬌，好一會兒才重重點頭。「嫂子，我聽妳的，以後不管發生什麼事我都要將她們帶在身邊，絕對不會再生出這種心思了。」

「想明白就好。對了，過些日子村子裡學堂修好了，還要招收女孩子呢，到時候讓招弟、盼弟去學堂讀書認字吧！」

周芸娘聞言大喜。「可以嗎？招弟、盼弟真可以去？那帶弟呢？帶弟以後可以去嗎？」

「自然是可以的。」

學堂算周二郎私有財產的事，因為他們成親之後還沒找村民們商量，所以她也沒打算跟周芸娘說。

周芸娘卻笑了起來。她沒機會讀書，如今幾個孩子有機會去讀書認字，自然是好的。

「嫂子，那學堂一年束脩多少銀子？如今我手裡是一個子兒都沒有。嫂子，妳家裡要不要個幫忙的？我什麼都會做的，真的！」
凌嬌嘆了口氣。周芸娘就算千般懦弱、萬般無用，但她愛孩子的心和天下的母親是一樣的，無私、無畏。「這些都別操心了，先安心把孩子生下來，其他事妳二郎哥都會給妳安排好的。」
周芸娘一愣，有些發懵。這和她想的有些一樣，似乎又有些不一樣。
但不得不說凌嬌這樣子的安排，讓她感覺到滿滿全是善意、全是溫暖，或許也只有家人，才會這麼掏心挖肺地待她了。
周芸娘真心誠意地說道：「謝謝嫂子。」
「一家人，說什麼見外話？」
兩人又說起了別的事，說起周芸娘腹中孩子，凌嬌有些羨慕，她也想要一個和周二郎的孩子。
收拾好了，大夥兒坐下來說一會兒話，紛紛起身告辭，回了家。
凌嬌也讓三嬸婆他們先去睡覺，自己先回了房間。
阿寶洗好到了屋子裡，跟凌嬌道了晚安，這幾天，阿寶都跟周甘睡。
「嬸嬸，晚安。」
「阿寶，晚安。」
阿寶笑咪咪地出了屋子，去找周甘。鑽到周甘乾乾淨淨的被窩裡，阿寶像蟲子一樣扭來扭去，周甘坐在油燈下看書，發現阿寶的異樣，忙道：「怎麼了？身子不舒服嗎？」

他記得，阿寶晚上是有洗澡的。

阿寶從被窩裡鑽出腦袋，濕漉漉的大眼睛看著周甘。「阿甘叔，我想去跟嬸嬸睡。」

以前都是他跟嬸嬸睡的，如今倒好，叔叔一個人就把嬸嬸霸占了。

周甘噗哧笑了，上前把阿寶抱好。「那你想不想要小弟弟？」

「嬸嬸生的嗎？」

周甘點頭。

阿寶忙道：「要，我要！阿甘叔，嬸嬸什麼時候給阿寶生小弟弟？」

「你如果乖乖的，很快就能有小弟弟了。」

「那我乖乖的。」為了小弟弟，他就不去跟嬸嬸睡了，跟阿甘叔睡也挺好的，阿甘叔的床也香噴噴，乾乾淨淨的。

「快睡吧，明兒起來還要練武功呢，再不睡就起不來了。」

「喔。」

阿寶乖乖閉上眼睛，不一會兒就甜甜睡去。睡夢中，似乎還夢到淩嬌給他生了個白白胖胖的小弟弟，小弟弟特可愛，最喜歡跟在他身後，喊他阿寶哥哥。

「呵呵……」阿寶笑出聲。

周甘無奈一笑，摸摸阿寶的頭，給他掖好被子，又拿了書專心看，仔細理解，甚至在腦海裡舉一反三地複習了一遍。

第六十五章

昨夜周二郎一夜折騰，到了晚上，淩嬌正靠在床上休息，周二郎端了熱水進屋子，見她懶洋洋的，眸子裡瞬間溢滿柔情。

「我端了熱水，來泡泡腳。」說著把腳盆放在床邊，伸手就去脫淩嬌的鞋子。

這舉動嚇了淩嬌一跳。「你幹麼？」

「給妳洗腳啊！」周二郎說得理所當然，只是臉上多少有點羞澀，這還是他第一次幫淩嬌洗腳。

「我自己來就好了。」

淩嬌說著要抽回腳，周二郎卻緊緊抓住。「阿嬌，別動。」聲音緊繃，還帶著嘶啞，淩嬌頓時明白，他這是動情了。這廝……

她也不敢隨意動了，乖乖任由周二郎給她洗腳，又打水給她洗臉，才脫了衣裳，只穿著雪白的褻衣、褻褲鑽到被窩裡，靜靜等周二郎回來。

好一會兒後，他一身清爽地進來，明顯是洗過澡了，淩嬌頓時紅了臉。

周二郎上了床，挨著淩嬌躺下，手一伸，自然而然將她抱到懷裡，急不可耐地便去親淩嬌，淩嬌本想拒絕，可想著周二郎初嘗滋味，哪裡能熬得住？「二郎，還疼著，你輕點。」

周二郎一愣，微微點頭。「嗯。」

這一次倒也和諧，兩人都感覺到異樣的快樂。事後，周二郎拿乾淨的濕布巾給淩嬌擦身子，把床上收拾好，才抱著淩嬌躺下，手一下一下地摸著淩嬌的頭髮，前所未有的滿足。

「阿嬌……」

「嗯。」

「妳跟芸娘說得怎樣了？」

「還能怎樣，成功了唄，只是沒想到芸娘倒是個好母親。」

周二郎沒有說話，翻身親了親淩嬌，才說道：「反正家裡大大小小的事我都會跟妳說一聲的，小事我能作主的便作主了，大事我肯定要跟妳商量的。」

淩嬌笑了。「那你說說，什麼是大事，什麼是小事。」

「事關阿嬌開心的都是大事，衣食住行、人情往來都是小事。」

她掐了周二郎一下。「哼，滿嘴胡謅。」

周二郎失笑，抱緊她。「在二郎心中，所有會讓阿嬌不開心的都是大事，二郎愚笨，很多時候處事不對，惹妳傷心了，妳就狠狠打二郎一頓吧！」

「才不要呢，打你我的手還會疼。」

兩人又嬉鬧了一陣，才相擁睡去。

接著便是三日回門。

一大早，淩嬌、周二郎便起來了。回門的禮物周二郎早已經準備好，是兩支人參、鹿茸，這些都是周敏娘送來的，一直鎖著沒用，今兒拿出來，他也是有自己想法的。
吃了早飯，周二郎便將淩嬌扶上馬車，直接去鎮上。
孫婆婆一大早就在門口等孫女，好幾次都站得麻了，才回屋裡去小坐一會兒喘口氣。習慣了周家村的和樂融融，這幾天孫婆婆一個人住著，頓時覺得有些孤苦伶仃的感覺，早早便把東西都收拾好了，只等淩嬌回門後，就跟他們回周家村去。
她才不要一個人住在這裡，孤零零的。
只是等啊盼啊，還不見馬車來，孫婆婆嘆息一聲，又進了屋子。
那廂，周二郎駕車朝鎮上趕，卻在進鎮子的時候見到沈懿。
一些時日不見，沈懿竟然瘦得只剩皮包骨，整個人沒精打采的，跟丟了魂一樣。
周二郎忙停住車，跳下馬車走到沈懿面前。「沈兄弟？」
沈懿看著周二郎，呵呵一笑。「沈兄弟？如今我這落魄樣，你居然還肯叫我沈兄弟？」
真是諷刺，想他沈懿雖不說算無遺策，但也算有些見識，卻不想被人算計攆出沈家，還被抓去大牢關了幾個月；如今被放出來，他苦心經營的一切早就化成泡影，那個口口聲聲說愛他的未婚妻也已經另投他人懷抱，連句解釋都沒有。
那些曾經的朋友，一個個見到他就跟見到洪水猛獸一般，躲都來不及，周二郎還是第一個上前喊他的。
「沈兄弟，你這些日子去哪裡了？到底發生了什麼事情，你怎麼變成這樣子了？」周二郎關心地問。

淩嬌也掀開馬車簾子，看著沈懿。

那個曾經笑得一團和氣，就是天塌下來都不會皺眉的沈懿變成這個樣子，她也嚇了一跳。「沈兄弟？」

沈懿看向淩嬌，幾個月不見，淩嬌更漂亮了，身上穿著大紅的衣裳，眼角眉梢有了一股媚意。沈懿自然明白這媚意從何而來，心裡倒是羨慕周二郎，得了這麼個不離不棄的女子。

「嫂子，我沒事，這就走……」

周二郎卻緊緊抓住沈懿的手。「沈兄弟，你不能走，我現在要帶阿嬌回門。唉呀，你知道我嘴笨。這樣吧，你跟我回周家村去，跟我說說你遇到啥事，看看我能否幫到你。」

「你叫我去周家村？如今我這個樣子跟你回周家村？」沈懿不可置信地問道。

「是啊，你這樣子怎麼了？你是沒看見我當初的樣子，比你現在寒傖多了，我都熬過來了，沈兄弟，你是個有本事的，我相信你一定能夠東山再起，把失去的十倍、百倍都掙回來！」

「真的？」

「當然，我周二郎從來不說謊。要不，你先跟我們去祖母家，等回門茶喝了，咱們就回周家村去，怎樣？」

沈懿吸了吸幾口氣，仰頭看天，眼眶發紅，眼淚在眼眶打轉。

他今兒是想好了，如果再走投無路下去，他便去死了，卻不想遇到了幾乎快要忘記的周二郎。或許，老天爺見他實在冤枉，才派了周二郎前來。

「好，我跟你走。二郎哥，以後我沈懿必定唯二郎哥馬首是瞻，二郎哥有何要求，儘管吩咐便是。」

「上馬車吧！」

於是一行三人去了孫婆婆家。

孫婆婆見到周二郎和淩嬌身旁還多帶了個沈懿，也不糾結，客氣地招呼大家進去，喝了茶，吃了孫婆婆親手煮的祝福麵，又說了些吉利話，才跟著一起回了周家村。

到了周家村，孫婆婆立即去找三嬸婆說話，淩嬌去廚房燒水給沈懿洗澡換衣，周二郎把周敏娘送來的衣服取出來給沈懿換上。

那衣服布料極好，做功更是精妙，他自己是捨不得穿的。

沈懿瞧著，心裡有了打算。「二郎哥，這衣裳我不能穿，你拿幾件一般的吧！」

「可……」

「二郎哥，你若真心想留我，便不要給我這衣裳，隨隨便便來幾套粗布衣裳便好，如今的沈懿，再不是以前的沈懿了。」

以前的沈懿有依靠，如今的沈懿如浮萍斷梗，無依無靠，若不是遇到周二郎，今日之後，世間再無沈懿。

周二郎想了想。「好吧，你等著，我還有幾套粗布衣裳，穿著幹活用的，都是嶄新的，還沒穿過，我去給你拿來。」

轉身又進了屋子，不一會兒拿了三套粗布衣裳來，但是裡面的褻衣、褻褲卻是極好的棉布，看著也是嶄新的。

「這裡面都是鎮上鋪子買的，你嫂子洗過，我一次也沒穿過，你莫要嫌棄。」

「不，怎敢嫌棄。」

到了如今，他還有什麼資格嫌棄？

那廂，淩嬌燒了水，喊周二郎過去提水，沈懿卻率先邁步出去，到廚房提了水去了浴間。周二郎要說話，淩嬌卻拉住他。「讓他去吧，沈兄弟是個有骨氣的人，如今來到咱們家裡，就是自家人了，有些事情還是讓他自己做吧！」

「這樣子真的好嗎？」

「肯定是好的。」

淩嬌說著，心思微轉。如今地裡那些菜眼看就要出了，她一直沒找到合適的人去鎮上開鋪子，沈懿來了倒是正好。

但家裡多了個沈懿，多少還是有些不便，淩嬌便讓他住到廚房樓上的一個房間，沈懿也不挑揀，安安心心住下了。

淩嬌雖是新媳婦，但畢竟在這個家住了那麼久，三天後，便擔起了家裡大大小小的事，還帶著沈懿去田地裡看了看。看著那些稀奇古怪的東西，沈懿瞪大了眼睛。「嫂子，這些東西妳都種出來了？」

「有的密集一點是可以的，可很多東西不行，得分開來種，比如這個番茄、這個茄子，這個黃瓜是要牽藤的；這個豆角，這個嘛……瞧著怎麼那麼像西洋參呢？」

有的東西沒長大、結果，淩嬌也不認識，尤其是西洋參，她還沒見過種在地裡的，倒是在電腦裡瞧見過。

「西洋參？那可是值錢的東西。」

淩嬌看著沈懿笑了。「沈兄弟，我有件事想跟你商量商量。」

「嫂子要說什麼？」

「我想請沈兄弟當我的掌櫃，幫我去鎮上開鋪子。」

沈懿一愣。「這……」

「沈兄弟，不瞞你說，我雖早有這個打算，但一直沒合適的人選，如今見到沈兄弟，便知道再沒有比沈兄弟更合適的人了。」

「可我是個失敗者。」

「失敗算什麼？沈兄弟要做的可不是悲秋傷春，而是要在哪裡跌倒便從哪裡爬起來，更要做出一番事業來亮瞎那些人的狗眼，你說呢？」

沈懿笑。「嫂子說得在理。」

「既然沈兄弟同意了，那咱們便來仔細說說細節吧！」

「好。」

淩嬌和沈懿認真商量起來，說得越多，沈懿對她就越刮目相看。

眼看都要四月初五了，周家村家家戶戶都等著修學堂，銀子早已經在周維新手裡了。

周二郎去周維新家，把空虛大師的話說了一遍，周維新微微蹙眉。

「要說這事在一開始的時候說，肯定是好辦的，可如今……」周維新嘆氣。「不管怎麼說，還是要找村民們來談。你呢，有什麼打算？可能讓村民們答應？」

「我打算如果這學堂蓋好後算我個人的，我便五年不收束脩，這五年，先生的薪資都讓我來出。不過修建學堂是大事，我還是希望一家提供兩個勞動力，咱們早日把這學堂修起來，等先生來了，孩子們便可以去學堂上課了。」

周維新一愣，沈思片刻，點頭。「這倒是可行。」

於是，他召集村民開會，把這事說了。

村民們一開始愣住，好一會兒才贊同。有的人家孩子多，一個孩子去學堂一年要一兩銀子，五年下來就是五兩，家裡三個兒子那就是十五兩，如果周二郎願意讓孩子免費讀書五年，還能讓幾個女兒也去學堂，怎麼想怎麼划算。

「我們都答應的。」

「就是、就是，我們答應的。」

事情比預期順利許多，周二郎也鬆了口氣。

回到家，周二郎把這喜事跟淩嬌一說，淩嬌也跟著開心。「這倒好，晚上我多做幾道菜，咱們慶祝慶祝。」

第六十六章

因為要修學堂，周芸娘屋子的事就耽擱下來，如今住在娘家，周芸娘也不會做太多，就是鞋底子納得特別好，這幾日問周玉要了家裡人的尺寸，回去幾天給淩嬌、周二郎、阿寶、周甘、周玉、三嬸婆和孫婆婆都納了雙鞋底子，就連沈懿都有。

「妳這孩子，自己還懷著身子呢，竟然熬夜。這鞋底子就是再好，我老婆子也不稀罕，只此一次，下不為例。」三嬸婆責怪芸娘，卻也是因為心疼她。

芸娘笑笑。「也不是我一個人做的，招弟也有幫忙。」

「招弟是個懂事的，妳也是，這些日子拘著她們做什麼？阿嬌都問了好幾回，以後早上便帶過來，吃過了晚上再回去。」

「好。」

周芸娘把鞋底子親自給淩嬌送去，見她正在寫著什麼，對於淩嬌識字羨慕得很。「嫂子。」

這些日子，在娘家吃得好、過得舒心，周芸娘臉色好了許多，肚子也看著大了起來。淩嬌抬頭，見是周芸娘，忙起身。「站著做什麼？快坐下。」拉了凳子讓周芸娘坐下，又見她手中的鞋底子，淩嬌欣喜地接過。「這是給我的？」

周芸娘點頭。「做得不好。」

「胡說，看這針腳細密又均勻，這麼好還說不好，讓我這個做不來的可怎麼活？」凌嬌說著，還脫了鞋子在腳下比了比。「啊，正合適呢！」

把鞋底子放在懷裡，凌嬌滿臉都是笑。「心意我領了，但還是要說妳，咱們當初說好的，要妳多帶孩子們過來玩；妳倒好，關在家裡做鞋底子，妳也不想想妳還懷著孩子，眼看最多還有三個月就要生了，大意不得。」

「嫂子，妳說的我都記得，我就是想做點什麼給妳。」

這些日子，周芸娘想得很明白。凡事都是好來好去，凌嬌雖然不計較，但她也不能光占便宜，所以才做了這鞋底子，希望凌嬌喜歡，如今見她是真喜歡，周芸娘才放了心。

「我啥都不缺，妳快點把孩子生下來才是大事，我這麼大了，還沒抱過奶娃子呢！」

「嫂子喜歡孩子自己生一個就是，幹麼眼巴巴看著我肚子裡的。」

周芸娘是趙貴犯了大錯才回周家村的，和那些被休的婦人不一樣，所以她在周家村只會得到別人的同情，並沒有人對她說三道四；就是幾個孩子，村裡的孩子一開始還會嘰嘰喳喳說些什麼，被阿寶狠狠教訓後，再也沒人敢亂說。

「我自己要生起碼還得十個月吧，妳的最多三個月就抱得到，我何必捨近求遠。」

兩人又說了好一會兒話，留了芸娘幾個在家吃飯，吃飯後又將她們留下過夜，五叔那邊讓周甘跑了一趟。

而周敏娘的賀禮竟在四月初七才送到，看著那三大輛馬車，每輛馬車裡都裝了四個大箱子，周二郎招呼趕馬車的去休息，周甘和沈懿則把東西往堂屋裡抬，一會兒等凌嬌打開整理後，再決定放到哪裡去。

「嫂子，敏娘都送了些什麼回來？」周芸娘小聲問，心裡又是羨慕，又是好奇。

凌嬌搖頭。「我也不曉得，我這就打開瞧瞧。」

她打開了幾個箱子，裡面放著布料和人參、鹿茸一類的藥材。眼看就剩下兩個箱子，她打開一個，裡面是幾個小盒子和書信，小盒子裡是金銀首飾；剩下最後一個箱子了，凌嬌笑嘻嘻地打開，一瞧清箱子裡裝著什麼的時候，她嚇得尖叫一聲。「啊——」

只見大木箱子裡裝著三個骷髏頭，那骷髏頭中還盤著條蟄伏冬眠的小蛇，看那蛇五顏六色的，凌嬌被嚇得尖叫，往後退了好幾步。

凌嬌一叫，周芸娘幾個也上前去看，紛紛嚇得跌坐在地。

「天哪！」周芸娘驚叫一聲，幾個孩子頓時嚇得哇哇大哭，都是年紀小的，何曾見過這麼恐怖的東西。

就是凌嬌，這些玩意兒也只在電視裡看見過，現實中是從來沒見過的。

三嬸婆和孫婆婆上前看了一眼，也嚇得不輕。

幾個男人在外面聽到尖叫聲，周二郎第一個跑進堂屋，一眼瞧見凌嬌嚇得臉色發白，整個人發懵，忙上前抱住她。「怎麼了？」

「箱子裡、箱子裡……」凌嬌說著，指了指箱子。

周二郎鬆開她上前一看，瞧清楚箱子裡的東西後，也嚇了一跳。沈懿、周甘也走了進來，見到箱子裡的東西，臉色非常難看。

連幸、連福來過周二郎家，這會兒也都過來看，見到箱子裡的東西時，嚇得不輕。「怎麼會這樣子？」

他們雖不清楚箱子裡到底有些什麼東西，卻知曉周側妃對娘家哥哥的看重，送回來的東西定然差不了。上次回去後，周側妃也有好些賞賜，這次他們兩兄弟才得了這份美差，哪裡曉得這箱子裡裝了這個晦氣的東西？

「舅老爺、舅夫人，小人雖不知道這箱子裡到底裝了些什麼，但這些東西定不是側妃娘娘的意思，還請舅老爺、舅夫人明鑒！」連幸忙說道。

「先把東西弄出去才是正事。」淩嬌說道。她實在不想去看那箱子，著實太恐怖了。

周二郎點頭，上前蓋上箱子。「阿甘，過來抬一下。」

兩兄弟把箱子抬了出去，如今天氣正暖和，怕那蛇跑出來，還拿了繩子把箱子給綁住。

連幸、連福幾個人雖是又餓又累，這會兒也不敢吃什麼東西了，一起站在堂屋，等著周二郎的決定。這次辦差搞砸了，回去即便側妃不收拾他們，郡王爺也饒不了他們。

「芸娘，妳先帶孩子們去三嬸婆屋子玩會兒。」周二郎吩咐道。

周芸娘點頭，心裡是百般滋味，先前她嚇到摔倒在地上，愣是沒人注意到，周二郎的注意力都在淩嬌身上，外人的注意力都在箱子上……周芸娘微微嘆息，都是人卻命不同。

堂屋裡，周二郎扶了淩嬌進屋子，讓她靠在床上。「別怕，我在呢！」

淩嬌搖了搖頭。「我沒事的，一開始還有些害怕，現在好多了。」

「妳說，這些東西……」周二郎沈聲。

淩嬌略微思索。「敏娘送東西來，定會列了單子，找找其中的箱子裡面有沒有單子吧？本來要留他們幾個在家休息兩日再回去的，可如今出了這事，讓他們吃了飯便回去吧！」

周二郎點頭，心裡卻有些擔憂。「阿嬌，妳說，這到底是誰的手筆，又是想幹什麼？」

淩嬌聞言，絞盡腦汁想了想才說道：「這些表面上是衝著我們來的，但實際上卻是衝著敏娘去的。你看敏娘如今懷著孩子，眼看就要生了，就算還不生，也要保持心情平和才能將胎養好，如果敏娘動了胎氣……」

後面的話，淩嬌沒敢說，畢竟都是些不好的話。

周二郎一聽，還有什麼不明白的？怕是滁州那邊有人要算計敏娘又沒處下手，便把主意打到這邊來。如果他周二郎腦子笨一點，寫信告訴敏娘，一來是好心提醒，二來也要敏娘注意；而依著聞人鈺清對周敏娘的看重，定不會去檢查信件內容，等信到了敏娘手裡，敏娘還不得氣死。

她還懷著孩子，一旦氣著，後果不堪設想……周二郎想到這裡，臉上全是怒氣。

「所以啊，咱們千萬千萬要把這事對敏娘瞞住，卻要把這事告訴郡王爺。此人能神不知、鬼不覺地調換東西，說明本事絕對差不了。」淩嬌分析給周二郎聽。

「阿嬌，妳放心，我按照妳說的辦。」周二郎說著，見她臉色發白，心知她真是嚇到了，便把她抱在懷裡。「莫怕，我在呢，我一會兒就把那東西毀了……」

「別毀，讓他們把東西帶回去給郡王爺，有了東西才有證據。」

「嗯，聽妳的。」

周二郎哄了淩嬌一會兒，才出了屋子，看著滿頭大汗的連幸、連福和另外四個人，嘆息一聲。「這事也怪不得你們，快坐下來吧，咱們好好商量要如何處理這事。」

「舅老爺的意思是？」連幸問。

「出了這事，我心裡非常擔心敏娘，所以我打算寫封信告訴敏娘這事，叫她防備一二。」周二郎說著，呼出幾口氣。「你們先去吃飯吧，吃了飯，我把信給你。」

「聽舅老爺的。」

連幸、連福還有些擔心周二郎會發難，如今見他似乎不打算追究，略微心安，又見周二郎要寫信讓他們帶回去，連幸心裡便希望周二郎在信中為他們求求情，不然回去不死也是要脫層皮的。

吃完飯，連幸便單獨找到周二郎，把事情一說。周二郎看著連幸，沈思片刻才說道：「敏娘既然讓你們來跑這趟，說明敏娘是看重你們的，但東西確實是在你們手中丟的，你們難辭其咎。」

連幸一聽，嚇壞了。「舅老爺大人大量啊！那些東西真不是小人換的，小人就是有十個膽子也是不敢的啊！」

「那敏娘可有把這些東西的單子叫你們一起拿來？」

連幸點頭，忙從懷中拿出單子遞給周二郎。「舅老爺，您大人大量，千萬要給小人求求情啊！」

周二郎接過單子也不去瞧，摺好放在袖袋裡才說道：「給你求情也不是不可，但，你要答應我一件事。」

「舅老爺儘管說，小人定完成舅老爺的吩咐。」

「一會兒我給你兩封信，一封信我當面給你，你記住，無論別人怎麼問起，你都要說這是給敏娘的信，但這封信到了滁州，你必須親自交給郡王爺；另外一封務必要妥善收好，等到了滁州再給敏娘，可懂？」

連幸略微一沈思，便明白了周二郎的意思。

一封信明裡是要給周側妃的，但絕對不能送到周側妃手裡，而且必須給郡王爺。

「那給側妃娘娘的信，可要給郡王爺瞧？」

「自然是要給的。能不能保住你們的命，端看你能不能把這兩封信安然帶回去了。」

「小人明白，多謝舅老爺。」

周二郎讓淩嬌寫了兩封信，一封信上娓娓道來一切，字裡行間略有抱怨、微有指責，讓周敏娘多往家裡送東西，說得彷彿有個無底洞要周敏娘來填的意思，更說起爹娘的死，周敏娘脫不了責任云云……

這樣子的信，周敏娘看見不氣死才有鬼，就算不氣死，也會自責死的。

另外一封，淩嬌便寫得很簡單，只告訴周敏娘家中萬事安好，叫敏娘好好養身子，等她生了孩子，她就和二郎去看她，到時候給孩子準備禮物。又把和周二郎之間的趣事說了一、兩件，告訴敏娘她也想早些生個孩子，讓阿寶有個伴；又告訴敏娘，就算有了孩子，她也會待阿寶好的。最後交代他們買了田地，挖了魚塘、種了瓜果，也希望敏娘到時候能夠回來，吃上家裡的飯菜，住在家裡，帶著孩子們去地裡摘菜、摘瓜，去池塘裡撈魚。

她怕出意外，還各寫了兩份，一份給連幸，一份給連福。

周二郎送他們出了周家村，才回到家裡。

淩嬌看著那些東西，心裡嘆息。看著敏娘是嫁得好，可算計也多啊，連送個賀禮也能生出風波。

她把布料整理好，拿出一些來，讓三嬸婆、孫婆婆裁了做衣裳。夏天要來了，一人起碼要做三身，敏娘帶回來的布料也足夠多，尤其是棉布，各種顏色的都有，還有好幾疋碎花的，淩嬌瞧著非常喜歡。

瞧著那滿滿當當的東西，她不由得感嘆，有個有錢的妹子就是好。

家裡人都有東西，周芸娘母女幾個，淩嬌也一人給了一疋。周敏娘送來的布很大疋，一疋布大人最少能做兩套衣服加一條褲子，小孩子起碼能做五套，所以淩嬌這麼一給，周芸娘很是激動，畢竟孩子們的確沒幾身像樣的衣裳，馬上就要去學堂了，她心裡正著急。

如今淩嬌給了，她連忙道謝。「謝謝嫂子。」

「一家人哪兒的話，只是這衣服沒辦法一下全做出來，先一人一套吧！」淩嬌說道。

「不用的嫂子，我們母女幾個的我來做，就是要麻煩三嬸婆、孫婆婆裁一下了。」

「也行。」

第六十七章

四月十五，周家村要修建學堂了。

這是大事，周家村的男人們都來幫忙，女人們則去周二郎家幫著弄吃的。周二郎家也不管中飯、晚飯，就只管上午、下午的點心。

但這麼多人，光幾個人也做不來，周家村的媳婦、婆子、大姑娘們便自告奮勇來幫忙，順便學些手藝回來。

香燭大案都已經準備好，只等空虛大師到了之後便挖屋基。

卻不想附近十來個村的村民都由村長、族長帶著，扛著鋤頭過來。

「二郎，你看……」

周二郎順著看去，一笑。「既然大家都願意來幫忙，以後孩子們都過來讀書吧！」

只要孩子們過來讀書，周家村慢慢就會興旺起來，到時候，買什麼東西根本不必去鎮上，在周家村就能有，那該多好？

空虛大師帶著人來，一番唸唱後便指定位置，周二郎挖了一鋤，算是禮成，修學堂便算正式開始了。

因為這是山腳下，多為山地，要挖山開石，而依空虛大師所指定的位置，學堂修起來可是相當大，外院、內院加起來足足有十個周二郎家大小。

好在這些山都屬於周家村的，而周二郎又是做好事，只給了兩百兩銀子便把這邊一座小山都給買了下來。按照空虛大師的意思，這學堂修好了，是要用圍牆把山給圍起來的，到時候他還要親自給這學堂起名字、寫對聯。

滁州，郡王府。

周敏娘懷著孩子，又是雙胎，身形有些臃腫，走路也不是很方便，卻堅持每日都去院子裡走走，鍛鍊身體，以求生孩子時順利些。

哪裡知道有丫鬟嘴碎，說聞人鈺清從周家村回來的路上出了事，下落不明，周敏娘急得動了胎氣。

忠王妃並沒親自到郡王府，只派了世子妃過來照顧。

聞人鈺清一路回來也不安穩，好在福大命大，等他回到郡王府，周敏娘九死一生地為他生下了雙胎兒子。

看著搖床裡睡得香甜的兩個兒子，聞人鈺清覺得這一輩子總算沒白活，最愛的女人給他拚了命生了兩個孩子，真好。

那廂準備了熱水，聞人鈺清一身髒污，他本有潔癖，可為了活命也豁出去了，這下子自己都嫌棄自己，便先去沐浴。

周敏娘吩咐下去，做點吃的端過來。

她還在坐月子，不能洗澡，卻把衣裳裡裡外外都換了，又用熱水擦了身子，頭髮簡單地綁成了麻花辮子，垂在腦後，吩咐下人把吃的端進來。

聞人鈺清洗乾淨後，見周敏娘坐在桌子邊，笑咪咪等著他，桌子上都是他愛吃的，其中兩道鹽筍燉雞、手撕牛肉，都是需要長時間準備的，頓時明白，這些菜餚怕是日日都會煮，只要他一回來就能吃得上。

「妳還坐著月子呢，去床上休息吧！」

周敏娘笑著搖了搖頭。「今兒就讓我陪著你吧，以後就不會了。」說著拿起筷子挾菜放到碗裡，招呼聞人鈺清坐下吃。「我每天都盼著你回來，所以吩咐廚房日日都做你愛吃的。」

聞人鈺清笑了。「以後我哪兒也不去，天天陪著妳。」

就算要去什麼地方，也帶著她和孩子們一起。

兩人和樂融融地吃了飯後，他便有些想睡。這些日子，他日日夜夜警醒著，都不敢深睡，只怕一睡就醒不來，如今回到家中，心就安定了。

聞人鈺清躺在床內，周敏娘躺在外面，摸摸他的臉，摸摸他的頭髮，嘴角掛著安心的笑，聞人鈺清睜著疲憊的眼，捨不得睡去。

「睡吧，我在呢，我守著你。」

他翻身抱住周敏娘的腰，像一個依戀母親的孩子般，沈沈睡去。

再醒來時，世子爺卻過來了，和聞人鈺清關在書房裡說了一會兒話，世子爺離開後，聞人鈺清沈默了很久。

四月二十九，學堂上大樑的日子。

上了大樑、蓋了瓦，準備桌子、板凳，屋子要粉刷，邊上要修圍牆，山頂上也要平頂，修學堂算起來怎麼也還得一個月的時間。

家裡的菜好多都可以採摘了，淩嬌除了自己吃，還留下一些種子，暫時不打算拿出去賣。

「嫂子，為什麼不拿出去賣啊？」周芸娘問。

如今她懷孕八月多，吃得好、沒心思，整個人長了不少肉，對很多事情看法也在轉變，尤其是淩嬌這些日子吩咐了她不少事情，讓她看到了希望。

就連招弟，淩嬌也教著她做事，做錯了只叫她改，也不打罵，做對了會表揚、有獎勵，招弟如今對這個舅母就跟親娘一樣，滿心滿眼全是孺慕之情，時時刻刻都跟在淩嬌身後，像隻小跟屁蟲一樣。

村子裡的媳婦、婆子也嚐過淩嬌新種出來的菜，味道那叫一個好，都恨不得自己家也能種，明年就有得吃了。

「這些東西拿出去賣了，雖然能得錢，可種子就會少，我打算留著，等明年大規模種植，到時候整個大曆國都有得賣，還能供應，多好啊！」

周芸娘雖不大懂，仍覺得淩嬌的決定是對的。

「嫂子，到時候我生了孩子來給妳幫忙。」

「行。」

周芸娘樂呵呵的，去看招弟、盼弟、帶弟跟著阿寶在寫字。為了節約用紙，淩嬌做了個盒子，在裡面裝了細沙子，讓他們在裡面練字，覺得練得好了，才在紙上寫了看效果。

周芸娘心裡就更滿意了，對淩嬌也越發敬重。她轉身回屋子端了吃的過去，招呼孩子們吃，卻沒有孩子理會，弄得周芸娘沒臉，她也不氣，回了廚房，在淩嬌面前說道：「嫂子，這些個孩子都入迷了，我送了東西過去竟沒人理我，氣死我了。」

淩嬌失笑。「妳啊，口是心非。」

眼看天氣越來越熱，她覺得渾身熱。這些日子周二郎每晚都要一次，從一開始的莽撞到現在的溫柔繾綣、循序漸進，讓她也跟著感受到快樂；只是前幾日都好好的，就今日覺得不對勁，整個人熱得厲害，口乾舌燥喝了好幾次水，坐在屋簷下啥也不想做。

周甘回來拿東西，見淩嬌無精打采的，關心問：「嫂子怎麼了？」

淩嬌微微搖頭。「沒事，我坐一會兒就好。」

周甘張了張嘴，沒說話，拿了東西便去學堂那邊找到周二郎。「二郎哥。」

周二郎這些日子忙進忙出，整個人黑了不少，因為心順，晚上抱著媳婦好不歡欣，整個人神采飛揚，加上如今在周家村乃至附近村子的地位提高，修學堂來來往往大小事都要他拿主意，整個人氣勢都不一樣了。

「怎麼了？」周二郎問，剛好有人來找，忙去吩咐了一番，卻記得周甘找他說事，又去找周甘問道：「剛剛找我做什麼？」

「我剛剛回家去，見嫂子臉色不好，你……」

周甘話還沒說完，周二郎已經如一陣風般往回跑了。

周甘瞧著不免失笑，卻也羨慕。如果有一天，也有個女子能讓他這般牽腸掛肚、放在心裡疼愛，該有多好？

如今他都十七了，或許應該讓嫂子給他注意一下，但有姑娘願意嫁給一無所有的他嗎？

周二郎心急火燎地回了家，快步進了院子，見淩嬌坐在屋簷下，人靠在柱子上，抬頭看著天，病懨懨的，上前便抱起淩嬌，嚇得她尖叫一聲。「你幹麼？」

「抱妳回屋子休息。」

淩嬌聞言，又羞又氣。「你快放我下來！」

尤其家裡人又多，這會兒都出來看，一個個捂嘴笑得東倒西歪，弄得她更是羞紅了臉。

周二郎可不管那麼多，她們愛笑就笑去，他自己的媳婦，自己不疼，難道讓別人來疼？他才不幹呢！

抱著淩嬌進了屋子，還順手關了門，把淩嬌放在床上，摸摸她額頭。「還好沒發熱，看妳臉色不好，病懨懨的，是哪裡不舒服嗎？」

到了這會兒，有個男人心肝寶貝地待她，她又不是石頭做的，心裡熱呼呼的，床上也不靠了，就往周二郎懷裡倒。周二郎大手一伸，下巴擱在淩嬌頭上，手卻不大老實。

「也不知道是怎麼了，渾身躁熱得厲害，整個人提不起精神，懶洋洋的。」

「那我帶妳去鎮上瞧瞧。」

「學堂還建著呢，你也走不開，沒事的，等停下了再去，再者今兒上大樑，你是主人家，哪裡能走開？快別管我，回去忙活吧！」

凌嬌勸著，因為周二郎的看重，心裡也甜蜜蜜的。暗想，這個男人總算沒嫁錯，也幸好沒被別的女人搶了去，不然她還不得嘔死。

「天大的事都沒妳重要，妳先等著，我去安排一下，很快就能回來。再說今兒又不是正屋上大樑，我在不在都沒事的，就算我不在，阿甘也能定事，還有維新哥呢！妳也別亂跑，乖乖在床上躺著，我去喊阿玉進來收拾東西。」周二郎說完，也不給凌嬌反駁的機會，直接出去了。

他心裡其實覺得，凌嬌可能是懷孕了。

只是她根本沒往那方面想，他自然不能提，怕說了到時候卻沒懷上，她心裡難受，索性還是帶去鎮上讓大夫好好瞧瞧，他也心安。

走出去找到周玉，周二郎一番吩咐，周玉是十一歲的大姑娘，又懂事能幹，二話不說就進了屋子，按照周二郎說的，抱了被子去鋪馬車，又拿了小竹蓆鋪上，來來去去，小小身子索利得很。

凌嬌看得眼睛都疼，嘆息一聲，由著周玉忙進忙出的，實在懶洋洋的不想動，索性躺在床上不動了。

周二郎到了學堂，找到周甘。「阿甘，我看你嫂子不對勁，帶她去鎮上瞧瞧，這邊你看著點，我可能回來得比較晚，有啥事你就找維新哥。」

周甘一聽，有些錯愕，卻想著淩嬌和周二郎成親一個多月，夜夜睡一張床，兩人恩愛如膠似漆，淩嬌怕是懷上了。

他瞧周二郎這麼心急擔憂，便道：「二郎哥，你去吧，這邊我看著行的。」

「那你看著，我回去套了馬車就走。」

他又找到了周維新，交代幾句，周維新忙道：「你去吧，今兒雖是上大樑，也不是什麼重要日子，阿嬌身子重要。」

「那我先走了。」

回到家裡，套了馬車，拿了銀子，淩嬌說要自己走，周二郎卻堅持要抱她，愣是在眾目睽睽之下把淩嬌抱上馬車，在長輩嫂子的鬨笑中出了周家村。

三嬸婆瞧著，瞇起眼睛，拉拉孫婆婆的手。「妳說，是不是有了啊？」

「我瞧著像。」

畢竟兩人新婚燕爾還夜夜恩愛，八成是有了。

兩個婆婆輩的笑得開懷，過來人都懂，頓時也笑了起來，心想著馬上要有紅包好拿了。

這些日子，周玉空閒下來就給周敏娘家的孩子做小衣裳、鞋子、襪子、帽子，還按照淩嬌教她的做了好幾個可愛的老虎、小豬的玩偶，玩偶裡面塞了棉花，這東西被沈懿瞧中，覺得可以賺錢，早已去外面考察市場，準備把這玩偶鋪子開遍大曆國，狠賺一筆。

這次沈懿出去不單單是去考察，更是去買布料。淩嬌給了沈懿一萬兩銀子，周二郎也是答應的。

臨走之前，沈懿問周二郎。「二郎哥，你把全部家當給了我，就不怕我捲了銀子跑了？」

當時周二郎笑咧嘴。「若你真捲了這銀子走，我損失一萬兩銀子，不會特別心痛，銀子再賺就有，心痛的是損失了一個兄弟。」

沈懿當時沒說話便駕車走了。

周二郎卻深信沈懿會回來，也會帶著布料回來，把這一萬兩變成十萬兩、一百萬兩、一千萬兩……

周玉想著或許自己又要做姑姑了，心裡樂得很，轉身回了屋子，把淩嬌給她的布料翻出來，找到一疋好看的，拿著去找三嬸婆。「三嬸婆。」

「怎麼了？」

「妳幫我把這布料裁了做小衣唄。」

三嬸婆一愣，隨即笑了起來。「這會兒妳嫂子八字還沒一撇呢，倒是忙活起來了！」

「三嬸婆……」周玉不依低喚。

三嬸婆樂得不行。「得得得，妳有這心，我哪能不成全？等晚上妳二郎哥回來，確定了消息，我就裁，布料先放我這兒，可好？」

「嘿嘿，好。」周玉難得傻笑起來，笑嘻嘻地跑出去了。

三嬸婆瞧著，衝孫婆婆說道：「倒是個有心的姑娘，沒枉費阿嬌拿她當親妹妹教。」

「是啊，這兄妹倆都是有心的。對了，阿甘今年幾歲了？我瞧著長得高高大大，清秀得很。」

「去年十六，今年十七了。」

他娘親死的時候是十六，在二郎家過了年，不就十七了嘛！

「十七了啊？是該相看人家了。等修學堂的事忙完了，我就讓阿嬌給他好好看看人家，給他娶個漂亮媳婦，生幾個漂亮可愛的孩子，到時候咱們兩個老貨就有得忙了。」

三嬸婆聞言，呵呵笑了起來。「也是家裡事情實在多，不然早說親了，妳看年前、年後，事情堆得滿滿當當的。」

「是啊，想來阿甘那孩子也能明白的。」

——未完，待續，請看文創風490《賢妻不簡單》3（完結篇）

2017 狗屋果樹 線上書展 1/3(8:30)~2/10(23:59) 準時起跑！

新春傳愛接力賽

週週有新書，一起追隨愛情的腳步

新書接力鬧雙月，年節不孤單

風 文創

玉人歌《蘭開富貴》全二冊
翦　曉《船娘好威》全五冊
簡尋歡《賢妻不簡單》全三冊
新　綠《娘子押對寶》全二冊

下單即送貓咪圓形貼紙（一單一張），共600份，送完為止。

橘子說＋書展紀念組（詳情請見內頁）

雷恩那
《與魔為偶》上+下（另有小別冊）

季可薔
《新娘報喜》

梅貝兒
《當寡婦的古代日常》上+下

宋雨桐
《二分之一的愛情》

舊書折扣請看內頁

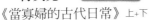

第二棒
新春傳愛接力賽

落魄公子哥東山再起，只因船娘超給力！

水上風光，溫情無限／ 蘛曉

穿越也要各憑運氣！
一個小孤女、一艘破船、一個受了傷的禍水相公……
就算再厲害的穿越女也大嘆難為，
幸好辦法是人想出來的，且看她小小船娘大顯神威！

文創風 483-487 **《船娘好威》** 全套五冊

允瓔本以為以船為家，遊歷江河之中，是多逍遙自在的美事，
殊不知一朝穿越成船家女兒，才發現根本沒那麼容易——
原主的父母雙雙遇賊丟了性命，留給她的唯一家當是破船一艘，
且不說那「小巧」船艙塞滿吃喝拉撒一切家當，連翻身都難，
鎮日為生計奔波、被土財主欺凌的日子更是苦不堪言，
偏偏她一名小小船娘又拖著個受了腳傷的「藍顏禍水」，
對她來說，他只不過是個路人甲，暫時同住在一條船上啊，
頂多……唉，她就好人做到底，收留他直到痊癒為止，
到時哪怕他走他的陽關大道，她撐她的小河道，都不再相干～～

書展報好康 1／10陸續出版，新書優惠**75**折！

賢妻一雙妙手能轉運，背後似乎有秘密？

生活事烹出真滋味，
平凡間孕育真感情／簡尋歡

不得已花錢買個女子來管家做妻子，誰知她一回來就撞牆?!
醒來後又像換了個人，雖然淡漠卻聰明厲害，
滿腦子賺錢主意讓他大開眼界，他到底買了個什麼樣的女子啊？

文創風 488-490 《賢妻不簡單》 全套三冊

一切都是從二兩銀子開始的……
他千求萬借弄來了二兩銀子，跟徐家婆子「買」了個妻子，
並非他瞧不起女子，而是家裡窮困又急需有個人照顧孩子，
只得出此下策，誰知這個名字很嬌氣的女子，個性卻剛烈，
一聽他花銀子買下自己，竟然一頭撞牆昏死過去！
還好她醒來後如同換了個人似的，雖然不情願，還是答應留下來；
從此，孩子有人照顧，家裡多了生氣，她也不知是有什麼法術，
什麼簡單的東西在她手裡都化成美味的食物，
沒過過這般溫暖踏實的日子，他越發覺得人生有了盼頭，要為這個家努力；
只是妻子怎麼總有些異想天開又能賺錢的主意，
而且說話、行事都跟別人家的姑娘、嫂子不同，
他欣喜於自己找了個賢妻，也逐漸擔心她待不了平凡小村落，
如果她真的想走，該怎麼辦？他已離不開嬌嬌小妻子了呀……

書展報好康 1 / 24出版，新書優惠75折！

第四棒
新春傳愛接力賽

再嫁娘子炙手可熱，究竟誰才是真命天子？

同舟共濟，幸福可期／新綠

這個時代的女子過得太拘束，
她想讓她們的生活也能海闊天空，
於是，大蕪朝討論度最高的「公瑾女學館」就此開張……

文創風 491-492《娘子押對寶》全套二冊

張木盼著能嫁個好郎君，不求大富大貴，只求兩廂情願，
只是前夫家一直死纏爛打，大有不弄死她不罷休的意味，
好不容易擇了個好姻緣，卻時不時冒出覬覦自家夫君的小娘子，
她要斬斷前夫這朵爛桃花，又要護住得來不易的家，
沒想到在古代經營婚姻竟這般不容易！
關於夫君吳陵，他是木匠丁二爺的徒弟兼養子，真實身分是個謎，
不過對張木來說，只要夫妻攜手並進，簡單過日子她便心滿意足，
尤其相公寵她護她，看似溫和俊秀，其實閨房之樂也參透不少，
她異想天開想經營女學館，他也把家當雙手奉上。
她本以為兩人風雨同舟，就沒有過不去的風浪，
豈料某天相公離家未歸，她這才明白他其實大有來頭，
他的深藏不露，原來是有一段不堪回首的過去──

經典不敗 超殺特賣

今年舊書折扣依舊親民，
有興趣的朋友可以趁機會搜羅好書！

【75折】 橘子說1212~1239、文創風429~480、亦舒/Romance Age全系列

【單本7折】 文創風300~428

【單本6折】 文創風199~299（291~295除外）

【小狗章】（大本內曼典心、樓雨晴除外）

→ **單本88元：** 文創風001~198（015~016及缺書除外）

→ **5折：** 橘子說1106~1211、花蝶1614~1622、采花1239~1266

→ **60元：** 橘子說1105之前、花蝶1613之前、采花1238之前

→ **4本100元：** 小情書001~064 + PUPPY001~466任選

★ 小叮嚀——

(1) 請於訂購後三日內完成付款，最後訂購於2017/2/13前完成付款才算有效訂單喔！

(2) 如訂單上有尚未出版之書籍，會等到書出版後一併寄送。
活動期間親自至本社購買亦享有相同折扣，請先電話聯絡確認欲購書籍，以方便備書。

(3) 購書滿千元(含)以上免郵資，未滿千元郵資65元。

(4) 特賣書籍因出書時間較久，雖經擦拭、整理，仍有褪色或整飾痕跡，故難免不如新書亮麗。
除缺頁、倒裝外無法換書，因實在無書可換，但一定會優先提供書況較良好的書給大家。
若有個人原因需要換書，需自付來回郵資。

(5) 各書籍庫存不一，若遇缺書情形可選擇換書或退款。

(6) 歡迎海外讀者參與(郵資另計)，請上網訂購或是mail至love小姐信箱
(love@doghouse.com.tw)詢問相關訊息。

狗屋．果樹有權修改優惠活動的實施權益及辦法。

新春傳愛頒獎大會

機不可失！買一本就能抽獎，只要上網訂購且付款完成，系統會發e-mail給您，附上抽獎專用之流水編號，一本就送一組，買十本就能抽十次，不須拆單，買愈多中獎機率愈大！

- ✶頭獎 Panasonic國際牌全自動製麵包機 共**1**名
- ✶二獎 OMRON 歐姆龍體重體脂計 共**2**名
- ✶三獎 Panasonic國際牌保濕負離子吹風機 共**2**名
- ✶四獎 Comefree瑜珈彈力墊 6mm 共**2**名
- ✶五獎 狗屋紅利金200元 共**10**名

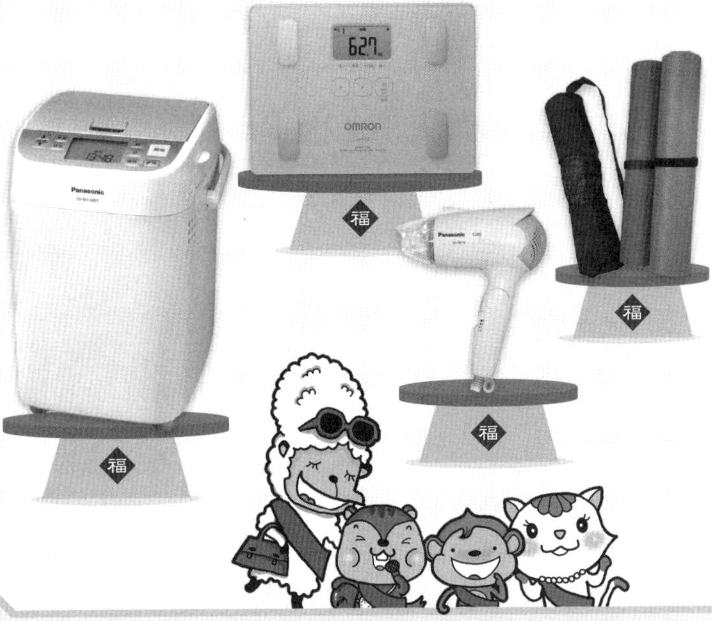

2017/2/20在官網公布得獎名單，公布完即開始寄送，祝您幸運中獎！

曖曖情思　暖心動人／清風逐月

文創風
489

賢妻不簡單 2

國家圖書館出版品預行編目資料

賢妻不簡單 / 簡尋歡著. --
初版. -- 臺北市 : 狗屋, 2017.01
冊 ; 公分. --（文創風）
ISBN 978-986-328-686-8（第2冊 : 平裝）. --

857.7　　105021303

著作者　簡尋歡
編輯　張蕙芸
校對　沈毓萍　黃亭蓁
發行所　狗屋出版社有限公司
地址　台北市104中山區龍江路71巷15號1樓
電話　02-2776-5889～0
發行字號　局版台業字845號
法律顧問　蕭雄淋律師
總經銷　知遠文化事業有限公司
電話　02-2664-8800
初版　2017年1月
國際書碼　ISBN-13　978-986-328-686-8
原著書名　**《种田取夫养包子》**，由瀟湘書院（www.xxsy.net）授權出版

定價250元
狗屋劃撥帳號：19001626
網址：love.doghouse.com.tw　E-mail：love@doghouse.com.tw